Erdmann Kühn ist in Berlin geboren und aufgewachsen und hat in Köln Kunst und Musik studiert. Er lebt im Rheinland, arbeitet als Lehrer und in der Lehrerfortbildung. Er ist Musiker, Chorleiter, singt, komponiert, arrangiert und schreibt.

„Mein Kopf, der ist ein Zimmer" ist nach „Der Junge auf der Schaukel" und „Abschied von Berlin" der letzte Teil der Friedel-Trilogie. Daneben sind von Erdmann Kühn erschienen: „Jascheks Reise", ein Roadmovie in Romanform, sowie: „Himmel und Erde – Vaters Tagebücher 1926 – 1946".

Erdmann Kühn

Mein Kopf
der ist ein Zimmer

Bibliografische Information der Deutschen Nationalbibliothek: Die Deutsche Nationalbibliothek verzeichnet diese Publikation in der Deutschen Nationalbibliografie; detaillierte bibliografische Daten sind im Internet über dnb.dnb.de abrufbar.

Erdmann Kühn
Mein Kopf, der ist ein Zimmer
© 2016 Erdmann Kühn
Alle Rechte vorbehalten
Umschlag: Tara Otto, www.taraotto.com
Korrektorat: Nadja Koob
Herstellung und Verlag:
BoD – Books on Demand, Norderstedt
www.ErdmannKuehn.jimdo.com
ISBN: 9783839129982

Mein Kopf, der ist ein Zimmer,
in dem zwei Stühle steh'n.
Auf einem davon sitze ich
und auf dem ander'n
ist niemand zu seh'n.
P. T. Schulz: Rapunzel

Wir sind benebelte und tolle Kreaturen,
Fremde für unser wahres Selbst, für einander ...

Wahrnehmung, Vorstellung, Phantasie,
Spinnerei, Träume, Erinnerungen
sind einfach verschiedene Modalitäten von Erfahrung,
keine „innerlicher" oder „äußerlicher" als andere.
Ronald D. Laing: Phänomenologie der Erfahrung

Am Ende des Buches befindet sich ein
Inhaltsverzeichnis
sowie ein **Personenverzeichnis**
zum Nachschlagen der häufig vorkommenden Namen.

Traum 1

Ich werde wach und öffne ganz vorsichtig die Augen. Dämmerlicht. Alles wirkt verschwommen und unwirklich. Mein großer Zeh guckt unter der Bettdecke hervor. Ich ziehe ihn ein und schaue mich langsam in meinem Zimmer um. Die groben, schwarz gestrichenen Holzdielen wie ein Abgrund, bodenlos. In der Mitte des Zimmers schwebt darauf das Bücherregal, fast grell die sorgsam aufeinander geschichteten weißen Steine vom Bau, dazwischen schimmert geheimnisvoll das rötliche Holz der Kiefernbretter. Durch die großen, hohen Fenster fällt ein diffuses Licht in den Raum, wie Nebel, beleuchtet dies und das. Die sorglos über den alten Holzstuhl geworfenen Kleidungsstücke, ein Strumpf ist auf den Boden gerutscht. Auf dem Schreibtisch türmen sich Bücher, Hefte, Papiere, einige zerknüllt, Gläser, eine leere Flasche Rotwein von gestern Abend. Die alte Schreibmaschine in der Mitte ragt aus dem Chaos heraus, ein frisches Blatt ist eingespannt.

Das Licht irritiert mich. Irgendetwas stimmt nicht mit dem Licht. Ich gehe mit den Augen noch einmal das ganze Zimmer ab. Die Schnur der einsam baumelnden Deckenlampe aus blauem Metall müsste mal wieder von dicken Staubflusen befreit werden. Der Flokati vor dem Bücherregal liegt zottelig weich und kuschelig ausgestreckt wie ein großes Schaf. Vereinzelte Chipskrümel auf dem schwarzen Holzboden. Ein Teller mit Gabel thront elegant auf einem wackeligen Bücherstapel. Irgendetwas Undefinierbares liegt darauf. Was habe ich gestern gegessen? Ich kann es vom Bett aus nicht erkennen. Die Gitarre, lässig an das Bücherregal gelehnt, wartet auf mich. Ganz in der hintersten Ecke steht mein Cello, der Bogen hängt daneben an der Wand.

Was stimmt da hinten nicht? Hinter dem Regal, was ist da? Ich kann es nicht erkennen und richte mich im Bett auf. Da sitzt jemand im Halbdunkel auf meinem alten Ledersessel! Ich schaue genau hin. Es ist Oma. Sie sitzt dort und schaut in den Raum hinein, aber sie sieht mich nicht. Sie sieht durch mich hindurch. In diesem Moment wird mir klar, das kann nicht sein. Oma ist Anfang des Jahres gestorben. Sie kann dort nicht sitzen! Ich träume noch immer!

Mit einem heftigen Ruck richte ich mich jetzt wirklich auf und spähe ins Zimmer. Mein Herz pumpt wie ein Dampfhammer und ich atme erst einmal tief durch, um mich wieder zu beruhigen. Auf dem Ledersessel sitzt niemand, nur ein paar alte Klamotten liegen dort, die schon längst in die Wäsche gehören. Ansonsten ist alles genau so, wie ich es eben noch im Traum gesehen habe. Ich zwicke meinen Arm. Au! Ja, ich denke, ich bin jetzt wirklich wach. Ich strecke mich noch einmal und werfe dann die Bettdecke von mir.

Ankunft in Köln

Im Frühjahr 1976 fährt Friedel die Orte an, die für ein Studium infrage kommen. Hamburg hat ihm gut gefallen, die große Stadt, offener und großzügiger als West-Berlin, die Nähe zum Wasser, der Hafen und der Wind vom Meer. Der salzige Geruch von Freiheit und Abenteuer. Aber Hamburg klappt nicht, die Prüfung an der Musikhochschule hat er zwar bestanden, aber für das Lehramtsstudium ist sein Notenschnitt von 2,5 nicht gut genug. Und Lehrer will er ja werden, Sonderschullehrer.

Also bleiben noch Dortmund und Köln, dort, wo Sonderschullehrer ausgebildet werden. Zuerst ist er nach Dortmund gefahren. Die neu gebaute Betonfestung am Stadtrand hat ihn anfangs abgeschreckt, aber dann hat er schnell eine sehr nette Studentin kennengelernt, die ihn ein wenig herumführt und im schönsten Ruhrpott-Dialekt erzählt, das sei alles nicht so schlimm hier und man gewöhne sich schnell daran und sehe dann gar nicht mehr, wie hässlich das aussähe. Wichtig wäre doch, dass die Leute nett wären – und das wären sie hier auf jeden Fall! Dabei schaut sie ihn mit einem derart entwaffnenden Lächeln an, dass Friedel ihr sofort zustimmen muss. Ja, es bestätigt seinen Eindruck. Die Leute sind vielleicht etwas rau, aber offen, herzlich und hilfsbereit. Dortmund ist schon mal eine Option.

Dann jedoch kommt er nach Köln und die Stadt nimmt ihn sofort in ihren Besitz. Der Dom, der breite Fluss mit seinen Brücken und den ausgedehnten Uferpromenaden. Es hat fast etwas von Nachhausekommen.

Er fühlt sich von Anfang an wohl in Köln und es ist ihm völlig klar, er wird hier studieren und nicht in Dortmund. Die Kölner sind anders als die Leute im Pott, aber ebenso freundlich und hilfsbereit. Selbst als er von der ZVS, der Zentralstelle für die Studienplatzvergabe, eine Absage für das Sonderschulstudium in Köln bekommt – auch hier ist sein Notendurchschnitt zu schlecht – beschließt er nach Rücksprache mit der Studienberatung, erst einmal das „normale" Lehramtsstudium an der PH, der Pädagogischen Hochschule, in Köln zu beginnen. „Später kannst du immer noch rüber wechseln", raten sie ihm, „nach dem ersten oder zweiten Semester klappt das meistens!"

Schon am ersten Tag findet er ein kleines möbliertes Zimmer in Lindenthal, fünf Fußminuten von der PH entfernt. Es ist der erste Zettel, den er an der Pinnwand vom Studentenwerk entdeckt. Ein Anruf, eine ältere Dame erklärt ihm am Telefon, er solle in die „Charlesstraße" in Lindenthal kommen. Er fragt noch einmal nach. Ja, in die Charlesstraße. Was ihn irritiert, ist, dass die Frau nicht *Scharls* sagt, mit einem „s" am Ende, sondern *Scharl* ohne „s". Was ihn noch mehr irritiert, als er auf dem Stadtplan sucht: In Köln gibt es gar keine Charlesstraße! Er fragt den Mann vom Studentenwerk. „Wie, et jibt keine Scharrlstroß in Kölle? Sischerlisch jib et die, leeve Jung, und zwar in Lindenthal!" Zum Glück kommt Friedel auf die rettende Idee, sich die Scharrlstraße buchstabieren zu lassen, S C H A L L – jetzt endlich weiß er, wo er hin muss: In die Schallstraße!

Das Zimmer ist wirklich nur ein winziges Kämmerchen, sieben Quadratmeter, mit schrägen Wänden direkt unterm Dach. „Klein, aber mein!" denkt sich Friedel.

Alles, was er braucht, ist drin: Ein kleiner Schreibtisch mit Blick auf die Lindenthaler Dächer, ein Regal für Bücher, ein altes Liegesofa, auf dem zur Not auch zwei Leute eng aneinander gekuschelt schlafen können, eine geräumige Kommode, in der sowohl die Cellonoten, Ordner, Blöcke, Kleinkram, als auch überlebenswichtige Vorräte passen: zwei verschiedene Marmeladen, eine gelb, eine rot, Nudeln, Ketchup, Apfelmus. Die winzige Küche für die vier Dach-Studenten ist im Flur direkt gegenüber, hier gibt es einen Kühlschrank, eine Doppelkochplatte und eine kleine Spüle. Noch kleiner ist das Gemeinschaftsklo. Eine Dusche gibt es nicht, Waschen muss man sich am kleinen Handwaschbecken im Klo mit kaltem Wasser.

Dafür kostet das Zimmer auch nur 60 Mark im Monat. Da Friedel noch nicht weiß, ob er BaföG bekommen wird und wie viel, ist das schon mal eine gute Einsparmöglichkeit, um mit möglichst wenig Geld über die Runden zu kommen. Zwei Leute können gleichzeitig zu Besuch kommen und sich nebeneinander auf die Bettliege setzen, Friedel auf den Schreibtischstuhl, dann ist das Zimmer voll. Wenn Friedel Cello übt, muss er die Tür abschließen, denn sonst würde ein Besucher den Notenständer umreißen.

Im Zimmer nebenan wohnt Ali, ein hagerer Iraner mit schwarzem Haar und dunklen Augen. Im Bücherregal seines immer ordentlich aufgeräumten Zimmers stehen mehrere dicke Marx-Engels-Bände. Er lädt Friedel öfter zum Tee ein, den er in einer kleinen Metallkanne aufgießt, die er jeden Tag nach Gebrauch mit Scheuermittel so lange behandelt, bis sie wieder rundum blitzt. Ali ist immer für ein Gespräch zu haben, aber wenn er von sich selbst oder von Persien erzählt, bekommt er diese tiefen Schatten um die Augen. Er ist geflohen, um in Deutschland zu studieren, darf aber nicht studieren, da er die nötigen Papiere nicht vorweisen kann. So verbringt er seine Tage mit Spaziergängen, Gesprächen und der Lektüre des Kapitals auf Deutsch. Er kann gar nicht fassen, dass Friedel noch nichts von Karl Marx gelesen hat, wo er doch Deutscher ist und ihm das Lesen auf Deutsch viel flüssiger von der Hand geht als einem armen persischen Studenten. Das sei doch das Wichtigste: Gerechtigkeit und Arbeit für alle.

Friedel bekommt ein schlechtes Gewissen, wenn er mit Ali erzählt, weil es ihm selbst ja eigentlich gut geht, im Vergleich zu Ali sogar blendend, und er einfach studieren kann, was er will. Er lädt Ali öfter mal zu einem Kölsch in der Eckkneipe ein, aber auf mehr als ein Kölsch lässt sich Ali nie ein. Die Unterhaltungen mit ihm werden schnell tiefgründig und schwermütig, er findet die Leichtigkeit und den sorglos-amüsanten Plauderton der Kölner befremdlich. Friedel dagegen hat sich schnell daran gewöhnt und mag gerade das an den Kölnern: Man kann einfach so ein bisschen vor sich hin schwätzen und braucht nicht immer tiefsinnige Themen. Man darf sich sogar in eine Unterhaltung spontan mit einmischen, wenn man Lust hat, und wird dabei sofort geduzt und in den Kreis mit aufgenommen – so etwas kennt er aus Berlin nicht.

Die Kehrseite der Kölner Leichtigkeit bekommt er auch schnell mit: Wenn man mit jemandem am Abend zuvor Kölsch getrunken und über Gott und die Welt gesprochen hat, kann es trotzdem ein paar Tage später passieren, dass der andere einen anscheinend nicht wiedererkennt oder nicht weiter beachtet. Nicht aus Bosheit oder Vergesslichkeit, es ist eher eine Art Oberflächlichkeit. Friedel ist sich anfangs manchmal unsicher, mit wem er jetzt befreundet ist oder einfach nur oberflächlich bekannt. Das „Drink doch ene met!" des Kölners bedeutet nicht viel mehr als eine freundliche Einladung zum Mittrinken und Miterzählen. Man sollte sie auf jeden Fall annehmen und genießen, sich aber nicht zu viel davon versprechen.

Wenn man das einmal kapiert hat, lebt es sich als Zugereister sehr angenehm und einfach in Köln. Dazu kommt, dass man als Student in Köln auf eine Menge anderer „Immis", Immigranten, trifft, die alle von der Kölner Gastfreundlichkeit und Aufgeschlossenheit profitieren. Friedel lernt eine stattliche Anzahl Sieger-, Sauer- und Münsterländer kennen, Eifeler und Voreifeler, Bergische und Oberbergische, Ruhrpöttler, Menschen vom Niederrhein und aus Ostwestfalen. Alle bringen ihre eigene Klang- und Sprachfärbung mit und ihre regionalen Eigenheiten. Friedel staunt immer wieder, wie vielschichtig und verschieden dieses große Nordrhein-Westfalen ist. Und trotzdem übernehmen sie alle, egal aus welcher Ecke sie kommen, ganz schnell die Begeisterung für Köln, Kölsch und Karneval.

Auch Friedel fühlt sich schon bald als preußischer Rheinländer oder rheinischer Preuße – je nachdem. Wenn er Berliner Besuch hat oder mit Berlin telefoniert, stellt er automatisch auf den Berliner Slang um. Das Herz pocht vernehmlich lauter, sobald er irgendwo jemanden richtig berlinern hört. Wenn er in Berlin zu Besuch ist, sagen ihm die Leute in den ersten Tagen: „Du hast ja schon diesen rheinischen Singsang drauf!" Und wenn er dann wieder zurückkommt nach Köln, sagen ihm die Kölner: „Jetzt berlinerst du aber wieder richtig!" Wenn er in Köln „Zuhause" sagt, meint er Berlin, wenn er das in Berlin sagt, meint er Köln.

Sein blaugelb gestrichener VW-Käfer hat auf jeden Fall noch das Berliner Nummernschild, das hat viele Vorteile. Dazu kommt, dass er den ersten Wohnsitz unbedingt in West-Berlin behalten muss, damit nicht irgendjemand beim Bund auf die Idee kommt, ihn zur Bundeswehr zu schicken. Berliner „dürfen" ja nicht zum Bund – und das findet Friedel überhaupt nicht schlimm. Er will lieber studieren als strammstehen und marschieren. Und schießen schon gar nicht.

PH

Die Kölner Pädagogische Hochschule liegt idyllisch am Ende eines langgestreckten kleinen Parks mit Wasserlauf, wo die Lindenthaler Bürger ihre Frauen und Hunde ausführen, Kinder spielen und in den Mainächten die Luft schwer nach Flieder duftet. Zwischen den Hochschulgebäuden liegt eine große, schöne Wiese, und, je schöner und wärmer das Wetter wird, desto mehr füllt sich diese Wiese mit Studenten, die sich dort in der Sonne ausstrecken, singen, diskutieren. Bei schönem Sommerwetter sind manchmal mehr Studenten auf der Wiese als in den

Seminaren. Die Verlockung ist groß und die Sanktionen sind gering, wenn man etwas später ins Seminar geht. Oder gar nicht.

Mit Erstaunen hat Friedel registriert, dass man an der Hochschule fast immer eine Viertelstunde später anfängt – das ist genau die Zeit, die ihm in der Schule so oft gefehlt hat. Manchmal wird diese Viertelstunde aber noch zusätzlich ausgedehnt – wenn man gerade in einer wichtigen Diskussion ist oder die Sonne draußen auf der Wiese einfach zu schön scheint. In den großen Vorlesungen im Hörsaal fällt es auch nicht weiter auf, wenn man sich verspätet. In den kleinen Musikseminaren schon, deshalb ist Friedel dort meistens pünktlich. Hier kennt man schnell alle Studenten mit Namen und es bildet sich ein kleiner Club von Musikstudenten, die sich auch außerhalb der Seminare zum Musikmachen und Diskutieren verabreden. Ein Teil von ihnen arbeitet mit Friedel in der Fachschaft Musik.

Schnell hat Friedel für sich herausgefunden, wo die Seminare und Vorlesungen stattfinden, die er interessant findet. Bei den anderen Pflichtvorlesungen genügt es, sie in sein Studienbuch zu schreiben und ab und zu mal vorbeizuschauen, ob noch alle da sind. Es gibt den emeritierten Professor Kumetat, der ab und zu noch Veranstaltungen macht, die Friedel immer besucht, auch bei schönem Wetter. Professor Kumetat zeigt als engagierter Reformpädagoge mit kleinen Filmen aus der Petersen-Schule, wie Unterricht auch sein kann – und genau so will Friedel später unterrichten: Der Lehrer leitet an, die Schüler erkunden und erforschen, der Lehrer moderiert und ermuntert zu selbständigem und eigenverantwortlichem Lernen und nimmt sich selbst zurück.

Ein weiterer Professor, dessen Veranstaltungen Friedel besucht, ist Professor Bauer, der die Kunst beherrscht, Soziologie so verständlich darzustellen und zu erklären, dass man sie verstehen kann. Das ist eine seltene Gabe, die leider mit seiner Pensionierung auszusterben scheint. Friedel mag seine nüchterne und unaufgeregte Art, er wirkt authentisch. Der Soziologie-Guru dagegen, zu dem alle laufen, ist auch nett und hat Strahlkraft, aber seine Sprache, besonders die in seinen Skripten, ist für Friedel völlig unverständlich. Friedel bekommt immer mehr den Eindruck, dass es nicht ihm alleine so geht, sondern die riesige Schar seiner Anhänger ihn für Texte feiert, die sie nicht oder nur teilweise verstanden hat.

Der dritte, dessen Seminare Friedel eifrig besucht, ist der Pädagogik-Professor Grünfeld. Seine Vorlesungen sind immer spannend, weil er so viele kleine rhetorische Ausflüge in Bereiche macht, die normalerweise mit Pädagogik wenig zu tun haben. Es wird nie langweilig bei ihm und die Studenten kommen aus dem Staunen nicht mehr heraus. Hier lernt Friedel, dass man das kapitalistische System ruhig so nennen darf, auch wenn das Wort in der Bundesrepublik gerade ziemlich verpönt ist außerhalb der sogenannten „K-Gruppen", Marxisten, Leninisten, Maoisten, Trotzkisten und wie sie alle heißen. „Wir leben im Kapitalismus und wir müssen wissen, nach welchen Regeln er funktioniert, wenn wir ihn verstehen, verändern oder abschaffen wollen!" sagt Professor Grünfeld. Immer wieder zitiert er den Schamanen Don Juan aus Castanedas Büchern und lehrt seine Studenten, dass die Wirklichkeit, wie wir sie erleben, nur eine Konstruktion des menschlichen Gehirns ist.

Friedel besorgt sich daraufhin die Castaneda-Bücher und verschlingt sie. Etwas unheimlich sind sie, phantastische Erfahrungen in der mexikanischen Wüste, in denen Raum und Zeit gedehnt, geschrumpft oder aufgehoben werden und man nie genau weiß, ob man sich im Traum- oder Wachzustand befindet. Das hat auch Auswirkungen auf Friedels Art zu träumen. Manchmal bekommt er die Möglichkeit, einen Traum von „außen" zu steuern und zu beeinflussen. Manchmal allerdings stellt er mit Erschrecken fest, dass er zuweilen nicht mehr richtig weiß, ob er noch träumt oder schon wach ist. Auf jeden Fall führt die Beschäftigung mit Castaneda dazu, dass sich Friedel intensiv mit seinen Träumen beschäftigt und dadurch auch mit sich selbst und seiner Vergangenheit.

Zu Grünfelds Thema „Wie wirklich ist die Wirklichkeit?" passen nahtlos die neu erschienenen psychologischen Schriften von Watzlawick und Laing, die die eigene Erfahrung und die Erfahrung der anderen zum Thema haben. Die Studenten aus Grünfelds Seminaren lesen sich in einen Rausch, so viele Anregungen und Tipps bekommen sie. Friedel lernt viele Studenten aus der Abteilung für Heilpädagogik kennen, an der die Sonderschullehrer ausgebildet werden. Für sie sind Watzlawick und Laing auch darum so interessant, weil sie eine neue Diskussionsebene eröffnen in der Frage der Integration und des Umgangs mit den sogenannten „behinderten" Schülern. „Wer ist gestört, der Einzelne oder die Wirklichkeit?" fragen und diskutieren sie.

Friedel muss sich zu Beginn seines Studiums entscheiden, welches zweite Fach er wählt. Musik ist völlig klar, aber was soll dazu kommen? Deutsch ist in der Schule immer sein Lieblingsfach gewesen und er liest und schreibt leidenschaftlich gerne. Aber der Fachbereich Deutsch ist sehr groß und die Auswahl der Vorlesungen im Verzeichnis spricht ihn nicht besonders an. Was soll er in der Sekundarstufe I mit Mittelhochdeutsch und Linguistik? So entscheidet er sich aus dem Bauch heraus für Kunst. Er zeichnet gerne und kann dort und in der Malerei, beim Töpfern und anderswo sicherlich noch einige schöne Dinge lernen. Die Fächerkombination Musik und Kunst ist erst seit diesem Semester möglich und wird im Semester darauf direkt wieder abgeschafft. Friedel genießt die vielen praktischen Erfahrungen, die seine beiden Fächer bieten.

Der Fachbereich Kunst ist sehr viel größer als Musik, hier kennt er am Ende des ersten Semesters noch nicht annähernd so viele Studenten wie in Musik. Eigentlich nur die, mit denen er praktisch gearbeitet hat: Mit einigen hat er im Keller zusammen Fotos entwickelt, es ist manchmal spannend zu raten, welches Gesicht wohl zu der Stimme gehört, mit der man sich schon eine halbe Stunde in der Dunkelkammer unterhalten hat. Friedel hat auf dem Dachboden seines Elternhauses in Berlin-Heiligensee eine alte Ziehharmonika-Kamera gefunden, eine Agfa Billy aus den Dreißigerjahren, die noch voll funktionsfähig ist. Er besorgt sich Ilford-Rollfilme in 6 mal 9 und macht Landschafts- und Städtefotos in Schwarz-Weiß, die er dann selbst entwickelt und abzieht. Friedel hat den Eindruck, die nostalgische Aura der alten Kamera geht geheimnisvollerweise auch auf seine Aufnahmen über.

Im Zeichenkurs dagegen ist Licht genug vorhanden, hier entdeckt Friedel noch einmal seine Vorliebe für weiche Bleistifte und Kohle. Einige Kommilitonen sind schon weit fortgeschritten in der Kunst, in wenigen Strichen das Wesentliche aufs Papier zu bringen. In der Schulklasse ist Friedel immer der „Meister" gewesen, hier ist er nur ein kleiner Lehrling, der staunend und bewundernd schaut, wie andere an die Sache herangehen. Der Dozent ist nicht zimperlich mit seinen Kommentaren: „Das ist gar nichts, Sie müssen richtig hinschauen!" Also wird das Blatt zerknüllt und ein neues angefangen. Wichtig sind seine Tipps, nicht alles auf einmal können zu wollen: „Kümmern Sie sich jetzt einfach mal um die Ohren, lassen Sie alles andere weg!"

Am Ende des Kurses hat Friedel so viel dazugelernt, dass er sich in den Kurs zwei – Aktzeichnen – traut. Er ist sehr gespannt, wie das ablaufen wird. Eine blonde Studentin aus einem höheren Semester kommt in einer Art Bademantel herein und wird vom Dozenten auf einem Tisch so positioniert, dass jeder der etwa 20 Studierenden ausreichende Sicht hat. Die Jalousien sind heruntergelassen, in der kalten Beleuchtung der Neonröhren im Seminarraum wirkt der nackte Körper seltsam fahl, bleich und fast krank. Friedel denkt immer, sie müsse doch schrecklich frieren in diesem kalten Licht, angestarrt von 20 Augenpaaren. Der Ratschlag aus dem ersten Kurs: „Sie müssen richtig hinschauen!" fällt ihm hier sehr schwer. Er will nicht aufdringlich wirken und zeichnet mehr die Idealformen als die Bauchfalten und andere realistische Details. Er hat Sorge, sein Blick und seine Zeichnung könnten vielleicht verletzend sein. Er will nicht seinen Augen trauen, die ihm sagen, dass das Mädchen ihm im Bademantel besser gefallen hat als ohne.

Hat er Angst vor nackten Frauen? Manchmal scheint es ihm fast so. Er will nicht zu nah heran, will nicht alles so genau sehen und wissen. Als Jugendlicher in Berlin hat er einmal einen „Playboy" in die Hände bekommen, in dem die leicht verschwommenen Aufnahmen junger Mädchen in der warmen Abendsonne Frankreichs zu sehen waren, daran konnte er sich nicht satt sehen. Aber dieser Körper hier im künstlichen Neonlicht des Seminarraums erinnert ihn mehr an Leichen auf dem Seziertisch im Krimi als an seine Vorstellungen und Wünsche von weiblichen Körpern. Sie rufen eher Beklemmungen und Mitgefühl als Lust in ihm hervor.

Tagebucheintrag: Die leere Zeit

Ich weiß nicht, was ich will.
Ich weiß nicht, ob ich glücklich bin.
Ich habe Angst vor der leeren Zeit, wo ich dasitze und nicht weiß, was ich tun soll. Arbeit habe ich genügend. Auch Dinge, die ich gerne mache: Cello spielen, Lesen, Platten hören. Aber jetzt gerade will ich all das nicht. Oft sind meine Tage vollgepropft, durchgeplant bis in den Abend hinein, damit ich die leere Zeit umgehe. Ich habe Angst, dies einzugestehen. Ich habe jetzt, wo ich das schreibe, Sorge, jemand könnte es lesen und meine Unsicherheit bemerken.

Den täglichen Kram erledige ich mit Routine. Im Schulpraktikum an der Gesamtschule habe ich gelernt, sicher aufzutreten, nur so komme ich durch. Ich fühle mich auch gut dabei und glaube, dass ich das besser kann als früher. Aber es ist etwas zwiespältig. Ich darf keine Show abziehen und sicherer, fröhlicher, ausgeglichener auftreten, als ich wirklich bin. Das rächt sich. Der Kontakt zu den anderen wird schwierig, ich werde falsch eingeschätzt und verstanden. Ich bin nicht, was ihr wollt, was ihr denkt, dass ich bin! Ich bin ich!

Eben kamen zwei Mädchen hier hoch und klopften an meine Zimmertür in der Schallstraße. Sie wollten zu Ahmed, der war nicht da, nun wollten sie ihm was aufschreiben. Ich schrieb gerade diesen Text hier, hatte Sorge, dass sie vielleicht sehen könnten, was ich da schreibe. Die beiden machten einen netten Eindruck, doch ich sagte nicht: „Kommt rein, setzt euch, hier ist ein Keks, erzählt mal was von Ahmed!" Ich weiß noch nicht einmal, wer Ahmed ist! Nein, ich ließ sie mit Zettel und Stift in der Türfüllung stehen, schob nervös das Tagebuchblatt zur Seite, drehte mich um, machte die etwas aufdringliche Musik im Radio aus, suchte einen neuen Sender, fühlte mich unsicher, tapsig und ungeschickt, wollte nicht so erscheinen, suchte meinen Kuli unter den Blättern, ach ja, ich hatte ihn ja gerade verborgt!

Mir war alles peinlich, ich glaubte, ein jämmerliches Schauspiel abzugeben, also stand ich auf und tat so, als ob ich hinter der Tür im Regal irgendetwas suchte. Außerdem hielt ich ja die ganze Zeit diese verflixte Reißzwecke in der Hand, die ich ihnen gleich geben wollte, damit sie den Zettel an Ahmeds Tür anheften konnten. Schließlich waren sie fertig mit Schreiben, na endlich, die peinliche Situation ist überstanden, nun noch ein kurzer Blick, die Zwecke wird feierlich überreicht, im Gegenzug erhalte ich Block und Kuli zurück, ein Lächeln, Tschöö, Tür zu.

Und dann sitze ich da und denke: Scheiße! Ich habe mich doch ziemlich allein gefühlt und es war schön, Besuch zu kriegen, auch wenn er eigentlich gar nicht für mich war! Ich hätte die beiden gerne näher kennen gelernt und ein bisschen mit ihnen geplaudert. Ich stoße dauernd mit meinem Kopf gegen unsichtbare Mauern – oder stehe davor und glaube, dass ich mir den Kopf stoßen werde. Hier stehe ich, da stehst du – und in der Mitte zwischen uns steht diese Mauer. Ich will auf dich zugehen und bleibe dann doch, wo ich bin. Ich warte, dass du mich holst! Du siehst mir aber gar nicht an, dass ich gerne auf dich zukommen möchte, weil ich zu scheu bin, dir zu signalisieren: „Huhu! Hier!" So warte ich auf meine Befreiung wie Rapunzel auf den Königssohn. Meine Mauer ist stabil.

Düsseldorf

Jedes Wochenende fährt Friedel mit seinem Käfer von Köln nach Düsseldorf-Kaiserswerth zu Eva, oder sie kommt ihn am Wochenende in Köln besuchen. Eva kennt er von der Oberschule in Berlin, sie ist ein Jahr älter als er. Sie waren dort schon aktiv, haben gemeinsam eine Jugendgruppe mit Körperbehinderten und Jugendgottesdienste organisiert und sind sich dabei immer näher gekommen. In Evas Familie wurde Friedel sofort mit offenen Armen aufgenommen und schon als zukünftiger Schwiegersohn gehandelt, was ihn immer wieder in Panik versetzte. In der Beziehung zu Eva war Friedel von Anfang an der Bremser, der sich zurückzog, der seine Ruhe haben wollte, der Angst hatte, vereinnahmt zu werden. Er hatte Angst vor zu viel Nähe, vor Verpflichtungen, Angst, sich selber zu verlieren. Eva gab immer wieder ein Stück nach, diskutierte geduldig stundenlang mit ihm, versuchte beharrlich, seine Blockaden zu durchbrechen. Es gab auch immer wieder glückliche Phasen der Beziehung, meistens auf Reisen, weit weg von Pflichten und Familienbanden. Aber insgeheim träumte Friedel davon, mit dem Studium weit weg von Berlin ein ganz neues Leben anzufangen – ohne Eva.

Und dann, als er seinen Entschluss gefasst hat, nach Köln zu gehen, bekommt sie den Studienplatz für Sozialpädagogik an der Fachhochschule in Kaiserswerth, im Norden Düsseldorfs! Erstaunlicherweise tut diese neue Wochenendbeziehung ihrem Zusammensein erst einmal gut. Jeder kann an seinem Standort sein eigenes Leben leben, neue Freunde finden, sich auf eigenen Füßen bewähren. Am Wochenende gibt es viel zu erzählen und es wird selten langweilig. Eva wohnt in einem schönen Zimmer zur Untermiete bei einer älteren Dame, einer echten Düsseldorferin. Das Zusammensein mit Friedel ist dort nicht immer problemfrei. Friedel vermeidet es nach Möglichkeit, nachts noch in die Küche oder auf das Klo zu gehen, weil es ihm unangenehm ist, dort vielleicht der resoluten alten Dame zu begegnen. Lieber ist es ihm, wenn Eva am Wochenende in seine kleine Studentenbude in der Schallstraße kommt, obwohl die mit zwei Leuten schon aus allen Nähten platzt.

Wenn er „dran" ist mit Fahren, prügelt er seinen Käfer über die Neusser Autobahn, bei 120 Sachen hebt der Wagen beinahe ab, zumindest ähnelt die Geräuschentwicklung stark einem Düsentriebwerk. Friedel stellt immer wieder neue Zeitrekorde auf, in denen er in Kaiserswerth ein- oder ausfliegt. Das hat leider Folgen, die er nicht bedacht hat: Er bleibt mit Motorschaden auf der Autobahn hängen und muss vom ADAC abgeschleppt werden, dem er bei dieser Gelegenheit beitritt. Eigentlich ist das völlig außerhalb seines Denkspektrums, als langhaariger Hippie mit Zickenbärtchen und John-Lennon-Brille einem so spießigen Altmännerverein wie dem ADAC beizutreten, aber der lustige ADAC-Mann mit dem imposanten kölschen Schnäuzer sagt ihm: „Jung, pass up, wenn de erstmal die Rechnung für's Awschleppen siehst, däd et dir ewisch leid, dat de nit ungerschriewe häs!"

Auch hier weiß Eva Rat. Sie schleppt Friedels Käfer mit ihrem Käfer ab nach Berlin zu ihrem älteren Bruder, der sich der Sache annehmen will. Der kauft dort einen alten Käfermotor vom Schrottplatz und baut ihn dann in einer Wochenendaktion ein. Friedel ist happy, fühlt sich aber jetzt in Abhängigkeit und Schuld von Evas Familie. Besonders peinlich ist ihm, dass er ein halbes Jahr später schon wieder mit Motorschaden liegen bleibt. Eva warnt: „Erzähl meinem Bruder bloß nichts davon, der ärgert sich schwarz, dass er die ganze Arbeit umsonst gemacht hat!" Erst in einem Gespräch mit dem technisch versierten Freund seiner kleinen Schwester Bine begreift Friedel, dass man einen Käfer mit seinem luftgekühlten Motor nicht ständig mit Vollgas über die Autobahn jagen darf. Aber da ist es schon zu spät. Hätte ihm das doch jemand mal früher gesagt!

Bines Freund besorgt ihm in Berlin eine graue Kastenente, das ist das Auto, auf das Friedel schon lange scharf gewesen ist. Friedel streicht die Ente erst einmal mit einem großen Pinsel dunkelblau an und genießt ein ganz neues Fahrgefühl. Bei jeder Kurve geht sie in die Knie und das Seitenfenster öffnet sich und schwingt hin und her. Auf diese Weise kommt immer frische Luft ins Auto, was im Sommer praktisch, im Winter und bei Starkregen oder Schnee lästig ist. Auf der Autobahn muss er sich jetzt in Geduld üben, aber diese Lektion hat er ja inzwischen gelernt. Im Windschatten von Lastwagen kann er mit 100 mithalten, aber zum Überholen reicht es meistens nicht. Im Gegenteil. Oft überholen ihn die Brummis, weil die Ente ihnen zu langsam fährt, das ist nicht immer ein gutes Gefühl.

Das Schönste an der Kastenente ist der Platz, den sie hinter dem Fahrersitz bietet. Friedel baut die Rückbank aus, fährt zum Schaumstoffhändler Di Napoli in der Kölner Südstadt, lässt sich dort eine passende Matratze zuschneiden, noch eine bunte Decke dazu und ruckzuck ist aus seiner Ente ein Campingwagen geworden. Jetzt kann er bei Fahrten und Ausflügen nach Holland, Berlin, Paris die Reise jederzeit unterbrechen und sich hinten gemütlich langlegen. Wenn er sich streckt, kommt er mit den Fußspitzen an die doppelte Hecktür. Auch bei Fahrten mit Eva ist genug Platz für ein Mittagsschläfchen oder eine Übernachtung im Wagen. Damit bricht für Friedel ein völlig neues Zeitalter des Reisens an.

Eva und er machen an den gemeinsamen Wochenenden viele Ausflüge in die Umgebung von Düsseldorf und Köln. Er lernt den Niederrhein kennen bis hinauf nach Xanten, das Bergische Land mit seinen kleinen Fachwerkhäusern und den grünen Fensterläden, den Altenberger Dom, die Erft, das Hohe Venn, die Eifel und die Voreifel. Am besten gefällt ihm die sanft-hügelige bergische Landschaft, das spürt er immer wieder. Als er einmal auf einem Wochenendseminar der Kölner ESG, der Evangelischen Studentengemeinde, in einer wildromantischen alten Fachwerkmühle irgendwo hinter den sieben Bergen von Solingen übernachtet, sagt er nach dem letzten Gutenachtbier draußen vor dem Haus, während der wilde Bach im Dunkeln dahinrauscht: „In so einer Umgebung möchte ich später mal wohnen!"

Die Beziehung zu Eva, in der es vor dem Umzug nach Berlin öfter heftig gekriselt hat, stabilisiert sich durch die Wochenend-Beziehung deutlich. Jeder geht in der Woche seiner Wege und macht das, was er gerne machen will. Am Wochenende freuen sich beide auf das Zusammenkommen und auf schöne Ausflüge. Nicht immer geht es in die Landschaft, auch ihre beiden Städte Düsseldorf und Köln lernen Eva und Friedel bei der Gelegenheit intensiv kennen und schätzen. Auseinandersetzungen gibt es dann, wenn Eva zu viel vorgeplant hat und Friedel das Wochenende eher ganz locker und entspannt angehen will. Dann müssen Kompromisse her, und das ist nicht immer einfach. Wenn Friedel Evas detaillierten Ausflugsplanungen nur ein: „Ich möchte doch nur ein wenig in der Sonne sitzen!" entgegenzusetzen hat, fühlt er sich moralisch unterlegen. Sie hat sich so viele Gedanken gemacht, wie sie beide ein tolles Wochenende verbringen können und er will einfach nur rumhängen! Das ist bestimmt nicht fair, aber er ist stur und mault so lange vor sich hin, bis das Ausflugsprogramm zumindest erheblich abgespeckt wird und Raum für spontane Ideen lässt.

Reutlingen

Kurz vor Beginn des zweiten Semesters ist plötzlich ein Schreiben aus Baden-Württemberg in Friedels Briefkasten: *Wir freuen uns, Ihnen mitteilen zu können, dass Sie im Nachrückverfahren zum Wintersemester 1976/77 einen Studienplatz für Sonderpädagogik an der Pädagogischen Hochschule Reutlingen erhalten haben ...*

Friedel erinnert sich nur noch dunkel, dass er sich dort beworben hat. Doch, sicher, Eva und er sind vor Monaten in der schönen, alten Studentenstadt Tübingen gewesen, wo es ihnen beiden gut gefallen hat. Reutlingen liegt dicht dabei. Und da es dort auch ein sonderpädagogisches Studium wie in Nordrhein-Westfalen gibt und er in Köln im Moment ja nur „Normallehrer" studieren kann, hat er sich gedacht: Ich probiere es einfach mal. Aber er hat nicht mehr daran gedacht, dass daraus etwas werden könnte.

Jetzt hat er erst einmal eine unruhige Nacht, in der er sich auf seiner schmalen Sofaliege hin und her wälzt und immer wieder alle Vor- und Nachteile gegeneinander abwägt. Es fällt ihm sehr schwer, aus Köln wegzugehen, weil er sich schon so gut eingelebt hat. Andererseits – wenn er wirklich Sonderschullehrer werden will, dann ist das hier seine Chance. Wenn man so eine Chance bekommt, dann nutzt man sie auch!

Mit diesem Gedanken wird er morgens wach, auch nach dem Kaffee bleibt dieser Gedanke als Résumé in seinem Kopf. Also schnell zwei Groschen gesucht, runtergelaufen zur Telefonzelle, ein kurzer Anruf bei Eva, bei dem er seine Pros und Kontras noch einmal erläutert. Sie ist überhaupt nicht begeistert von der Idee, dass er so weit wegziehen will, gibt ihm aber Recht, dass dies seine Chance sei – wenn er denn Sonderschullehrer werden will.

Jetzt geht alles sehr rasch. Er kündigt sein Zimmer in der Schallstraße, lässt sich im Studentensekretariat der PH exmatrikulieren, packt all seinen Kram zusammen und fährt mit Eva, die aus Düsseldorf angereist ist, den weiten Weg nach Reutlingen. Den Rhein hinauf, vorbei an der schönen Schattenkulisse von Heidelberg und den fernen Bergen des Odenwalds links und später dem Schwarzwald rechts. Das Laub der Bäume im Schönbuch kurz vor Tübingen ist flammend rot gefärbt, Schwaben zeigt sich von seiner schönsten Seite. In Reutlingen hat Evas Familie Bekanntschaft, eine große Familie mit Kindern, dort können sie nachts unterkommen. Friedel spürt, wie er Beklemmungen bekommt, als er die Leute reden hört. Alles ist fremd und anders hier, er vermisst jetzt schon Köln.

Am nächsten Morgen schreibt er sich ein und schaut dann die Reutlinger PH an, alles wirkt viel kleiner und provinzieller als in Köln. Er schaut das Vorlesungsverzeichnis durch, auch das ist sehr übersichtlich. Wird er hier gut studieren können? Ist seine Entscheidung, zu wechseln, klug? Die Schwaben sind freundlich, aber er versteht sie zum Teil schlecht und muss immer wieder nachfragen, damit er etwas mitbekommt. Er guckt an den Aushängen nach Zimmern und bekommt von anderen Studenten den Ratschlag, es im Studentenwohnheim zu versuchen. Dort lässt er sich auf eine Warteliste setzen und geht erst einmal zur BaföG-Beratung. Er hat in Köln nicht den vollen BaföG-Satz bekommen, da sein Vater in Berlin noch als Pfarrer arbeitet, allerdings von seinem Gehalt auch eine Familie mit Frau, sechs Kindern und der Oma ernähren muss. Er will herausbekommen, ob er hier in Reutlingen auch mit etwa 400 Mark monatlich rechnen kann.

Der Mann in der BaföG-Beratung lacht auf eine unangenehme Weise und schüttelt dann den Kopf. „Tut mir leid, wenn Sie im ersten Semester gewechselt hätten, hätte es geklappt. Aber für Studenten, die erst n a c h dem ersten Semester wechseln, wird in Baden-Württemberg das BaföG komplett gestrichen!" Friedel denkt, er hätte sich verhört und fragt nochmal nach. Nein, er hat richtig verstanden, er wird hier keinen Pfennig Unterstützung bekommen. Völlig demoralisiert schleicht er aus dem Büro und fragt zur Sicherheit noch einmal beim AStA nach. Ja, das wäre traurig aber wahr, Baden-Württemberg würde da leider einen sehr rigorosen Kurs fahren, anders als die meisten anderen Bundesländer.

Was jetzt? In der Cafeteria denkt er nach. Nein, ohne Unterstützung wird er das nicht schaffen. Er kann jobben gehen, Cellounterricht geben, aber nicht so viel, dass er davon sein komplettes Studium finanzieren kann. Vater schickt ihm 150 Mark im Monat, um mehr will er nicht bitten, sein älterer Bruder studiert ja auch und seine drei jüngeren Geschwister sind alle noch in der Schule. Eva kommt dazu und hört sich die Geschichte an. Sie bietet an, dass sie Friedel mit unterstützen könne, es gäbe doch noch andere Möglichkeiten, z.B. ein Stipendium zu beantragen, ihr Vater könne da vielleicht etwas in die Wege leiten …

Nein, das will Friedel alles nicht. Ihm steht Geld vom Staat zu, das will er nicht verschenken. Wenn das hier alles so schwierig ist, dann ist das eben ein Wink des Schicksals. Er soll nicht in Reutlingen Sonderpädagogik studieren, sondern zurückgehen nach Köln! Als er diesen Gedanken gefasst hat, geht es ihm wieder besser. Jetzt muss er nur noch schnell herausbekommen, ob er die Exmatrikulation und die Kündigung des Mietvertrages rückgängig machen kann. Er lässt sich an der Kasse der Cafeteria genügend Groschen geben zum Telefonieren in der Telefonzelle.

Beim Anruf im Kölner Studentensekretariat erwischt er durch Zufall genau die fröhliche Dame, bei der er sich zwei Tage zuvor exmatrikuliert hat. Sie erinnert sich sofort an seinen ausgefallenen Namen und begrüßt ihn mit: „Sie Scherzknubbel, dann kommen Sie morgen früh mal kurz vor neun zum Seiteneingang, dann bringen wir das ganz schnell wieder in Ordnung! Ich sag neulich noch zu meiner Kollegin: Ob der wohl weiß, was er tut, wenn er sich hier in Köln abmeldet?"

Auch der Anruf beim Vermieter macht Hoffnung, die Dame im Büro sagt ihm, das Zimmer wäre ihres Wissens nach noch nicht weitervermietet, er solle am nächsten Tag vorbeikommen, dann könne man das genau klären. Also heißt es jetzt wieder zurück ins Studentensekretariat zum Exmatrikulieren. „Sie haben sich doch vorhin erst angemeldet, junger Mann!" sagt die ältere Dame pikiert. „Sie wissen wohl auch nicht, was Sie wollen!" Er erklärt kurz die Situation und die Frau verspricht ihm darauf sogar, dass er einen Teil des Semesterbeitrags auf sein Konto zurückgezahlt kriegen würde. Mehr kann er nicht erhoffen. Eva und Friedel packen schnell alle Sachen ins Auto, verabschieden sich von der Gastfamilie und von Reutlingen und fahren dem Abend entgegen, wieder Richtung Norden, durch das rot leuchtende Laub der Buchen über Stuttgart und Heidelberg zurück nach Köln.

Eva fährt von dort weiter nach Düsseldorf, weil sie am nächsten Morgen einen wichtigen Termin hat. Friedel stellt sich mit seiner Kastenente in die Schallstraße, fast direkt vor seine Wohnung, und krabbelt nach hinten auf die Matratze, wo er in einen traumlosen, tiefen Schlaf fällt, aus dem er erst morgens erwacht, als es hell wird. Er schaut verschlafen auf die Armbanduhr. Zehn vor neun! Jetzt aber flott!

Er strubbelt sich im Rückspiegel die langen Haare in eine Richtung, die vielleicht so etwas wie Kämmen oder Bürsten ersetzen kann, zieht sich seinen Lieblings-Wollpullover glatt, riecht kurz an ihm und stellt geruchlich keinen Unterschied zu den vergangenen Wochen fest, kontrolliert den Reißverschluss seiner Jeans und rennt los. Fahren macht keinen Sinn, vor der PH bekommt man um diese Zeit keinen Parkplatz – jedenfalls nicht auf die Schnelle. Um zwei vor neun ist er am Seiteneingang, wo die nette Frau schon lachend steht und fragt: „Na, wo kommen Sie denn jetzt her? Sie sehen ja aus, als hätten Sie die Nacht auf der Straße zugebracht!"

Er erklärt ihr, dass sie ziemlich richtig liegt mit ihrer Vermutung und dass er erst mitten in der Nacht aus Reutlingen wieder zurückgekommen wäre und dann in seinem Auto übernachtet habe. Sie ist kurz davor, ihm durchs lockige Haar zu strubbeln und meint: „Sie Armer! Aber wie kommen Sie auch bloß auf so eine verrückte Idee? Sie haben hier einen schönen Studienplatz in der schönsten Stadt von Deutschland und dann wollen Sie freiwillig in den Süden, wo die Leute alle so komisch reden? Nee nee, das sollte einfach nicht sein. Sie gehören hierher!"

So sieht Friedel das ja auch und lächelt dankbar, dass sie ihn in seinem Entschluss bestärkt. Während sie alle Unterlagen für ihn fertig macht und ihm den Überweisungsträger für die Semestergebühr zuschiebt, beobachtet er sie und stellt fest, dass sie vermutlich gar nicht viel älter ist als er. Mitte zwanzig wahrscheinlich. Was ordentliche Kleidung doch so ausmachen kann, gleich sieht man viel seriöser und reifer aus als die Studenten, die mit wilden Mähnen, runden Brillen, labbrigen Wollpullovern, Batik-Shirts, Latzhosen oder Schlabberjeans durch die Gegend laufen. Er versucht, sie sich mit Studentenlook vorzustellen und findet sie auf einmal ziemlich attraktiv. Eigentlich steht er nicht so auf mollige Frauen, aber zu ihr passt das ausgesprochen gut, sie ist nicht dick, nein, aber schon etwas zum Festhalten.

Als sie ihn wieder anspricht, wird er rot, weil ihm plötzlich klar wird, dass er sie die ganze Zeit angestarrt hat. Er stottert herum, weil er sie nicht genau verstanden hat. Sie lacht wieder ihr mitreißendes Lachen und sagt zu ihm: „Hier, jetzt ist alles wieder gut! Sehen Sie erst mal zu, dass Sie sich ordentlich ausschlafen und dann stellen Sie heute Abend eine Kerze für mich auf, ich muss nämlich morgen ins Krankenhaus!"

Er ist jetzt völlig verwirrt, bedankt sich tausend Mal und stürzt dann hinaus in die Herbstsonne. Erst auf dem Heimweg sortieren sich seine Gedanken etwas. Was bedeutet das mit der Kerze? Was ist das mit dem Krankenhaus? Er hat überhaupt nicht nachgefragt, das ist bestimmt total unhöflich und unsensibel, wo sie doch so nett zu ihm gewesen ist. Das mit den Kerzen hat er im Kölner Dom gesehen, das machen die Katholiken, wenn sie an jemanden besonders intensiv denken. Was hat sie? Krebs? Ist es das? Aber kann jemand, der am nächsten

Tag zur Krebs-Untersuchung muss, so fröhlich lachen und so unbeschwert sein wie sie? Wie auch immer, wenigstens das mit der Kerze darf er nicht verbaseln. Aber erst muss er zum Büro seines Vermieters. Der lacht ebenfalls und sagt: „Da haben Sie aber Glück gehabt! Hätte ich den Zettel gestern nicht vergessen aufzuhängen, wäre das Zimmer bestimmt am selben Tag weg gewesen. So billig kann man sonst in Köln nirgends wohnen!" Er gibt Friedel den Schlüssel und wünscht ihm einen guten Neustart. Als Friedel hinaus ist, macht er vor der Tür einen kleinen Freudensprung und später im Auto den dazu passenden Freudenschrei. Er richtet sich sein Zimmer wieder ein und kauft im Rewe auf der Dürener Straße die Dinge, die er zum Überleben braucht: Äpfel, Pumpernickel, Knäcke, Apfelmus, Nudeln, Tomatensoße, Marmelade und Butter.

Als alles getan ist, fährt er mit dem Auto in die Innenstadt zum Rheinufer, macht einen kleinen Spaziergang zum Dom, setzt sich dort in eine Seitenkapelle, kauft für zwei Groschen eine Kerze, steckt sie an, hockt sich auf die harte Kirchenbank und flüstert: „Lieber Gott, ich weiß nicht, ob du mich hörst, hier, wo alles so seltsam katholisch ist. Es riecht sogar katholisch. Ich weiß noch nicht mal, wie die Frau heißt, für die ich hier eine Kerze anzünde! Das ist doch zu blöd! Aber du kennst ihren Namen und du weißt, was mit ihr ist! Wenn es in deiner Macht steht, mach doch bitte, dass sie wieder gesund wird! Sie hat so ein nettes Lachen, das macht einen ganz froh! Damit kann sie ganz viele Menschen fröhlich machen! – Und, lieber Gott, danke, dass du mir gezeigt hast, wo mein Platz ist! Danke, dass ich da bin, wo ich hingehöre, hier, in Köln!"

Innenleben und Außenhaut

In der Vergangenheit oder in der Zukunft zu leben, kann weniger befriedigend sein, als in der Gegenwart zu leben, niemals aber so desillusionierend.

Friedel hockt zusammengekauert in seinem halbdunklen Zimmer und vertieft sich in das Buch, das er sich in der Universitätsbuchhandlung Kiepenheuer und Witsch gekauft hat: „Das Selbst und die Anderen" von Ronald D. Laing. Immer wieder liest er bestimmte Passagen und merkt, wie gut sie zu ihm passen. Wer ist er? Warum zieht er sich immer wieder zurück, kriecht in sich hinein? Das liegt alles an dieser blöden Hautkrankheit, dem Ekzem. Wann hat das eigentlich begonnen?

Seine Großmutter hat ihm erzählt, er habe als Baby „Milchschorf" gehabt. Seine Mutter habe zu ihrem großen Kummer eine Brustentzündung bekommen und habe ihn nur kurz stillen können. Er wäre als Baby und kleines Kind auch mehrmals für längere Zeit im Krankenhaus gewesen, zweimal mit Leistenbruch. Die Familie habe ihm dann immer nur von außen durch eine Scheibe zuwinken können. Als Grundschulkind hatte Friedel ein leichtes Ekzem an Armbeugen, Kniekehlen und Mundwinkeln, das aber mithilfe von Cortison-Salben abheilte und für einige Jahre vollständig verschwand.

Friedel hat helle, empfindliche Haut, bekommt schnell Sonnenbrand und wird nicht so richtig braun im Sommer. Mit 15 Jahren tritt das Ekzem an den Mundwinkeln wieder auf. In der Innenhand bilden sich kleine Bläschen, die sich immer mehr ausbreiten bis zu den Fingern. Später greift das Ekzem auch auf die Außenhände, die Armbeugen und auf das Gesicht über. Friedels Haare werden sehr schnell fettig, unglücklicherweise zu der Zeit, als man sie unbedingt lang tragen muss. Er hat den Verdacht, dass es mit den großen Haarshampoo-Gebinden zusammenhängt, die Mutter Anna regelmäßig bei einer karitativen Organisation kauft. Sie besorgt extra für ihn eine Flasche „Schauma" aus dem Edeka, aber auch damit wird sein Problem nicht gelöst. Schauma riecht und schäumt zwar besser und flockt auch nicht so aus wie das grässliche Fichtennadelzeugs aus der Literflasche, aber es brennt auf der Kopfhaut und sein Gesicht sieht nach der Haarwäsche aus wie das eines Aliens, die Augen rot.

Mit dem Kauf des teuren, aber sehr milden und angenehmen „Clearasil"-Shampoos wird der Zustand von Friedels Gesicht und Haar deutlich besser, vor allem braucht er jetzt nur alle drei, vier Tage die Haare zu waschen. Das ist auch gut so, denn er kauft es von seinem Taschengeld. Wegen seines Ekzems ist Friedel erst beim Hausarzt in Behandlung, dann, als es nicht wirklich besser wird, beim Hautarzt in Tegel, der macht mit ihm einen erfolglosen Allergietest. Sein Vater rät ihm, mal zu einem „richtigen Professor" zu gehen, also wechselt Friedel zur Hautpoliklinik des Virchow-Krankenhauses im Wedding, hier ist die Behandlung kalt, unpersönlich und genauso erfolglos wie bisher. Im Abiturjahr, als Friedel 19 Jahre alt ist, wird es besonders schlimm. Eitrige, juckende Flächen am Kopf und an den Armbeugen und Händen machen ihn rasend. Er geht zu einem Internisten, der schreibt ihm, wie alle Ärzte zuvor, die verschiedensten Cortison-Salben auf, die er auch brav durchprobiert. Manchmal gibt es eine vorübergehende

Besserung, öfter wandert das Ekzem „unter" der Haut und bricht an einer anderen Stelle wieder aus.

Da Friedel mittlerweile fast alle gängigen Cortison-Präparate ausprobiert hat, ist er ziemlich verzweifelt und greift nach jedem Strohhalm, der sich ihm bietet. Die Eltern seiner Freundin Eva schicken ihn zum Homöopathen nach Frohnau, dort bekommt er Eigenblutspritzen, Kügelchen, badet seine Arme in übermangansaurem Kali oder Obstessig und cremt sich die Haut anschließend mit Calendula-Salbe ein. Dadurch verändert sich das Erscheinungsbild der Krankheit. An Kopf, Armen und Händen hat er jetzt große, schuppige, entzündliche, rote Flächen. Am unangenehmsten ist ihm das rote Gesicht, Hände und Arme lassen sich besser verstecken oder bedecken. Seine Tanten rufen: „Mensch, du bist aber braun geworden!" wenn sie ihn sehen und Friedel denkt: *Wenn ihr besser gucken könntet, würdet ihr sehen, dass mein Gesicht rot ist und nicht braun!*

Eva und ihre Eltern sind überzeugt davon, dass er mit Homöopathie auf dem richtigen Weg ist und nur Geduld haben müsse. Auf keinen Fall wieder zurück zu den Cortison-Salben! Das fällt ihm schwer angesichts der immer größer werdenden, roten, entzündlichen Flächen auf seiner Haut. Er sieht zwar, dass das Krankheitsbild sich deutlich verändert ohne Cortison, aber leider nicht verbessert. Evas Eltern kennen aber zum Glück eine berühmte Ärztin: Die Elektro-Akupunktur im Schwarzwald, die wird es bringen! Friedel ist inzwischen alles egal, solange Hoffnung besteht, und so fährt er mit Eva quer durch Deutschland nach Freudenstadt. Die Ärztin nimmt sich viel Zeit für ihn, aber die Haut will einfach nicht einsehen, dass Akupunktur sie heilen wird.

Inzwischen hat Friedel nur noch einen großen Wunsch: Er will am liebsten aus seiner Haut fahren und sich eine andere suchen. Er hasst diese rote, schuppige, entzündliche Hülle und hätte sie gerne einfach abgestreift wie die Schlangen. Er hasst den Sommer, wenn alle in kurzen Ärmeln und Hosen umherlaufen, nur er nicht, weil er so viel rote Haut wie möglich bedecken will. Er hasst den Winter, wenn die Haut durch die Heizungsluft noch trockener wird und schwitzt. Wollpullover kann er gar nicht tragen, darunter explodiert seine Haut. Nur Baumwollhemden sind einigermaßen erträglich.

Er hat mehrmals am Tag ausgesprochene Kratz-Attacken. Es fängt meistens ganz harmlos an, an irgendeiner Stelle juckt es ja immer. Wenn er erst einmal begonnen hat zu kratzen, kann er nicht mehr aufhören. Er kratzt immer weiter und immer wilder, bis die Haut nässt oder blutig wird. Dann wird mit Tempotüchern „gelöscht" und er fühlt sich richtig elend, verkriecht sich in die hintersten Winkel, ins Dunkle, ins Bett. Dann will er keinen sehen und keinen hören, nur noch allein sein mit sich und seiner ungeliebten Hülle.

Nachts kratzt er sich oft im Schlaf auf und erwacht dann schweißüberströmt mit nässender oder blutender Haut und kann nicht mehr einschlafen. Das einzige, worauf er sich dann freut, ist die Zeit am Morgen unter der Dusche, die er oft sehr lange ausdehnt und genießt. Er stellt sich vor, dass alles mit dem Wasser abgespült wird, was ihn quält. Er schaut extra nicht in den Spiegel beim Abtrocknen, um die Illusion nicht zu zerstören. Er lebt im Kopf in einer Parallelwelt, in der er eine ganz normale Haut hat, die er zeigen kann, in der er ganz normal mit Fremden und Bekannten umgehen kann, ohne dauernd seine aufgekratzte Haut verbergen zu müssen, in der ihn Mädchen streicheln und küssen wie Mädchen und nicht wie Krankenschwestern. Er will kein Mitleid, er will einfach nur Normalität.

Evas Eltern holen in dem Jahr, in dem er nach Köln zieht, noch ein allerletztes Ass aus dem Ärmel: Der berühmte Arzt aus Würzburg, der beste Homöopath weit und breit, hat sich bereit erklärt, Friedel zu behandeln. Friedel bekommt einen Fragebogen zugeschickt mit 158 Fragen, die er detailliert beantwortet. Ferndiagnose, das ist vielleicht ganz praktisch. Zwei Wochen später bekommt er die Antwort:

Der Fragebogen ist ausgewertet, eine Arzneiwahl ist möglich. Die verordnete Arznei laut Anweisung einnehmen. Eine Aussicht auf Heilung ist gut. Bitte alle übrige Arznei weglassen!

Beigefügt ist ein Rezept für homöopathische Kügelchen. Das ist alles? Und wie soll er die Haut eincremen? Mit Kügelchen? Er ruft in der Praxis an. Der Meister ist nicht zu sprechen. Die Sprechstundenhilfe teilt ihm eine Stunde später im Auftrag mit, er solle so eincremen wie bisher, Hauptsache, kein Cortison. Wichtig wären die Kügelchen. Alles würde gut werden, die Homöopathie habe auf jede Krankheit eine Antwort!

Das hat Friedel inzwischen schon mehrfach gehört, es erscheint ihm aber in dieser Form, per Telefon von der Sprechstundenhilfe mitgeteilt, völlig verquer, oder besser gesagt, total vermessen. Natürlich wird Friedel die Kügelchen nehmen, obwohl er sich nicht ganz sicher ist, ob er sie nicht schon einmal bei dem anderen Arzt bekommen hatte. Und dann wird er weitersehen. Wenn das jetzt wieder nicht hilft, ist dann vielleicht sein Glauben zu schwach? Dass der Arzt ihm versprochen hat, ihn zu heilen, obwohl er ihn noch nie gesehen hat, hält die kleine Flamme der Hoffnung eine Weile am Leben. Der muss ja sehr überzeugt sein von seiner Methode! Aber als sich wieder kein Erfolg einstellt, ist sein Glauben an die Heilungskräfte der Homöopathie vorerst erschöpft.

In Köln sucht Friedel außer nach einem Hautarzt auch nach einem Psychologen. In vielen Gesprächen ist er immer wieder zu dem Punkt gekommen: *Meine Haut will mir etwas sagen, ich muss lernen, zu verstehen, was sie mir mitteilen möchte. Es ist nicht meine Haut, die nicht funktioniert. Meine Haut ist nur die Verbindung und der Schutz zwischen meinem Innen und dem Außen.* Friedel befragt Kommilitonen und konsultiert Beratungsstellen. Er hört, dass die guten Psychologen mehrere Jahre Wartezeit haben. „Suchen Sie sich einen, der gerade erst anfängt, da haben Sie noch eine Chance!" ist ein Rat, den er öfter bekommt.

Er stellt sich bei einer sehr netten Psychologin vor, die nur ein paar Jahre älter zu sein scheint, als er selbst. Sie hat gerade ihre psychologische Praxis in Lindenthal neu eröffnet und bietet ihm eine Probestunde an. Sie hört sich seine Geschichte an und sagt ihm ganz offen, dass sie ihn auf jeden Fall psychologisch beraten könne, aber speziell von der Psychosomatik einer Hautkrankheit wenig Ahnung habe. Und da gerade dies ja sein dringendes Anliegen sei, wäre es besser, bei erfahreneren Kollegen nachzuhören, wie man da vorgehen könne.

Wochenlang telefoniert er die erfahreneren Kollegen in Köln durch und bekommt jedes Mal die gleiche Antwort: „In diesem Jahr ist gar nichts möglich, Sie können sich aber auf die Warteliste setzen lassen!" Er will schon frustriert aufgeben, da hört er von einer Praxis im feinen Kölner Vorort Rodenkirchen: „Ja, wir haben auch eine Warteliste, aber Sie können zu einem Beratungsgespräch vorbei kommen!" Das nimmt Friedel gerne in Anspruch, er macht sich nicht viel Hoffnung, aber wer weiß, wenn der Doktor ihn sieht, hat er vielleicht Erbarmen.

Der Doktor sieht ein bisschen aus wie Siegmund Freud, eine freundliche Vaterfigur mit einem gepflegten Bart und einer kleinen Brille, hinter der aufmerksame Augen blitzen. Er hört sich Friedels Geschichte an und sagt dann: „Ich habe eine gute und eine schlechte Nachricht für Sie. Erst die schlechte: Ich werde Sie nicht behandeln, denn ich habe im Moment keinen Platz frei und außerdem auch relativ wenig Erfahrung mit Hautkrankheiten."

„Und die gute Nachricht?"

„Die gute Nachricht ist, dass ich eine ausgezeichnete Psychoanalytikerin kenne, die mit mir damals in Gießen und Frankfurt studiert hat. Sie ist Psychologin und gleichzeitig Hautärztin, soweit ich weiß, in Koblenz. Da kommt man von Köln ganz gut mit dem Zug hin! Wenn Sie wollen, versuche ich mal, ihre Nummer herauszubekommen und frage nach!"

Und ob Friedel will! Schon am nächsten Tag macht er telefonisch einen Termin in Koblenz aus. Alleine die Aussicht auf diesen Termin beruhigt seine Haut und seine Nerven enorm. Er schwebt wie auf einer Wolke, er tanzt durch die Seminare und würde am liebsten jeden umarmen und abknutschen. An seiner Haut sieht er in diesen beiden Wartewochen deutlich den Einfluss der Psyche: Sie ist viel besser als all die Monate zuvor, fast so gut wie in den Sommerferien, als er drei total entspannte Wochen in Südengland erlebt hat, sich wohlig nackt am Strand von Devonshire in der Sonne geräkelt hat und sich alle seine Hautprobleme plötzlich in Luft aufzulösen schienen.

Beim Besuch in Koblenz ist er überrascht, dass es sich um eine ganz normale Arztpraxis handelt. Die nette Arzthelferin rollt das „R" so schön und schickt ihn erst einmal ins Wartezimmer, dann in ein kleines Sprechzimmer mit Plastikstuhl und Arztliege, ohne Couch und schweren Eichenholz-Schreibtisch, so wie Friedel sich das vorgestellt hat. Und dann erscheint die Ärztin, im weißen Arztkittel, sehr klein, von unbestimmbarem Alter, fast japanische Gesichtszüge. Sie begrüßt ihn freundlich, setzt sich auf den Stuhl gegenüber mit einem Block, auf dem sie sich Notizen macht und stellt einige Fragen. Dann lässt sie sich die Ekzemstellen zeigen.

Friedel wartet während der Stunde, die er dort im Behandlungszimmer verbringt, unbewusst immer auf eine Diagnose, auf eine Einschätzung seiner Krankheit. Aber die bekommt er nicht, das wird ihm erst so richtig auf der Zugfahrt zurück nach Köln bewusst. Die Ärztin lässt ihn berichten und erzählen, fragt sehr viel nach, ermuntert ihn, weiterzuerzählen. Das ist Friedel gar nicht gewohnt, er redet gewöhnlich nicht so viel am Stück. Wenn die Ärztin sich ins Gespräch einschaltet, erzählt sie manchmal ein kleines Erlebnis aus ihrer eigenen Kindheit. Sie ist auch im Pfarrhaus groß geworden, in Hessen. Aber sie tut das, um Friedel zu ermuntern und ihm zu zeigen, dass sie Verständnis für ihn und seine Geschichte hat.

Sie vermittelt Friedel von Anfang an das Gefühl, dass hier nicht so sehr seine „Haut" oder seine „Krankheit" im Mittelpunkt steht, sondern er selbst mit seiner Geschichte. Das tut ihm gut und stärkt sein angekratztes Selbstbewusstsein. Es sind vor allem die kleinen Dinge, die er dort lernt. Sie zeigt ihm, wie er seine Haut eincremen solle. Nicht „einschmieren", sondern behutsam cremen, fast einmassieren, zärtlich und mit Bedacht. „Die Franzosen und die Japaner wissen, wie das geht, nur die Deutschen wollen ihre Haut immer nur einschmieren!" Friedel lernt Respekt zu empfinden für sich und seinen Körper. Er lernt in den wöchentlichen Behandlungsstunden in Koblenz, dass er und seine Haut eins sind, dass seine Haut zu ihm gehört und ihm anzeigen kann, wie es bei ihm „unter der Haut" aussieht.

Die Ärztin fordert Friedel auf, seine Träume aufzuschreiben. Er entdeckt, dass er sich intensiver an seine Träume erinnern kann, wenn er den Block und den Stift neben sein Bett legt. „Das gehört auch zum Respekt sich selbst gegenüber", sagt sie, „Ihre Träume gehören zu Ihnen, sie können Ihnen etwas erzählen, wenn Sie ihnen Aufmerksamkeit und Respekt entgegenbringen." Sie deutet nie seine Träume, sondern überlässt das immer ihm selbst, sie hilft nur hin und wieder mit einer kleinen Frage oder Andeutung nach. Überhaupt hat Friedel manchmal das Gefühl, dass er sich im Grunde selbst therapiert.

Es gibt auch weiterhin Rückschläge, Kratzorgien, Verzweiflung, das Sich-Verkriechen in der hintersten Ecke, das Friedel schon als kleines Kind für sich als Ausweg in ausweglosen Situationen entdeckt hat. Die Ärztin bleibt immer völlig ruhig und gelassen. Auch als Friedel ihr einmal vorwirft, sie hätte ihm ja Cortison aufgeschrieben, das würde ihn doch zurückwerfen, bleibt sie freundlich: „Es gibt verschiedene Arten von Cortison-Salben. Diese hier enthält nur so viel oder so wenig Hydrocortison, dass Ihre im Moment sehr angespannte Haut sich erst einmal wieder beruhigen kann, danach cremen Sie natürlich wieder ohne Cortison."

Friedel lernt nach und nach Vertrauen zu haben. Vertrauen seiner Ärztin und sich selbst gegenüber. Und mit dem Vertrauen wachsen langsam die Sicherheit und das Selbstbewusstsein. Als sein von ihm sehr geschätzter Musikprofessor Gleseler ihn einmal anguckt mit seinem geröteten Neurodermitis-Gesicht und dann sagt: „Ja ja, die Pubertät kann ganz schön lange dauern!" findet Friedel das im ersten Moment ziemlich frech, aber dann auch wieder witzig. Natürlich wird er knallrot, aber es ist ja etwas Wahres daran, der Prof hat das ziemlich gut erkannt und auf den Punkt gebracht. Friedel steckt in der Tat noch ein wenig in der Pubertät, er arbeitet noch an dem selbstbewussten jungen Mann, der er eigentlich sein will und soll. Sein Innen und sein Außen passen noch nicht richtig zusammen.

Ungarn

Früh an einem Novembermorgen geht es los: 26 Musikstudenten, drei Dozenten und die Sekretärin des Musikseminars besteigen den Reisebus nach Ungarn, um dort Musikausbildung und -unterricht an ungarischen Schulen kennenzulernen. Das Wetter ist stürmisch, die Stimmung im Bus anfänglich noch etwas verhalten, im Laufe der Fahrt wird sie immer besser. Das liegt auch daran, dass diverse Instrumente mitgenommen wurden, die nach und nach zum Einsatz kommen. Wer kein Instrument zur Hand hat, singt oder trommelt auf der Sitzlehne oder auf dem Klapptischchen mit. Friedel hat seine Gitarre dabei und spielt mit, vor ihm sitzt Reni mit der Blockflöte, links von ihm Mia mit der Querflöte.

Nach Zwischenstopps in Wien und Mondsee geht es am nächsten Tag über die ungarische Grenze. Das Schloss Joseph Haydns, Esterhazy, wird besichtigt. Dann geht es nach Budapest zum Strandhotel Csillaghegy, jeweils fünf Personen teilen sich ein kleines Appartement aus Holz mit Waschbecken und Toilette. Durch die Terrassentür kann man direkt hinausgehen ins schön gekachelte Jugendstilbad und dort ausgiebig duschen, schwimmen, oder einfach nur entspannen im warmen Thermalwasser. Friedel sieht ungarische Männer im Wasser Schach spielen, am Beckenrand gibt es Ausbuchtungen zum Sitzen und kleine Ablagen, wo man ein Schachspiel gut postieren kann. Er braucht drei Tage, bis er sich traut, auch endlich ins warme Wasser zu steigen – trotz seiner roten, aufgekratzten Hautstellen an den Händen und Armen. Reni, die auch Neurodermitis hat, sagt: „Komm, ist doch egal, was die Leute denken, wir wissen beide, dass es nicht ansteckend ist, und wenn jemand fragt, können wir's ihm ja erklären!"

In den ersten Tagen werden viele ungarische Schulen besucht, von der Primarstufe bis zur Oberstufe, auch ein Besuch an der Musikhochschule ist dabei, wo die künftigen ungarischen Musiklehrer ausgebildet werden. Schnell wird klar, wo die Unterschiede zum Musikunterricht in Deutschland liegen: Alle ungarischen Kinder haben in jeder Schulstufe Musikunterricht, der von Fachlehrern durchgeführt wird. Die Kinder lernen schon in der Grundschule die Solmisation, ein System, mit dem Töne innerhalb einer Tonleiter durch Handzeichen so angezeigt werden können, dass alle Kinder danach singen oder spielen können, ohne Noten hinzuzufügen. Alle Kinder lernen während der Schulzeit mindestens ein Instrument und damit dann auch die traditionelle Notenschrift.

Die Kölner Besucher sind schwer beeindruckt, wenn ganz normale Kinder eine fremde Melodie allein durch Handzeichen sicher singen und spielen können. Es scheint in Ungarn eine Kulturtechnik zu sein, die man wie das Lesen und Schreiben ganz selbstverständlich erlernt. Auch die hohe Wertschätzung des Faches Musik fällt immer wieder auf. Musik steht gleichberechtigt neben Sprachen und Mathematik, jede Schule hat selbstverständlich mehrere Chöre und Orchester, die mit großer Disziplin und Leidenschaft schöne Musik machen. Als die Besucher in einer Grundschule gefragt werden, ob sie nicht auch etwas singen und spielen könnten, entscheiden sie sich spontan für „Zogen einst fünf wilde Schwäne", denn das haben sie im Bus schon gesungen. Friedel spielt Gitarre. Zur großen Überraschung singen die ungarischen Kinder sofort mit, sie kennen das Lied, und für die, die es nicht so gut kennen, zeigt die Lehrerin mit Handzeichen, wie die Töne gehen.

Aber sie merken auch, dass dieses beeindruckende System durchaus an seine Grenzen stößt, sobald die Melodien nicht aus dem internationalen und ungarischen Volkslied-Kosmos der Musikgötter Kodály und Bartok stammen und harmonische Wendungen und Halbtöne benutzen, die im System nicht vorgesehen sind. Was ihnen außerdem auffällt, ist, dass es an Ungarns Schulen noch sehr strikt und autoritär zugeht, ganz anders als in Westdeutschland. Alles wird genauso gemacht, wie der

Lehrer es vorgibt, die Schüler sind Ausführende, bestenfalls Mitwirkende, aber es findet kein Austausch auf Augenhöhe statt. Lehrer und Schüler befinden sich in zwei verschiedenen Welten. Überraschenderweise ist das sogar an der Hochschule so, ein lockeres Miteinander zwischen Lehrenden und Lernenden wie im Kölner Bus, das mit einschließt, dass auch ein Dozent eine ganze Menge von seinen Studenten lernen kann, ist in Ungarn nicht vorstellbar.

Faszinierend ist Budapest, laut, voll, groß und so anders als die deutschen Städte. Jeden Abend kann man klassische Konzerte besuchen, Opern, Messen, Museen – und alles für ein paar Pfennige. Kultur ist für jeden da. Bach und die deutsche Klassik und Romantik tauchen neben Kodály und Bartok überall auf. Die Buch- und Musikalienläden bieten viele deutsche Bücher und Noten zum Schnäppchenpreis, dementsprechend voll sind die Taschen und Koffer, als die Kölner Studenten wieder nach Hause fahren. Dazwischen die ein oder andere ungarische Salami, die in Budapest nur unter der Hand zu bekommen ist. Bei abendlichen Restaurantbesuchen muss der Dozent mehrmals intervenieren, weil die Rechnung vom Kellner angesichts des steigenden Alkoholpegels der großen Gruppe großzügig nach oben aufgerundet wird.

Besuche auf dem Land runden die Reise ab, ein Weingut wird besucht und natürlich werden die Weine probiert. Der ungarische Dozent lädt die Gruppe in das Haus seiner Mutter ein, auf einem Dorf mit Pferdewagen und Ochsengespann, wo man sich wie auf einer Zeitreise vorkommt. Die Dorfschule hat sich auf den Besuch vorbereitet: In Reih und Glied stehen die Kinder in Pionierkleidung – weiße Blusen und blaue Röcke bzw. Hosen – und führen ein umfangreiches Konzertprogramm auf. Sehr anrührend sind die glasklar gesungenen Chorlieder, daneben gibt es erstaunliche Einzeldarbietungen, vor allem auf dem Klavier. Die schlichten ungarischen Volkslieder mit ihrer eigenwilligen Rhythmik und Melodik verfolgen die Kölner Besucher bis nach Hause – Friedel summt noch monatelang ungarische Melodien, als er schon längst wieder in Köln ist.

Traum 2

Wache um sieben Uhr morgens auf meiner Matratze in meiner Kastenente auf. Draußen ist es regnerisch und bewölkt. Ich habe noch keine Lust, aufzustehen. Ich lese „Zen und die Kunst, ein Motorrad zu warten". Das Verhältnis zwischen rational und irrational, zwischen Traum und Realität beschäftigt mich, besonders die Frage, wie beides verknüpft ist und wo die Übergänge sind. Ich möchte solch einen Übergang erleben! Das passiert dann auch:

Ich merke, dass ich wieder einschlafe. Ich weiß, dass mein Wachbewusstsein nachlässt, dass meine Augen geschlossen sind, dass ich die „Realität" nicht mehr mit den Augen kontrollieren kann, dass das Traumbewusstsein immer stärker wird, dem ich jetzt ausgeliefert bin. Ich betrachte bei geschlossenen Augen den Innenraum meines Autos und merke, wie er langsam anfängt, sich zu drehen. Alles dreht sich immer wilder, ich finde es nicht unangenehm, habe den Eindruck, zu versinken. Von draußen kommen Geräusche, die mir fremd sind, sie gehören schon der anderen, der Traumwelt an. Plötzlich merke ich, dass ich die Zähne wahnsinnig stark aufeinanderbeiße, der eine Zahn, der sowieso schon etwas vorsteht, tut weh, weil er nach hinten gedrückt wird. Ich habe Angst um diesen Zahn, es tut weh, ich will den Kiefer lockern, aber es geht nicht. Schließlich gelingt es mir doch und ich schlafe ein.

Uli ist da, meine Schulfreundin aus alten Tagen, sie hat einen Winzling dabei, den ich noch nicht kenne. Ich weiß nicht, wie er heißt, sie offenbar auch noch nicht, ich sage „Würmchen" zu ihm. Ich passe auf ihn auf, weil ich ihn mag und mich verantwortlich fühle, weil die Uli doch immer rumflippt. Ich bin oben im Haus, es ist das alte Pfarrhaus in Heiligensee, und passe auf Würmchen auf. Es macht Spaß, mit ihm zu schäkern. Zwischendurch bin ich mal kurz draußen im Garten, dann fällt mir plötzlich ein, dass Würmchen oben alleine ist und vom Bett fallen könnte und ich renne schnell wieder hoch.

Unten am Tisch sitzt die Familie und Oma fragt, was denn die Uli hier macht. Ich merke, dass Vater das Ganze auch nicht so recht ist, aber Oma stellt eben, so unbefangen wie sie ist, die Fragen. Ich erkläre, dass Uli nicht verheiratet ist und trotzdem Kinder hat, zwei glaube ich, und noch nicht mal vom selben Typen, und mit dem einen ist sie jetzt eben hier und wo das andere ist, weiß ich auch nicht.

Dann ist draußen Krieg. Es ist schrecklich, wir haben alle Angst. Überall ums Haus herum sind die Engländer und man hört Flugzeuge. Ich muss mit Uli los, um Geld zu holen, sie hat was bei ihrem Macker, das sie holen muss. Es ist gefährlich, raus zu gehen und wir müssen vorsichtig sein. Auf dem Rückweg höre ich Vaters Stimme, er sagt: „Fünf Schritte geradeaus und jetzt stehenbleiben!" Es ist dunkel, aber ich habe Angst, gesehen zu werden. Auch im Haus ist es noch gefährlich, da sind Löcher und Spalten in der Wand, wo Schüsse durchgehen können, und das ganze Haus wird elektronisch überwacht.

Ich schaue aus dem Fenster in den Garten hinunter. Uli hat nicht nur ein Kind, sondern auch einen ausgewachsenen, zotteligen Stier mitgebracht, der da im Garten herumrennt. Ich habe Angst, als ich sehe, dass unser schwarzer Hund sorglos im Garten herumspringt. Ich weiß genau, was jetzt kommen wird und es passiert tatsächlich genauso: Der Hund ist sorglos und trottelig, denkt, es wäre ein Spiel, der Stier dagegen macht Ernst und versucht, ihn zu erwischen. Schließlich packt er ihn mit den Hörnern von der Seite und schleudert ihn mit voller Wucht auf die Erde. Der Hund kann sich kaum hochrappeln, schon hat der Stier ihn ein zweites Mal erwischt und wieder auf den Hörnern. Als er ihn abwirft, rührt sich der Hund nicht mehr. Ich laufe hinunter, schreie meiner Mutter zu: „Der Stier hat unsern Hund erwischt!" und renne mit einem Besen und einer Müllschippe hinaus. Es ist entsetzlich.

Konstanten

Es gibt mehrere Konstanten in Friedels mal wildem, mal hektischem, mal einsamen Studentenleben, abgesehen von seiner Berliner Familie. Natürlich Eva in Kaiserswerth. Aber auch Ina, besser gesagt die regelmäßigen Besuche bei Ina in Lindenthal. Ina ist die Tochter der mütterlichen Freundin von Mutter Anna. Also fast so etwas wie eine Tante, dabei aber überhaupt nicht tantenhaft. Ina lebt allein in einem hübschen Appartement, fünf Minuten von der Schallstraße entfernt. Als sie hört, dass Friedel in einem Zimmer ohne Dusche lebt, gibt sie ihm ihren Hausschlüssel und lädt ihn ein, wann immer er wolle, bei ihr vorbeizukommen und zu duschen. Aber Friedel geht lieber abends zu Ina, wenn sie von der Arbeit als Übersetzerin bei der Deutschen Welle zurück ist und freut sich auf ein kleines Schwätzchen mit ihr nach dem Duschen und ein kleines Häppchen und Schlückchen.

Ina liebt ihre Arbeit bei der Deutschen Welle nicht besonders, schimpft manchmal auf die „Lackaffen und Karrierefritzen ohne Rückgrat, ohne Sinn für Stil und Kultur", die ihr vor die Nase gesetzt werden. Sie wartet auf ihre bald bevorstehende Pensionierung, um dann in ihre Traumstadt München zu ziehen und ihr Rentnerdasein zu genießen. Ihre Leidenschaft gilt der russischen Literatur, in ihren überbordenden Bücherregalen stehen einige von ihr aus dem Russischen übersetzte Bücher. Dazwischen stehen afrikanische Skulpturen und hängen große Fotos von afrikanischen Menschen. Sie hat eine äthiopische Freundin, deren Töchter ihre Patenkinder sind. Sie schwärmt von den äthiopischen Frauen. „Das sind keine mageren Knochengerippe wie sie hier bei uns herumlaufen. So schöne, hochgewachsene Mädchen und Frauen findest du nirgends sonst auf der Welt, Friedel!"

Ina ist völlig unkompliziert und unkonventionell. Friedel fühlt sich sauwohl bei ihr und kann mit ihr über fast alles reden: Politik, Kunst, Kultur – sie kennt sich aus, trägt das aber nicht dick auf, kann gut nachfragen und zuhören. Sie ist wie eine Mutter für Friedel, aber ohne irgendwelche Verpflichtungen und ohne jeden Familienballast. Friedel hat das Gefühl, er hat jetzt zwei „Mütter" vor Ort: Ina und seine Ärztin aus Koblenz.

Eine andere „Konstante" sieht er sehr viel seltener, vielleicht einmal im Jahr, aber trotzdem gehört sie fest zu seinem Leben und wenn sie sich sehen, ist es, als hätten sie sich gestern das letzte Mal gesehen: Uli. Mit Uli ist er zusammen in die Frohnauer Schule gegangen, Uli war das erste Mädchen, das er geküsst hat – wenn auch nur bei einem neckischen Partyspiel im Auto des Papas auf der Rückbank. Das war in der sechsten Klasse. Sie waren ein paar Mal im Kino, haben Ausflüge gemacht. Aber sie sind offiziell nie „zusammen" gewesen. Dann sind Ulis Eltern nach Hessen gezogen, aus der Freundschaft wurde eine Brieffreundschaft. Als er ihr von seinem Liebeskummer schrieb, weil er doch so unsterblich in Niki verliebt war, kamen ein paar Monate keine Briefe mehr von ihr. Dann erfuhr er, dass sie schrecklich eifersüchtig gewesen war, was ihn sehr erstaunte.

Wenn er sie in Hessen besuchte oder sie ihn in Berlin, besuchten sie sich als gute Freunde, als Kumpel. Es gab durchaus Situationen, in denen Friedel Anflüge von Verliebtheit bei sich entdeckte, aber die wischte er schnell fort. Uli kannte Dutzende von großartigen Jungs, meistens hießen die komischerweise auch Ulli, da brauchte sie i h n doch nicht! Friedel hatte immer das Gefühl, dass sie beide ein paar Tage lang sehr gut miteinander harmonisierten, aber um Gottes Willen nicht auf Dauer. Dazu war Uli viel zu unruhig und zu flippig. Friedel brauchte etwas zum Anlehnen, einen Anker, kein Quecksilber. Als Uli ihn einmal bei ihrer Mutter vorgestellt hatte als: „Das ist der Friedel, den kennst du doch von früher, der ist so schön verlässlich, den heirate ich mal später, wenn ich mit den Jungs hier vor Ort durch bin!", fasste Friedel das als blöden Scherz auf, er ärgerte sich darüber. Das klang so, als wäre er ein bisschen langweilig, solide eben. Das Kompliment darin entging ihm.

Uli besuchte ihn nie in Köln, Friedel dagegen fuhr in den ersten Kölner Jahren mehrmals zu Besuchen nach Hessen. Jedes Mal wohnte sie woanders. Erst alleine in Wisselsheim, dann mit vier Frauen in einem idyllischen Dorfhaus mitten in den Feldern in Lützellinden bei Gießen, zusammen mit zwei Katzen und einem Hund. Als er sie dort im Jahr zuvor besuchte, war sie im achten Monat schwanger, mit einem gewaltigen Bauch. Sie freute sich total auf ihr Kind und erstaunte Friedel damit, dass sie wie eine Besessene die Küche schrubbte und polierte. So kannte er sie gar nicht. Sie lachte: „Das ist der Nesttrieb, Friedel! Alles muss ordentlich und sauber sein für das Baby! Nun guck nicht so, das geht auch wieder vorbei!"

Damit war ihm Uli wieder ein ordentliches Stück voraus. An Kinder und Familie hatte er im Leben noch nicht ernsthaft gedacht, er hatte ja genug mit sich selbst und seinem Studium zu tun. Aber er bewunderte Uli, wie sie das alles mit der allergrößten Selbstverständlichkeit meisterte und in ihr Leben integrierte, auch ohne Mann. Er hielt seinen Kopf an Ulis runden Bauch und hörte, wie das Baby sich bewegte und strampelte. Er liebte kleine Kinder und hätte in dem Moment fast spontan angeboten, Uli zu heiraten, damit das strampelnde Baby dort im Bauch auch einen Papa hatte. Uli sagte: „Nun nimm deinen Wuschelkopf da wieder weg, sonst schießt mir noch die Milch ein!"

Als er Uli das letzte Mal besuchte, war sie in den Odenwald gezogen, in ein einsames Haus am Waldrand. Hier rächte es sich, dass Friedel sich nie vorher bei Uli ankündigte, sondern immer Spontanbesuche machte: Als er ankam, war Uli mit der kleinen Lilian verreist. Ihre Mitbewohnerin war sehr nett zu Friedel und bot ihm an, dass er dort übernachten könnte: „Du kannst ja heute Abend nicht zurück nach Köln, das ist zu weit! Du kannst in Ulis Bett schlafen, die hat bestimmt nichts dagegen. Sie hat schon mal was erzählt von dir. Du bist Musiker, nicht?"

Friedel holte seine Gitarre aus dem Auto und während Ulis Freundin ein leckeres Nudelgericht kochte, spielte er Gitarre. Nach dem Nachtisch und zu einer Flasche Rotwein, die er mitgebracht hatte, sangen sie dann gemeinsam Lieder von Donovan, Cat Stevens und Simon and Garfunkel und prosteten jedesmal Uli in Abwesenheit zu, die mit ihrer kleinen Tochter zu Besuch bei der Mutter in Bad Nauheim war. Als der Rotwein zur Neige ging und auch die Kerze auf dem Holztisch anfing, müde zu flackern, lehnte Ulis Freundin ihren Kopf an Friedels Schulter und sagte: „Schade, dass die netten Männer immer so weit weg wohnen! Aber du kannst ruhig öfter vorbeikommen, vielleicht triffst du ja nächstes Mal die Uli. Und sonst bin ich eben da!"

Als Friedel ihr erklärte, wie das war mit ihm und mit Uli und wie nett er sie fände, also nicht nur Uli, sondern auch sie, merkte er plötzlich an den gleichmäßigen Atemzügen, dass sie eingeschlafen war. Als er sie vorsichtig in ihr Bett trug, lächelte sie. Sich daneben zu legen, traute er sich aber nicht. Sie hatten beide ganz ordentlich Rotwein getrunken und er wollte nicht, dass es am nächsten Morgen zu Missverständnissen und langen Erklärungen kam. Er legte sich in Ulis Bett und schlief, bis er morgens mit einem Milchkaffee am Bett begrüßt wurde.

Nach diesem letzten Ulibesuch ohne Uli hat er sie nicht mehr gesehen. Sie hat ihm aber geschrieben, er solle doch bitte vorher Bescheid geben, wenn er zu Besuch käme. Er hat geantwortet, es wäre auch so sehr schön gewesen im Odenwald. Das war natürlich ein bisschen frech, aber entsprach ja der Wahrheit. Dann hörte er eine längere Zeit nichts mehr von ihr, nur irgendwann eine kurze Notiz, sie würde jetzt bei Bremen eine Kunstausbildung machen.

So war sie, nicht zu fassen und eigentlich genau das Gegenteil einer konstanten, verlässlichen Größe in Friedels Leben. Und doch kam er immer wieder auf sie zurück, tauchte kurz in ihre Welt ein und verschwand dann wieder auf seine eigene Umlaufbahn. So sollte es auch immer bleiben. Eine flüchtige Konstante.

Berlin

Die feste Konstante in Friedels Studentenleben ist natürlich die enge Verbindung zu seiner großen Familie in Berlin. Die Fahrt nach Berlin mit der Kastenente dauert mindestens acht Stunden, vorzugsweise nachts, weil dann die Autobahn so schön leer ist und die Kontrollen an den Grenzübergängen nicht so lange dauern.

Zu Weihnachten fährt er immer nach Hause, oft im Schneegestöber. Einmal geht ihm am Grenzübergang Helmstedt die Kiste aus und springt nicht wieder an. Das hat er schon ein paar Mal erlebt, aber jetzt auf der Fahrt nach Berlin auf der verschneiten Piste ist die Situation prekär. Er versucht es noch ein paar Mal, aber der Motor muckt kaum noch und das Batterielicht leuchtet schon. Mist! Er liebt seine Ente, aber er hat wenig Ahnung von Technik. Was hatte der Freund seiner Schwester Bine zu ihm gesagt, als er ihm damals die Ente organisiert hatte? „Tolle Karre, aber eigentlich was für Schrauber!" Den Sinn dieser Aussage hat er erst später begriffen. Er ist kein Schrauber. Die Ente hat immer wieder Macken, keine großen Sachen, aber lästig, wenn man sie nicht selbst beheben kann.

Was soll er tun? Hinter ihm in der Schlange ist ein schicker Berliner Golf, der Fahrer sieht aus wie ein BWL-Student, gestreiftes Business-Hemd mit Button-Down-Kragen, graue Hose mit Bügelfalten, steigt aus, hört sich an, was Friedel berichtet und sagt: „Hör mal, ick fang jetzt nich an, meene Finger einzusauen an dem Mist-Motor, außerdem isses ja arschkalt. Hast du'n Abschleppseil?"

Friedel nickt, wühlt ein bisschen im Heckraum und zieht dann stolz ein schon ziemlich ramponiertes, schmutziggelbes Seil hervor, an dem nur noch Reste von dem hängen, was früher mal eine rote Fahne gewesen ist. Der Golffahrer rümpft etwas die Nase, lacht dann und sagt: „Dit musstest de sicherlich schon öfter benutzen, wa?" Friedel nickt wieder. „Dann mach mal fest, die olle Kordel!" In der Zeit, in der Friedel das verschmierte Abschleppseil vorne an seiner Ente befestigt, fährt der Golffahrer vor ihn, sodass er es an der Anhängerkupplung des bordeauxmetallicfarbenen Golf befestigen kann.

„Pass uff, immer schön Abstand halten zu meena Stoßstange, ja? Und janz wichtig: Fahr nich hinten druff, der Wagen jehört Papa! Dit Seil muss immer straff bleiben. Wenn irgendwat ist, jib Lichtzeichen. Wenn ick bremse, bremste ooch! Allet klar?" Friedel nickt erneut und bekommt gleichzeitig Herzklopfen. Natürlich ist er schon einmal abgeschleppt worden, das bleibt ja nicht aus mit einer Ente, aber doch nicht auf so einer langen Strecke wie durch die ganze DDR! Das sind doch locker 200 Kilometer! Aber er ist natürlich extrem dankbar, dass dieser Business-Mensch ihm, Friedel, mit seinem ollen Parker, der runden Nickelbrille und dem ausgefransten Wollpulli, hilft, nach Berlin zu kommen. Warum auch immer er das tut. Alles andere wird sich dann dort ergeben.

Er steigt ein. Die Frontscheibe der Ente ist schon fast zugefroren, Friedel kratzt sich mit seinen Handschuhen ein Guckloch frei, schaltet den Warnblinker ein und los geht's. Das Ruckeln am Anfang führt schon zu ersten Schweißausbrüchen. Hoffentlich hält die Bremse durch! Und die Batterie! Hoffentlich hält das Seil! Das Guckloch vorne wird größer, das machen der Atem und die Angstschweiß in der ansonsten klapperkalten Ente. Hinter der Kontrollstelle zieht der Golf ordentlich an. Hat der Fahrer vergessen, dass er einen Wagen im Schlepp hat? Jetzt sind sie auf 80! Friedel wird es mulmig. Auf der Autobahn wechseln sich Schneematsch und feste Schneedecke ab, die Sicht ist äußerst bescheiden. Nicht nur für Friedel, der konzentriert sich verbissen auf die Vorderlichter des Golf. Was ist, wenn sie bremsen müssen? Dann würde er dem Golf sofort hinten reinrauschen. Jetzt sind sie auf 90. Der Golf blinkt und zieht rüber auf die linke Spur! Mein Gott, sie überholen nicht nur Lastwagen, sondern auch schon mehrere PKW! Das ist für Friedels Ente ein ganz neues Fahrgefühl! Inzwischen steht der Tacho auf 100.

Friedel bekommt richtig Muffensausen. *Bleib ruhig, atme ruhig, verkrampf dich nicht, er wird schon wissen, was er tut!* flüstert er wie ein Mantra vor sich hin, aber der dicke Angstklumpen in der Brust bleibt. Friedel zittert, er weiß nicht, ob vor Kälte oder vor Angst, wahrscheinlich beides. Er fühlt sich wie der sprichwörtliche Affe auf dem Schleifstein, zwei oder drei Meter hinter der Stoßstange eines Autos, das inzwischen mit 110 über die verschneite Transitautobahn schliddert. 100 sind nur erlaubt in der DDR und die Kontrollen sind streng. Friedel hat die Beleuchtung inzwischen ausgestellt, weil der klackende Taktgeber des Warnblinklichts schon langsamer geworden ist und er Sorge hat, dass die Batterie komplett ihren Geist aufgibt. Die Warnblinker müssen jetzt alleine ausreichen. Schneller als der Golf mit Anhänger ist sowieso keiner unterwegs, von hinten droht also erst einmal keine Gefahr. Er kann die Tachonadel kaum noch erkennen im dunklen Innenraum, sie steckt wohl inzwischen am Anschlag fest.

Friedel fängt an zu singen, um sich abzulenken und aufmerksam zu bleiben. Das Starren durch die halb vereiste Scheibe in das Schneegestöber da draußen ist extrem anstrengend und ermüdend. Mitbremsen muss er wenig, der Golffahrer bremst ja kaum. Doch! Jetzt wird er gerade etwas langsamer, Friedel sieht die Tachonadel über der 100, ah, da ist gerade eine Radarkontrolle gewesen. Die Volkspolizisten schauen dem seltsamen Gespann nach. Ob sie hinterher fahren werden? Schließlich fährt er ohne Beleuchtung, nur mit dem Warnblinker. Friedels Hände sind wie festgetackert am Lenker, er sendet Stoßgebete gen Himmel: „Lieber Gott, lass uns heil in Berlin ankommen! Ich werde auch nie wieder über BWL-Studenten lästern! Ich werde nicht einmal mehr schlecht d e n k e n über Leute mit Button-Down-Kragen!"

Woher weiß er überhaupt, wie diese blöden Kragen heißen? Ach ja, letztes Mal war Mutter Anna mit ihm Einkaufen gewesen in Berlin, bei C&A, er hatte sie nicht davon abhalten können. Und die Verkäuferin war in der Hemdenabteilung die ganze Zeit um Friedel herumschlawenzelt, bis Friedel ihr unmissverständlich zu verstehen gab, dass er sich sein Hemd durchaus auch schon ganz alleine anziehen konnte, ohne dass dabei jemand an ihm herumnestelte. Dann war sie beleidigt abgezogen und hatte Muttern vollgequatscht, von wegen „beste Qualität, sogar Button-Down-Kragen". Das war für Friedel das endgültige Ausschlusskriterium gewesen und sie waren zu Peek und Cloppenburg weitergezogen.

Diese und viele andere Geschichten gehen Friedel durch den Kopf, als er zitternd hinter Lenkrad und Scheibe hockt. Die Seitenscheiben sind inzwischen völlig zugeschneit, er hat wirklich nur noch das kleine Guckloch vor sich, das durch seinen Atem freigehalten wird. Keine Ahnung, wie weit sie schon sind, wann sie endlich in Berlin ankommen. Ab und zu muss er mal mit den Füßen trampeln, die fühlen sich an wie Eisklumpen. Er hat Sorge, dass er kein Gefühl mehr im Fuß hat, wenn er bremsen muss. Auch die Nase läuft. Auf dem Beifahrersitz liegt schon ein kleines Häufchen mit gebrauchten Tempo-Taschentüchern. Inzwischen ist auch der Tacho eingefroren, er hat überhaupt keine Orientierung mehr in dieser Schneehölle. Er weiß nur, dass sein Auto noch nie so schnell durch die DDR gefahren ist wie in dieser Nacht.

Da endlich. Der Golf bremst sacht ab, Friedel bremst mit. Es hat aufgehört zu schneien, draußen wird es heller, das Licht von vielen Scheinwerfern, sie ordnen sich in eine Reihe ein, das muss Dreilinden sein, der Grenzübergang nach West-Berlin. Friedel schickt Dankgebete zum Himmel. Jetzt stehen sie. Friedel versucht, das Fenster zu öffnen. Festgefroren. Er öffnet mit einem beherzten Ruck die angefrorene Tür. Der Vopo kommt vorbei und guckt rein. „Na watt is denn hier los, Kolleje? Fährt er nich mehr?" Friedel verneint. Ein Glück, kein Sachse! Er guckt kurz die Papiere durch und wünscht dann grinsend mit Blick auf den schicken Golf: „Passen Se uff, dat er ihnen nich davonfährt!" Friedel denkt: *Wenn der wüsste, wie Recht er hat und welche Ängste ich in den letzten beiden Stunden ausgestanden habe!* Sie haben tatsächlich nur zwei Stunden gebraucht! Bei Eis und Schnee. Wahnsinn!

Der Golffahrer beglückwünscht ihn: „Tapfer, hast janich jeblinkt!"

„Die Batterie ist ja leer, mit Licht war da nix mehr. Ich war froh, dass der Warnblinker noch einigermaßen ging!"

„Na ja, ick bin ja ooch janz sachte jefahren heute. Extra für dich! Sonst bin ick schneller durch in der Nacht, ick weeß ja, wo se stehen und blitzen!"

Er grinst und klopft Friedel kameradschaftlich auf die Schulter. Friedel verkneift sich den Kommentar. Er möchte sich gar nicht vorstellen, wie schnell sein Retter normalerweise über die Autobahn düst.

„Wo willste denn noch hin heute?"

„Nach Heiligensee muss ich, ins Dorf, aber du kannst mich irgendwo absetzen, ich komm dann schon weiter mit dem Nachtbus."

„Mensch, du bist aber echt 'n Glückspilz, ick fahre nach Tegelort! Da fahr ick dir natürlich nach Hause!"

Ein Glücksgefühl durchströmt Friedel wie ein heißer Punsch, er bekommt das Grinsen nicht mehr aus dem Gesicht und bedankt sich überschwänglich. Vor dem alten Pfarrhaus in Heiligensee wird er abgesetzt, nimmt nur die wichtigsten Klamotten mit und schleicht sich ins Elternhaus.

Am nächsten Morgen, oder besser gesagt, Vormittag, kommt er von seinem gemütlichen Sofaplatz im Keller hoch und kriegt erst einmal ein schönes Frühstück. Alle sind da, der kleine Steffen hüpft um ihn herum und fragt ihn, wie lange er bleibt. Friedel staunt, dass er schon so groß geworden ist. „Ich gehe schon in die vierte Klasse!" Er ist dann aber schnell verschwunden, um mit seinen Kumpels auf der Dorfaue Fußball zu spielen. Seine jüngste Schwester Nelli setzt sich neben Friedel, holt ihm Wurst und Käse aus dem Kühlschrank und erzählt aus ihrer Schule, sie geht jetzt schon in die Sechste. Oma hat er schon ganz zu Anfang begrüßt, sie sitzt im Wintergarten in dem schönen Sessel, hat ihre warme Wolldecke über den Knien und freut sich sehr, ihn zu sehen. Sie nimmt seine Hand, tätschelt sie und sagt zu ihm: „Komm, setz dich zu mir, mein Kleener!" So etwas darf nur sie zu ihm sagen. Sie ist auch die Einzige, die immer direkt fragt: „Was macht deine Kleene? Alles in Ordnung bei euch?" Und da hilft es nichts, wenn er ausweichende Antworten gibt, sie merkt sofort, wenn da etwas nicht stimmt und sagt dann: „Mach dir keinen Kummer, du bist noch so jung und hast das ganze Leben noch vor dir!"

Friedel rätselt immer, was sie genau damit meint, er ahnt es, aber er ist sich nicht ganz sicher. Manchmal erzählt sie auch Geschichten aus ihrer Jugendzeit. Sie hat schon sehr früh geheiratet und mit zwanzig Jahren ihr erstes Kind bekommen, seinen Vater. Oma und Otto, ihr späterer Mann, haben sich beim Klavierunterricht kennengelernt. Sie verabredeten sich im Berliner Tiergarten, er mit Anzug, sie mit Kleid und einem riesigen Blumenhut. Plötzlich sagte er, er müsse mal kurz weg, sie solle bitte auf ihn warten. Da stand sie nun, mitten im Park, wo die ganzen Pärchen flanierten, wartete und dachte: *Sicherlich hat er eine andere, mit der er auch verabredet ist! Gleich zu Beginn ist er mir schon untreu!* Als er nach einer kurzen Weile zurückkam, sprachen sie aber nicht darüber, das gehörte sich nicht. Erst viele Jahre später erfuhr sie, dass er nur mal dringend musste und sie deshalb stehen gelassen hatte.

„Schön, dass man heute über alles reden kann!" sagt Oma dann immer und zwinkert Friedel dabei zu. Er fühlt sich bei Oma verstanden und gut aufgehoben. Oft braucht es gar nicht viele Worte, Oma spürt, was mit ihm los ist. Es reicht, neben ihr zu sitzen und ihre Hand zu halten. Wenn er bei Oma sitzt, ist er richtig zu Hause angekommen.

Bei Mutter Anna und seinem Vater läuft die Kommunikation etwas anders. Natürlich fragen sie auch, wie es ihm geht. Aber wenn er bei seinem Vater mal probeweise antwortet: „Nicht so doll im Moment!" hat er immer den Eindruck, so genau will der das denn auch nicht wissen. Sein Vater möchte, dass es ihm gut geht. Auch am Telefon ist das so. Die Antwort auf die Standardfrage: „Wie geht's dir denn?" ist „Gut!" und dann geht es weiter zur nächsten Frage. Das ist kein Desinteresse, das ist mehr die Hilflosigkeit und Sorge vor Problemen, bei denen er vielleicht nicht helfen kann, und die deshalb bitteschön am besten gar nicht ausgesprochen werden, dann sind sie auch nicht da. Wenn man mit dem Vater plaudern will, dann am besten in seinem Arbeitszimmer, wo er an seinem Schreibtisch sitzt, dicke Rauchwolken in die Luft pafft und für jede Ablenkung dankbar ist von den ungeliebten Schreibaufgaben, die er dort zu erledigen hat. Aber es sind dann mehr Sachgespräche, gerne auch mit philosophischen oder religiösen Themen. Da hört Vater gut zu und antwortet, verliert sich allerdings manchmal in seinen Antworten und weiß nicht mehr so genau, was er eigentlich hatte sagen wollen. Über politische Dinge diskutiert man besser nicht mit ihm. Seinen Spruch: „Als junger Mensch muss man links sein, sonst stimmt was nicht!" empfindet Friedel als etwas herablassend, so wie: *Redet ihr mal, ihr werdet später schon klüger werden!*

Mit Mutter Anna kann man im Prinzip schon über alles Mögliche reden, aber sie ist einfach viel beschäftigt und immer in Bewegung. Sich einfach so in den Sessel setzen und plaudern, das ist nicht ihr Ding, jedenfalls nicht tagsüber, sie hat dafür einfach zu viel zu tun. Wenn Friedel nach Hause kommt, geht es ihm manchmal so wie früher, als er noch ein Schulkind war. Noch ehe er so richtig mit irgendeinem Problem rausrücken kann, ist sie schon bei einem anderen Thema oder mit anderen Dingen beschäftigt. Er nimmt ihr das nicht übel, aber es führt dazu, dass er einfach nicht so viel über sich erzählt zu Hause. Abends ist es mitunter anders, da hat sie mehr Zeit. Wenn sie mitbekommt, dass es Probleme gibt, scheut sie die auf keinen Fall, im Gegenteil. Sie ist ein Mensch der Tat, am liebsten geht sie dann sofort los und regelt das, ohne lange zu zögern und zu zagen wie der Vater.

Als er einmal in der Heiligenseer Dorfkirche mit seinem Cello bei einem Kammerkonzert mitgespielt hatte und etwas bedröppelt nach Hause kam, weil er vom Organisten nur mit Handschlag bedankt wurde, während die beiden anderen, allerdings erwachsenen Musiker ein Briefchen mit Geld zugesteckt bekamen, ging Mutter Anna auf der Stelle los und kam zehn Minuten später, fröhlich mit einem Scheinchen wedelnd, zurück. Das bewundert er an ihr, ihm selbst ist es schrecklich peinlich und unangenehm, so etwas anzusprechen, ihr überhaupt nicht. Sie erledigt das ganz schnell und mit einem Lächeln, ja er hat den Eindruck, sie genießt es fast ein bisschen. Und keiner kann ihr böse sein, im Gegenteil, sie hat in der Gemeinde und im Dorf überall nur Freunde.

Oft wird Friedel nach ein paar Tagen Berlin unruhig und unzufrieden. Er merkt, dass er im Elternhaus und in der alten, vertrauten Umgebung wieder in seine alten Rollen und Verhaltensweisen hineinrutscht, die er schon längst überwunden glaubt. Er lässt sich hängen und bekommt wenig mit von Berlin, das lähmt und ärgert ihn. Er kann den Berlinern nicht zeigen, dass er doch ein völlig anderer Mensch geworden ist. Ein Folksong, den er im Radio gehört hat, geht ihm öfter durch den Kopf:

Ich geh jetzt in ein andres Land,
Ich kenn' es gut, es ist mir unbekannt.

Das ist genau das Gefühl, was er oft hat: In Köln hat er sich etwas Neues aufgebaut, da fühlt er sich wohl. Wenn er nach Hause kommt, rutscht er in das alte Bild hinein, wird zum Friedel von früher. Beim letzten Besuch ist er mit Freunden nach Berlin gefahren, das war etwas anderes. Sie sind mitten in der Nacht irgendwo in Kreuzberg angekommen, haben bei Freunden der Freunde geklingelt, sind von einem völlig nackten jungen Mann hereingelassen worden, der offensichtlich, Friedel mochte gar nicht so genau hingucken, gerade im Bett mit seiner Freundin gestört worden ist, sie aber trotzdem herzlich begrüßte und ihnen empfahl, sich irgendwo ein Fleckchen für ihren Schlafsack zu suchen. Das war aufregend, das war neu, da wurde Berlin plötzlich zum Abenteuer.

Ein Stück Abenteuer ist auch, wenn er mit seinem älteren Bruder Jan ausgeht in die Jazz- und Folkbars in Charlottenburg zu Konzerten. Jan und er machen immer Musik, wenn Friedel in Berlin ist, sie improvisieren zusammen mit zwei Gitarren oder mit Gitarre und Cello, wenn Friedel sein Cello dabei hat. Jan ist nach Friedels Umzug aus seiner Kellergruft wieder zurück nach oben in das Zimmer gezogen, das sie sich früher einmal geteilt haben, und Friedel hat den Eindruck, dass ihm das gut getan hat. Er ist nicht mehr so verschlossen wie früher und wirkt fröhlicher und gelöster. Friedel mag ihn sehr. Sie müssen gar nicht viel sprechen, wenn sie zusammen sind, die Musik genügt ihnen.

Musik

An der PH in Köln ist der Fachbereich Musik Friedels „Heimat". Hier fühlt er sich zu Hause, fast alle Studenten kennen sich untereinander, egal, ob sie an der PH oder an der Heilpädagogik-Abteilung Musik studieren. Jeder Student hat ein instrumentales Haupt- und ein Nebenfach. Friedels Hauptfach ist das Cello, er genießt die Aufmerksamkeit und die Anerkennung, die er bei seinem Cellolehrer bekommt. Das kennt er nicht vom Unterricht in Berlin, dort war das höchste Lob, wenn der Lehrer nichts weiter zu kritisieren hatte oder sich daneben setzte und mit seiner Gambe mitspielte. Herr Jung dagegen lobt Friedel oft und bestärkt ihn darin, seine Ziele beim Cellospiel nicht zu klein zu stecken. Ja, er besorgt ihm sogar eine Stelle als Cellolehrer an der Musikschule in Troisdorf, wo er einmal in der Woche fünf Celloschüler unterrichtet.

Das ist Balsam für Friedels Selbstbewusstsein, er blüht auf und traut sich etwas zu. Auch im PH-Orchester wird er sofort erster Cellist und ist plötzlich in einer ganz neuen, verantwortlichen Position. Sein Berliner Cellolehrer hat ihm viel beigebracht, aber er hat ihm auch immer den Eindruck vermittelt, sein Cellospiel reiche eigentlich nur für den Hausgebrauch. Hier in Köln schwebt er mit seinem Cello in anderen Sphären. Das Spiel im Orchester macht ihm Spaß, er lernt die Holberg-Suite von Grieg kennen und spielt mit Begeisterung zwei Brandenburgische Konzerte von Bach mit.

Der Orchesterleiter, Professor Gieseler, ist ein in Ehren ergrauter Vollblutmusiker mit Leib und Seele. Er hat einen rauen Umgangston, nennt alle jungen Männer „Dicker" („Hej, Dicker, spiel mal den letzten Ton richtig aus!") und alle jungen Frauen „Puppchen" („Guck mal genau hin, das ist ein Fis, kein F, Puppchen!") – eigentlich eine ziemliche Unverschämtheit, die man ihm aber nicht wirklich übel nimmt, weil er im Grunde ein netter Kerl ist und vor allem ein toller Musiker. Auch seine Seminare lohnen sich immer, er ist an allem interessiert, was die Musik betrifft und jederzeit auch selbst bereit, dazuzulernen. Sein Spezialgebiet, abgesehen von der Klassik, ist der Jazz, er kann beides wunderbar kombinieren und am Flügel improvisieren. Als in seinem Seminar von Studenten der damals aufkommende Reggae vorgestellt wird, verbunden mit dem Slogan *No future,* lässt er sich anstecken und begeistern von der Musik, improvisiert am Klavier mit und meint am Schluss, das mit dem *No future* könnte bei einer so vitalen Musik nicht wirklich ernst gemeint sein.

Die Musikstudenten organisieren sich außerhalb der Seminare und der Harmonielehrekurse selbst, um Musik zu machen. Friedel hat in Berlin auf dem Dachboden einen ganzen Packen Renaissancesätze für vier beliebige Instrumente gefunden und tut sich mit interessierten Studenten zusammen, um die Noten mit den verschiedensten Instrumenten auszuprobieren. Das macht riesigen Spaß, die Vitalität der Musik steckt alle an, egal ob sie Oboe, Waldhorn, Piccoloflöte oder Laute spielen. Auch rhythmische Begleitung wird eingesetzt, zur Not auch mit Mülleimern, Ess-Stäbchen und Zuckerstreuern. Diese Musik ist Tanzmusik, geht direkt ins Herz und in die Beine.

Auch im Umfeld des Chorleitungsseminars entstehen spontan Ensembles, die aus Spaß vierstimmige Chorsätze als Vokalquartett ausprobieren. Friedel lernt Tom kennen, der nicht nur ein guter Folkgitarrist ist, sondern auch eine leichte und helle Tenorstimme hat, Mia mit ihrer tiefgründigen Altstimme und Reni, die glockenhelle Soprantöne singen kann, wenn sie nicht gerade kichern muss, was ziemlich häufig vorkommt. Wenn sie sich treffen, singen sie wunderschön, den Rest der Zeit lachen sie und machen Witze und Wortspiele. Mit den Dreien freundet sich Friedel an, sein Freundeskreis wächst stetig. Manche der neuen Freunde und Freundinnen wohnen schon in Wohngemeinschaften, die meisten aber in Einzelzimmern, fast alle wollen auf Dauer mit anderen zusammen wohnen.

Friedel tut sich mit Reni und Ele zusammen, die gerade gemeinsam eine Wohnung suchen. Ele kennt er auch aus dem Musikseminar, sie ist sehr offen, unkompliziert und herzlich und spielt ebenfalls Cello. Mit beiden versteht er sich gut, zusammen haben sie jede Menge Spaß. Ele wird bald fündig: In der Bachemer Straße in Köln-Sülz ist ein kleines, rosa angestrichenes Häuschen zu vermieten. Der Vermieter, ein kleiner, dicker, eher unsympathischer Eisenwarenhändler, sein Geschäft liegt direkt im Haus nebenan, mustert die drei Studenten kritisch, scheint aber grundsätzlich nicht abgeneigt zu sein und führt sie herum. Das Haus ist wirklich winzig, im Erdgeschoss und im ersten Stock ist jeweils ein kleines Zimmer mit Blick auf den Hof, in dem er alte Eisenteile und Armaturen lagert und es gibt noch einen Lagerraum im Halbparterre, der ist noch voller Alteisen und Schutt. Ob er den freiräumen und ebenfalls vermieten soll, weiß er noch nicht so recht.

Spontan haben sich alle drei in dieses kleine Hexenhäuschen verguckt, sie haben eine Wohnung gesucht und jetzt könnten sie vielleicht sogar ein eigenes Häuschen für sich haben! Sie sind begeistert von dieser Vorstellung und machen schon Pläne. Friedel ist als letzter dazu gestoßen, er würde dann den Raum unten nehmen, der noch freigeräumt werden muss. Er fährt direkt am nächsten Tag nach Berlin, wo er verabredet ist. Die anderen beiden bleiben in Köln und versprechen, ihn über die Verhandlungen mit dem Vermieter auf dem Laufenden zu halten. Friedel hat ein gutes Gefühl, er erzählt in Berlin noch nichts vom rosa Häuschen, aber irgendwie glaubt er fest, dass es schon klappen wird, frei nach dem alten Kölner Spruch: *Et hätt noch immer jot jejange!*

Ein paar Tage später bekommt er in Berlin einen Anruf von Ele: „Du, Friedel, es tut mir total leid, aber das mit dem dritten Zimmer im Häuschen klappt nicht, der Vermieter lässt sich nicht darauf ein, er will nur an zwei vermieten!"

„Oh! Und was machen wir jetzt?"

„Reni und ich haben schon unterschrieben, wir ziehen zu zweit da ein."

„Ach so. Hmm."

„Ja, es ist blöd gelaufen, aber Reni muss ja auch nächsten Monat aus ihrem Zimmer raus, die steht unter Druck."

Friedel ist so perplex, dass er nicht viel mehr herausbringt. Damit hat er nicht gerechnet. Klar, es hatte sich ja schon angedeutet, dass der Vermieter zögerte mit dem Parterrezimmer. Aber Friedel hat nicht geglaubt, dass die beiden dann einfach ohne ihn dort einziehen würden. Er hat über diese Möglichkeit gar nicht nachgedacht und ist davon ausgegangen, dass sie zu dritt etwas suchen und finden würden. Er ist niedergeschlagen und gekränkt. Wie hätte er selbst reagiert an Eles oder Renis Stelle? Er weiß es nicht. Aber sie hätten ihn doch wenigstens fragen können, ehe sie einfach ohne ihn unterschreiben! Rein rational kann er die beiden verstehen, aber gefühlsmäßig nicht. Er fühlt sich abgehängt, kalt gestellt.

In solchen Situationen verkriecht sich Friedel. Auch die Haut reagiert sofort, es juckt wieder an Kopf und Armen, Friedel kratzt sich die Haut auf und versteckt sich dann. So richtig hat er mit keinem über diese Sache geredet, auch mit Eva nicht, die weiß noch gar nichts von dem rosa Häuschen und braucht es jetzt gar nicht erst zu erfahren. Es fühlt sich wie eine Niederlage an auf dem Weg zu neuer Freiheit und Selbständigkeit. Aber er spricht mit keinem darüber und gestattet sich auch keine Wut auf die beiden Mädels, die ihn haben hängen lassen. Mit dem Kopf kann er sie verstehen, er mag sie beide gerne und möchte jetzt kein großes Drama inszenieren. Mein Gott, er hat sich als Dritter an die beiden angehängt und wird jetzt eben als Erster abgehängt. So ist das manchmal.

Das einzige, was ihm wirklich hilft in solchen Situationen, ist das Musikmachen. Beim Cellospielen, beim Improvisieren auf dem Klavier im Heiligenseer Wintergarten mit Blick auf die große Pfarrwiese, die Bäume und den See kann er abschalten und sich vergessen. Auch wenn er mit seinem Bruder Jan zusammen improvisiert, im Keller, dann wird alles andere zur Nebensache.

Auch in Köln nimmt die Musik einen immer größeren Teil seines Lebens ein. Seit einigen Monaten ist er in der Songgruppe der ESG, der Evangelischen Studentengemeinde. Dort werden alle möglichen Lieder mitgebracht und ausprobiert, fast alle dort spielen Gitarre und es klingt manchmal schon ziemlich laut und schrammelig, wenn zehn mehr oder weniger begnadete Gitarristen gleichzeitig spielen. Schön wird's manchmal, wenn nur einer oder zwei spielen. Aber er lernt durch die Gruppe viele „neue" alte Lieder kennen, vor allem die Revolutionslieder der 1848er Jahre, die sollen im neuen Liederheft der ESG gedruckt werden.

Und er lernt über das gemeinsame Singen und Ausprobieren nette Leute kennen, wie Ola. Sie studiert Mathe, hat aber großen Spaß an Folkmusic. Zusammen spielen und singen sie vor allem irische Lieder von Planxty, Andy Irvine, Clannad und Lieder der deutschen Folk-Musikgruppen Zupfgeigenhansel, Liederjan, Elster Silberflug, Fiedelmichel. Ola spielt Blockflöte und hat eine ganz helle, zarte Stimme, die sich gut mit Friedels Bariton mischt, wenn sie zweistimmig singen.

Karneval

Ola kommt nicht aus Köln, sie ist ein echtes Ruhrpott-Mädchen. Trotzdem ist sie es, die Friedel für den Kölner Karneval begeistert. Zusammen mit einer größeren Clique ziehen sie durch die Straßen von Kneipe zu Kneipe, trinken Kölsch, singen „Mer losse d'r Dom in Kölle" und beteuern lautstark, dass das Wasser von Kölle „jot" wäre, schunkeln, tanzen – und es macht Friedel Spaß, weil er sich in dieser Gruppe und neben Ola gut aufgehoben fühlt. Bald kann er schon jede Menge Refrains mitsingen, auch wenn es mit der kölschen Aussprache manchmal noch hapert. Er erlebt hier in der sicheren Umgebung der Clique, wie locker und unbeschwert jeder in Köln Karneval mitfeiern kann. Die Kneipen sind meistens rappelvoll, der Schweiß tropft von der Decke in die Kölsch-Gläser, die Luft ist unerträglich und enthält deutlich zu wenig Sauerstoff, trotzdem geht es einem gut, wenn man erst einmal den Anfangsschock überwunden und sich darauf eingelassen hat.

Es ist so voll, dass keiner allein bleibt. Durch die Enge entstehen automatisch Kontakte. Trotzdem schaffen es Gruppen immer wieder, Platz für Schunkelkreise und -reihen zu schaffen, bei denen man sich problemlos jederzeit mit einhaken und auch wieder ausklinken darf. Für Friedel eine aufregende Erfahrung, plötzlich bei wildfremden Leuten mittenmang dabei zu sein, sich hier bei einem netten Teufelchen oder Funkenmariechen einzuhaken, dort bei einem schmucken Husaren in Uniform – und überall ist man willkommen! Alles darf, nichts muss. Selbst die Verkleidung nicht. Wer keine hat, wird schnell noch ein bisschen bemalt oder bekommt rechts und links einen fetten Lippenstift-Kussmund aufgedrückt. In der Kneipe ist es eh so stickig und heiß, dass man alles von sich wirft.

In den meisten Lokalen gibt es eine Mischung zwischen den traditionellen Karnevalsliedern und den Liedern der Bläck Fööss, die Friedel immer besser verstehen und lieben lernt. Das sind keine bloßen Karnevalsgröler, sondern oft Lieder mit schöner Melodie und Texten, bei denen sich das Hinhören lohnt. Friedel hat sich die neue Bläck Fööss-Platte *Links eröm, rächs eröm* gekauft und liebt besonders *Langer Samstag in d'r City* und den *Buuredanz*, bei dem ihm Ola zeigt, wie man Polka tanzt.

Kaum einer in Olas Clique kommt aus Köln, ein Mädchen kommt aus der Pfalz, ein Junge aus Friesland, die Begeisterung für Karneval ist aber bei allen gleich. Am frühen Abend trifft man sich, hilft sich gegenseitig mit der Verkleidung und dem Schminken, wartet, bis auch die letzten eingetrudelt sind und zieht dann los, manchmal auch in eine ganz leere Kneipe, wo bisher noch gar nichts los ist. Dann wird ein bisschen Platz geschaffen für Singen, Schunkeln und Tanzen und oft füllt sich das Lokal dann nach und nach von alleine und der Wirt strahlt über beide Backen und gibt eine Runde aus für die „Startergruppe". Einmal gibt's sogar eine echte Havanna, die genüsslich rumgereicht und gepafft wird.

Der „offizielle" Karneval dagegen, die Umzüge und vor allem die vielen Sitzungen – Prunksitzung, Herrensitzung mit unterirdischen Witzen, Damensitzung – all das ist nur was für Spießer und wird weiträumig gemieden. Orden, Reden, Kostüme, „tätää tätää tätää" – das ist eine ganz fremde Karnevalswelt, das brauchen sie nicht.

Was Friedel in Köln immer wieder verblüfft, ist, dass die Stadt eigentlich das ganze Jahr in Karnevalslaune ist, nicht bloß in der Woche zwischen Weiberfastnachts-Donnerstag und Aschermittwoch, in der fast der ganze Normal-Alltag zum Erliegen kommt. Zu Karneval sind die Straßenbahnen so rappelvoll mit Jecken, dass man erst gar nicht versuchen sollte, bis zum Fahrkartenautomaten vorzudringen. Kein Kontrolleur würde sich trauen, zu Karneval ernsthaft die Fahrkarten überprüfen zu wollen, er würde ausgelacht werden. Das Ganze geht ja schon im alten Jahr los, am Elften im Elften startet die Karnevals-Session, da sind Weihnachten und Neujahr nicht viel mehr als lästige Hindernisse im Karnevalsbetrieb. In den Kneipen läuft schon Karnevalsmusik und auch im November und Dezember kann man den ein oder anderen vollständig kostümierten Jecken in der Straßenbahn treffen, ohne dass dieser Anblick besondere Aufmerksamkeit erregen würde.

Aber auch nach Aschermittwoch, wenn das Fieber, das die Stadt befallen hat, vorbei ist, wenn der liebevoll aus Lumpen hergerichtete Nubbel längst feierlich für alle Karnevalssünden angeklagt und verbrannt worden ist, bleibt der Geist des Karnevals allgegenwärtig in Köln. Bei einer politischen Veranstaltung am Neumarkt registriert Friedel erstaunt, dass das Publikum beim Auftritt der Bläck Fööss sich sofort und quasi automatisch einhakt, losschunkelt und mitsingt. Diese Stadt kann nicht anders, egal, ob es um Fahrpreiserhöhungen, die Stationierung von Langstreckenraketen oder um Asylpolitik geht – es wird gesungen und geschunkelt. So etwas würde in Berlin Fassungslosigkeit und Kopfschütteln hervorrufen. Hier ist es normal, es ist ein Stück Selbstverständnis und Stolz dieser Stadt und ihrer Bewohner. „Wir sind wir" kommt zuerst, dann kommt lange gar nichts und erst am Schluss das ein oder andere kleine Problem, das es hier und da gibt. Und die Lösung? Hauptsache, das Herz ist „jot".

Auch andere Veranstaltungen in Köln haben durchaus karnevaleske Züge, zum Beispiel die berüchtigte „Talentprobe" am Tanzbrunnen mit Udo Werner, einem schmierigen, abgehalfterten Glatzkopf, der auf der runden kleinen Open-Air-Bühne am Deutzer Rheinufer sogenannte

Talente vorstellt. Friedel geht dort hin, weil ihm schon mehrere Leute geraten haben: „Das musst du unbedingt sehen, das ist dermaßen lustig!" Komischerweise will ihn aber niemand begleiten, wenn er fragt, wer mitkommen will. Also fährt er alleine los mit seinem Fahrrad, kommt wie so oft etwas zu spät und mischt sich unter die stattliche Menschenmenge, die sich vor der Bühne als johlende, lautstarke Jury begreift. Erst nach und nach versteht Friedel den Mechanismus dieser Veranstaltung: Wer sich freiwillig als Kandidat für diese Talentprobe meldet, muss entweder total naiv sein oder ein gehöriges Maß an Masochismus mitbringen. Wer wirklich singen oder spielen kann, sollte sich das auf keinen Fall antun.

Es gibt ein paar Rituale. Kommt ein Mädchen auf die Bühne, brüllt die Menge sofort: „Ausziehn, ausziehn!" Je erbärmlicher der Vortrag ist, desto mehr wird geklatscht und gejubelt. Manchen Kandidaten kann man ansehen, dass sie den Beifall wirklich für bare Münze nehmen und sich überglücklich als „Talent" feiern lassen. Auch jede noch so schmierige Ansage von Udo Werner wird gefeiert, als wäre es das Evangelium. Auch bei ihm ist sich Friedel nicht ganz sicher, ob er die satirische bis sarkastische Botschaft des Publikums so ganz begriffen hat, wenn ja, dann spielt er perfekt den unsäglich schleimigen Talkmaster.

Mit ihm hat Friedel kein Mitleid, wohl aber mit einigen der Kandidaten, die anscheinend hoffen, hier ihre ganz große Karriere starten zu können. Ansonsten gewöhnt man sich schnell an die Publikumsregeln. „Ausziehn!" brüllt Friedel zwar nicht mit, aber er klatscht und johlt begeistert mit, wenn ein Kandidat wieder einmal keinen richtigen Ton ins Mikro singt. Dabei bemerkt er, dass vor ihm ein hübsches blondes Mädchen steht, das sich schon ein oder zweimal umgedreht hat, wenn er möglichst schräg mitgesungen oder laut gejohlt hat. Er grinst sie an, sie grinst zurück – und dreht sich wieder um. Aber wie kommt man ins Gespräch?

Zum Glück hat er Kaugummis dabei, Wrigley's. Er zögert ein wenig, sein Herz klopft vernehmlich im Brustkasten, dann fasst er sich ein Herz, tippt ihr von hinten auf die Schulter und bietet ihr ein Kaugummi an, das sie mit einem Lächeln nimmt. Sie macht eine Handbewegung, er soll nach vorne kommen, neben sie. Das hätte er sich von alleine nicht getraut. „Wie heißt'n du?" fragt sie.

„Friedel! Und du?"

„Annette. Langweiliger Name! Aber Friedel klingt süß!"

Friedel merkt, wie er rot anläuft. „Findest du?"

Sie guckt ihn an, als wollte sie sagen: *Willst du das Kompliment jetzt nochmal hören oder was?* Dann fragt sie:

„Du kommst nicht von hier, oder?"

„Nee, aus Berlin!"

„Au scharf, Berlin! Da wollte ich immer mal hin!"

Wieder guckt sie kurz rüber und zieht die Nase kraus: „Was machst'n hier?"

„Talentprobe gucken!"

Annette lacht und sagt: „Blödmann, du weißt genau, was ich meine!"

„Ich studiere hier!"

„Oh! Warum hier und nicht in Berlin?"

„Köln gefällt mir besser!"

„Du machst Witze!"

„Nee, ernsthaft. Westberlin ist langweilig. Hier ist viel mehr los. Nettere Leute und so."

Das sollte ein Kompliment werden, aber er traut sich nicht, sie dabei anzugucken. Stattdessen schaut sie rüber zu ihm und weiß nicht recht, ob er das ernst meint, was er sagt.

„Du verarscht mich, oder?"

„Nee, bestimmt nicht, Ehrenwort! – Und was machst du so?"

„Talentprobe gucken!" Sie grinst ihn an.

„Okay, eins zu eins!. Und sonst?"

„Ich mache gerade Abi und hoffe, dass alles gut geht. Es war immer so schönes Wetter, ich hab zu wenig gelernt, fürchte ich."

„Auwei, da drück ich dir die Daumen, dass es trotzdem klappt! Welche Fächer?"

„Deutsch, Mathe, Englisch, Geschichte. Ich weiß gar nicht, wovor ich mich am meisten gruseln soll. Wenn's gut geht, lad ich dich zu meiner Abifete ein!"

„Oh, danke, gerne. Aber wie erfahre ich davon?"

„Ruf mich Ende nächster Woche mal an. Ich wohne noch zu Hause bei meinen Eltern." Sie fummelt aus ihrer Jeans den kürzesten Bleistiftstummel, den Friedel je gesehen hat und schreibt ihre Telefonnummer auf die weiße Rückseite des Kaugummipapiers.

Als er sich dann tatsächlich endlich traut, bei ihr anzurufen, ist es sehr laut am Telefon und dauert eine ganze Weile, bis sie tatsächlich drangeht. Um den Lärm zu übertönen, muss sie schreien: „Wer ist da? Ach, Friedel, ich dachte, du meldest dich gar nicht mehr! Die Party ist in vollem Gange! Komm doch einfach mit dazu! Brauchst nix mitbringen!"

Er ist kolossal erleichtert, dass sie sich noch an ihn erinnert. Er hat in den letzten Tagen mehrfach überlegt, ob er wirklich anrufen soll. Nach seinen Erfahrungen mit

Kölnern kann man nicht immer sicher sein, dass der, mit dem man sich gestern noch nett unterhalten hat, einen ein paar Tage später noch kennt. Andererseits war es ihre Idee gewesen mit dem Bleistift und der Nummer.

Er kauft im Büdchen eine Flasche Sekt und radelt dann los nach Mülheim, immer am Rhein lang. Sie wohnt in einer Arbeitersiedlung, graue, dreigeschossige Mietshäuser, nach dem Krieg schnell hochgezogen. Diese Gegend kennt er noch nicht. Er muss mehrmals klingeln, ehe jemand im Tumult ihn bemerkt und die Wohnungstür öffnet. Ein schwarzhaariges Mädchen, das noch nicht nach Abiturientin aussieht, guckt ihn von oben bis unten an und fragt: „Bist'n du?"

Er fängt an zu stottern: „An-Annette. Also, die hat mich eingeladen!" Sie mustert ihn noch einmal ausführlich, nimmt dann seine Hand und schiebt mit ihm durchs Gedrängel. „Überall nur junge Leute!" denkt Friedel und weiß nicht so recht, ob er da reinpasst, obwohl er ja vermutlich nur zwei oder drei Jahre älter ist als die meisten hier. In der Küche steht Annette in einem Pulk von Leuten, die meisten davon Jungs, seine Begleiterin schiebt ihn jetzt mitten durch den Pulk und kräht: „Annette, Kundschaft!"

Friedel ist das Ganze sehr unangenehm. Alle gucken, als wollten sie sagen: „Wo kommt der denn her?" Er drückt Annette die Sektflasche in die Hand, die bedankt sich und flüstert ihm ins Ohr: „Sorry, das war meine kleine Schwester, die ist immer so!" Friedel nickt, dann fällt ihm ein, dass er ihr noch gar nicht gratuliert hat: „Herzlichen Glückwunsch zum Abi! Hat alles geklappt?"

„Danke, ja. Hätte besser gehen können, aber hat geklappt. Da hinten ist das Kölschfass, du bedienst dich selber, nicht?" Friedel nickt wieder, bahnt sich seinen Weg zum Kölsch und geht dann einmal durch die Wohnung. Als er wieder in die Küche kommt, ist Annette nicht mehr dort. Er holt sich noch ein zweites Kölsch, wird beim Zapfen in ein Gespräch mit einem Jungen verwickelt, der ihm zeigt, wie man Kölsch richtig zapft. Er fühlt sich etwas unwohl zwischen all diesen Abiturienten aus Mülheim, und als er sein Glas aufgetrunken hat, macht er sich unbemerkt aus dem Staub.

Als er wieder nach Hause radelt, ärgert er sich, dass er so früh aufgegeben hat. Was hat er erwartet? Dass Annette all ihre Gäste stehen lässt, ihm um den Hals fällt und sich nur noch um ihn kümmert? Wo ist nur sein Mut vom Tanzbrunnen geblieben? Vielleicht hat er auch einfach Angst vor mutigen Frauen? Was will er überhaupt von dieser Annette? Er hat doch seine Eva. Mit solchen Gedanken radelt er durch die Kölner Nacht.

Traum 3

Der Wenzlawski und der Dietze von der PH vermischen sich zu einer Figur, die ich gut leiden kann und die uns unterrichtet. Ich komme ganz locker in die Klasse rein und weiß gar nicht so genau, wo ich denn nun sitze. Ach ja, da neben Thomas ist noch ein Platz frei, ganz hinten. Es ist die altbekannte Klassen-Situation, der alte Zwiespalt: Soll ich Quatsch machen und mich mit klugen

Sprüchen und Bemerkungen aus der letzten Reihe produzieren? Aber eigentlich finde ich den Lehrer doch ganz nett! Hänge zwischen Klasse und Lehrer. Als Dietze Arbeitsblätter verteilt, fange ich an, laut die Worte zu verdrehen, die darauf stehen. Es ist wie ein Zwang.

Dann ist plötzlich kleine Pause, ich gehe raus und suche ein Klo. Nee, ein Telefonhäuschen. Ich wandere draußen durch die Dünen, treffe da verschiedene Leute, die ich kenne, finde nichts, weiß aber, an dieser Stelle war ich schon einmal, da muss doch irgendwo was sein! Runter den Weg durch den feinen Sand. Unten überlege ich, was ich eigentlich suche. Ach so, das Telefonhäuschen. Das muss doch da oben gewesen sein, wo ich herkomme! Außerdem habe ich doch ein Klo gesucht, „Ladies" habe ich irgendwo gelesen, bloß „Gents" nicht.

Ich gehe also wieder zurück nach oben zur Schule, bin viel zu spät dran, versuche dem Dietze klarzumachen, dass ich es nicht so gemeint habe. Die Klasse ist jetzt oben unterm Dach und ich muss viele Treppen hochsteigen, es sind kaum mehr Leute in der Klasse außer dem Dietze. Er ist sehr freundlich und ich bin erleichtert.

Dann bin ich wieder draußen in den Dünen und will weiter zum Meer. Es sind hohe Wellen und Wind und alles ist ein bisschen unheimlich. Die Ele ist auch da. Rechts und links haben sich merkwürdige Wasserlöcher gebildet, die glitzern so tiefgründig und geheimnisvoll. Ele sagt, das ist kein Salzwasser, das rüber geschwappt ist vom Meer. Obwohl es so aussieht, als ob der Wind Wasser über die Dünen peitscht. Es ist Heilwasser und ich koste vorsichtig einen Schluck aus der hohlen Hand. Schmeckt ganz seltsam, ja, es ist wirklich Heilwasser. Oder ist das Seltsame nur der Salzgeschmack?

Ich möchte noch weiter, spüre Abenteuerlust, aber Ele ist es nicht so geheuer, sie will zurück. Ich versuche, sie zu überreden, noch ein Stück weiter zu gehen. Sie murmelt irgendetwas vor sich hin, was ich nicht verstehe. Wie bitte? Irgend so einen Spruch mit Vertrauen. Nun ist aber Schluss! Wo hast du denn d e n Spruch her? Vom Italiener? Na, dann. Wenn du kein Vertrauen hast, dann lass es sein.

Gottesvergiftung

Bei seinen Dusch-Besuchen bei Ina wird oft hinterher noch gemütlich geredet oder diskutiert, über Kunst, Musik, Literatur und manchmal auch über Religion. Ina ist Atheistin, hat aber Respekt vor gläubigen Menschen, die es ernst meinen mit ihrem Glauben und die sich darum bemühen, dass ihre Taten und Worte übereinstimmen. Was sie überhaupt nicht leiden kann, sind die Missionare, die ewigen „Besserwisser" und „Bekehrer". Darin sind sich Friedel und sie völlig einig. Friedel erzählt ihr von seiner Zeit in Berlin bei den Jesus People und seiner Suche nach der richtigen Form des Glaubens.

Erstaunt stellt er in der Rückschau fest, dass das, was er damals als persönliche Schwäche empfunden hat, seine Distanz und Unfähigkeit, sich voll auf etwas einzulassen, gleichzeitig auch ein natürlicher und gesunder Schutz war. Es war ja genau diese Verbissenheit, der Zwang zum Bekehren, die oft plump vereinfachten Botschaften und schnellen Lösungen, denen er von Anfang an skeptisch gegenüberstand und die ihn daran hinderten, begeistert alles mitzumachen. Dabei geholfen, eine eigene Position und seinen eigenen Weg zu finden, hatten ihm damals gute und lange Gespräche mit seinem Vater, dem Pfarrer, und ein kleines Buch von Salinger, dem Autor, den Friedel wegen seines *Fänger im Roggen* verehrte: *Franny und Zooey*.

Wie Franny war auch Friedel ein Suchender, der d e n richtigen Weg finden wollte, der abgestoßen war von der Oberflächlichkeit und Banalität des Alltags und angezogen vom Licht und Glücksversprechen der Religion. Mit Zooey, dem Bruder, der seiner kleinen Schwester aus der Sackgasse heraushelfen will, in die sie sich hineinmanövriert hat, hat Friedel erkannt, dass es weder die allgemeingültige Wahrheit noch d e n richtigen Weg gibt. Jeder muss für sich herausfinden, welcher Weg für ihn der geeignete ist. Und, noch wichtiger: Das Glück und die Erfüllung liegen nicht in der Ferne, in einem Mysterium, sondern im ganz banalen Alltag. Es sind die kleinen Dinge und die kleinen Leute um einen herum, es ist der unvollkommene, ganz normale Alltag, in dem sich Aufgaben und Erfüllung verbergen.

In diesem Sinne hat er sich in den letzten Jahren als Christ verstanden, durchaus auch noch hin und wieder einen evangelischen Gottesdienst besucht, meistens dann, wenn er in Berlin zu Besuch im Elternhaus war, das ja direkt gegenüber der alten Dorfkirche liegt, in der sein Vater sonntags predigt. Seine Freundin Eva ist noch etwas stärker kirchlich engagiert, liegt aber ansonsten mit ihm in den religiösen Fragen meistens auf einer Wellenlänge.

Beim letzten Dusch-Besuch hat Ina ihm ein Buch mitgegeben: *Gottesvergiftung* von Tilman Moser. Friedel liest es über Nacht in einem Stück, er verschlingt es geradezu und liest es danach gleich noch einmal in kleinen Häppchen, um auch ja nichts zu verpassen. Dieses Buch verändert ihn, bringt ihn dazu, sich intensiv mit seiner Kindheit zu beschäftigen. Die Wut und die Abrechnung mit dem strafenden und allmächtigen Gott überträgt sich vom Buch auf ihn, er stellt sein ganzes bisheriges Leben auf den Prüfstand und entdeckt viele Gründe dafür, warum er so geworden ist, wie er ist und sich mit seiner Haut und in seinen Beziehungen so quälen muss.

In vielen Gesprächen diskutiert er die Thesen des Buches und seine Erkenntnisse mit Ina, mit der Ärztin in Koblenz, mit Eva. Bei Eva merkt er, dass seine Abwendung vom christlichen Glauben eine Lücke in der Beziehung schafft. Eva kann zwar nachvollziehen, was er da für sich entdeckt hat, teilt auch viele kritische Punkte, aber nicht, dass er jetzt gleich das „Kind mit dem Bade ausschütten" will. Ihr ist seine Abwendung zu radikal, zu vorschnell. Und es bricht damit auch eine starke Gemeinsamkeit zwischen ihnen beiden weg, eine gemeinsame Geschichte und Verbundenheit.

Ina und seine Ärztin sind da pragmatischer, sie ermuntern ihn darin, alles zu beleuchten und zu prüfen. „Revolutionen sind selten sanft und nie ausgewogen, aber sie bringen Fortschritte und neue Perspektiven!" Friedel überlegt hin und her, ob er sich traut, seinem Vater zu schreiben. Seine Ärztin ermutigt ihn dazu, obwohl er große Sorge hat, zu heftig und zu radikal zu sein und damit seinen Eltern wehzutun. Auch Eva unterstützt ihn: „Besser, alles einmal raus zu lassen, als dass es in Zukunft immer zwischen euch steht!"

Brief an den Vater

Lieber Paps,
ich möchte Dir ein paar Dinge schreiben, die ich jetzt mal loswerden muss, vor Herbst oder Winter werden wir uns ja wahrscheinlich nicht sehen. Im Februar habe ich ein Buch in die Hände bekommen, „Gottesvergiftung" von Tilman Moser. Dieses Buch ist eine Abrechnung Mosers mit dem Gott seiner Kindheit, eine große Anklage, der Versuch, die Erlebnisse im religiösen Bereich zu verarbeiten und zu verstehen. Moser ist Psychoanalytiker.

Das Buch hat bei mir eine Menge in Gang gesetzt. Ich hab's fast in einem Stück verschlungen und dann noch einmal durchgearbeitet und mir all die Sachen angestrichen, die mir bekannt vorkommen aus meiner eigenen Kindheit und Erziehung. Er ist in einem pietistischen Elternhaus in Baden aufgewachsen, sein Opa war Pfarrer, seine Mutter spielte in den Gottesdiensten die Orgel, sein Vater war Presbyter. Die Religion hat schon bald einen großen Platz bei ihm eingenommen. Heute, wenn er sich zurückerinnert, hat er viele warme und nachhaltige gute Gefühle in Verbindung mit religiösen Erlebnissen. Es sei immer etwas Bewegendes gewesen, wenn die Mutter abends vor dem Schlafengehen mit den Kindern betete und sang.

Der Haken an der Geschichte war, dass er die Mutter immer nur in Zusammenhang mit religiösen Anlässen so erlebte, dass sie Gefühle zeigte, dass sie zärtlich war (mehr mit Worten) und dem Kind zeigte: *Ich hab' dich gerne! Du bist o.k.!* Das geschah nicht direkt von Mutter zu Kind, sondern immer auf dem Umweg über Gott. Die Mutter und das Kind beten und singen zusammen und erleben beide dieses Gefühl, von Gott akzeptiert zu sein. Bei der Mutter lag eine Scheu und Unfähigkeit vor, dem Kind direkt durch Knuddeln, Streicheln, Worte zu zeigen: *Ich hab' dich gerne und bin mit dir zufrieden!* Der Hunger des Kindes nach solch einer Zuwendung wurde immer nur auf Umwegen über Beten und Singen gestillt.

Vom Vater schreibt Moser, dass er ihn als Mensch mit richtigen Gefühlen nur manchmal in der Kirche beim Singen erlebte, wenn er inbrünstig und mit manchmal zitternder Stimme sang. Ansonsten war die Atmosphäre in der Familie eher preußisch zugeknöpft und streng. Gefühle zeigen galt als unfein, als Schwäche, wenn es mal einen Gefühlsausbruch gab, war es gleich eine Katastrophe. Jeder wurschtelte so vor sich hin, Konflikte wurden nicht offen ausgetragen, sondern jeder fraß seinen Kummer oder Ärger in sich hinein.

Wie das früher bei uns in der Familie zuging, weiß ich natürlich nicht mehr so genau. Aber ziemlich streng ging's in der ersten Zeit schon zu, ich erinnere mich an die Tischregeln im Lutherhaus: Wer „Faxen" bei Tisch machte oder nicht essen wollte, musste raus. Entweder ins Nebenzimmer – dort blieb er solange, bis er alles aufgegessen hatte – oder, noch viel schlimmer, raus auf den Korridor mit dem Suppenteller, wo dann die Leute vorbeikamen und man vor Scham am liebsten in den Boden versinken wollte! Das war eine heftige Erniedrigung, weil man so bloßgestellt wurde.

Dieses strikte Erziehungskonzept wurde zum Glück mit der Zeit immer mehr aufgeweicht, Nelli und Steffen werden heute tausendmal besser erzogen. Zur unerbittlichen Strenge kam früher noch die „Zugeknöpftheit" oder Unfähigkeit, Zuneigung zu zeigen. Das war wohl damals so, dass man sich Gefühle verboten oder verkniffen hat, bei Großmutter und den Tanten hab ich das auch immer so erlebt. Ich habe Gefühle geahnt, aber sie wurden weder ausgesprochen, noch gezeigt. Unsere Mutter Dörte hat uns vermutlich nicht gerade überschüttet mit Liebkosungen und Schmusereien, weil sich das einfach nicht gehörte. Oder weil sie es selbst nicht kannte?

Genauso ging und geht mir das, und meinen Geschwistern sicherlich ähnlich: Wer wenig Zärtlichkeit erfahren hat, dem kommt es unnatürlich oder peinlich vor, wenn er das bei anderen sieht. Wenn sich im Film Paare ausgiebig knutschen, gucke ich am liebsten weg, weil es peinlich ist. Wenn mich jemand streichelt oder zufällig berührt, zucke ich oft zusammen und weiß nicht, was ich machen soll. Ich musste das erst Schritt für Schritt lernen, so etwas auszuhalten, stillzuhalten, ja, zu genießen – und es fällt mir nach wie vor schwer! Erst recht, wenn es darum geht, selbst einen anderen anzufassen oder sogar zärtlich zu sein! Streicheln kostet haufenweise Überwindung!

Mein Problem heißt: Körperkontakt und meine Schwierigkeiten werden natürlich durch dieses beschissene Ekzem noch verstärkt, weil ich mir manchmal wie ein Aussätziger vorkomme und anderen meine Berührung nicht zumuten will. Ich fühle mich oft angestarrt und beobachtet und möchte mich mit meiner blöden Haut am liebsten verkriechen oder aus meiner Haut fahren. Oft merke ich, wie ich die Hände verstecke vor anderen, damit sie nicht mein Ekzem sehen. Ich finde mich nicht damit ab, will wieder gesund aussehen und schäme mich, dass ich so zerrupft bin. Wenn ich mit anderen zusammen bin, möchte ich weg und allein sein. Wenn ich alleine bin, verzweifele ich darüber, denn ich möchte ja gerne mit anderen zusammen sein!

Ich weiß nie so genau, inwieweit meine Neurodermitis diese Probleme hervorruft, oder ob die Haut Ausdruck meiner Probleme ist. Wahrscheinlich beides, ein Kreislauf. Die Haut schützt mich ja auch vor Berührung. Anstatt mich von anderen streicheln zu lassen, mache ich die Sache lieber mit mir selbst ab: Ich „streichel" mich selber, indem ich die Haut aufkratze. Auch eine Form von Lustgewinn, allerdings nur für die Dauer der Kratzwut, danach folgt dann sofort der schlimme „Kater".

Ein Problem, das damit zusammenhängt: Abneigung, Wut, Ärger, Kritik zeigen – auch das ist eher ungewohnt bei uns in der Familie. Als Mutter Anna mal in der Küche aus Wut mit Töpfen schmiss, da dachte ich, die Welt geht unter. So perplex und erschrocken war ich, so entsetzt darüber, was das denn jetzt zu bedeuten hat. Sie ist ja ganz anders im emotionalen Bereich als wir, aber ich war so etwas in unserer Familie einfach nicht gewohnt und völlig fassungslos. Das hab ich auch schon oft erlebt, wenn andere Leute sich vor meinen Augen gestritten haben oder jemand so richtig losschimpft. Ich nehme mir das gleich sehr zu Herzen, weil ich es einfach nicht gewohnt bin. Ich denke immer, das ist jetzt endgültig und wird nie mehr gut werden.

Ähnlich ist es mit Kritik: Wenn mich jemand kritisiert, nehme ich das sofort persönlich und fühle mich gleich als ganzer Mensch abgelehnt. Ich bin einfach zu wenig Kritik gewohnt und dementsprechend unfähig, ein guter Kritiker zu sein. Meistens traue ich mich nicht, einen anderen zu kritisieren, weil ich denke, er nimmt's dann persönlich – so wie ich selbst. Früher dachte ich immer, ich würde nie so richtig wütend sein, und alle anderen bestärkten mich darin, indem sie mir immer erzählten, wie ausgeglichen und freundlich ich doch wäre. So etwas zu hören, ist ja schön, aber es verleitet dazu, die Wut nicht rauszulassen, damit man das schöne Bild nicht zerstört. Ich schlucke den Ärger runter, leider knabbert und nagt der da irgendwo weiter. Ich bekomme häufig selbst gar nicht mehr mit, dass ich eigentlich wütend bin, und wenn ich es merke, schäme ich mich dafür.

Damit bin ich auch wieder bei einem religiösen Aspekt des Problems gelandet. Ich hatte für mich den Satz verinnerlicht, man dürfe nicht beleidigen, verleumden, verletzen usw. Man soll immer freundlich zu allen sein, Gutes tun, Böses mit Gutem vergelten, auch noch die andere Wange hinhalten. Schon als Kind war ich manchmal stolz, wenn mich einer beleidigte und ich heroisch gelassen reagierte. Ich schluckte die Beleidigung tapfer herunter und fühlte mich getröstet, weil ich mich ja „christlich" verhalten hatte.

Das ging mir auch oft in der Familie so, wenn mich jemand durch eine ironische Bemerkung verletzte, Du zum Beispiel oder Bea, ihr hattet das gut drauf, einen eiskalt abzufertigen. Dann starrte ich vor mich hin, anstatt zurückzuschießen, kochte innerlich, fühlte mich hundeelend, aber sagte keinen Mucks. Wenn's zu schlimm wurde, rannte ich raus und versteckte mich. Wenn mich jemand fragte: „Bist du böse?", sagte ich: „Nein!" Ich durfte ja nicht böse sein, ich war doch gut!

Diese christliche Norm, immer gut sein zu müssen, immer freundlich, hilfsbereit, uneigennützig, fraß sich in meinen gesamten Alltag hinein. Ehe ich etwas tat, musste ich erst überlegen: Ist es auch richtig, was ich da tun will? Ehe ich jemanden ansprach oder anrief, überlegte ich lange, was genau ich jetzt am besten sagen sollte. Immer überlegte ich, was die anderen wohl denken würden, wenn ich dies oder jenes täte. Ständig hatte ich Schuldgefühle, irgendetwas falsch gemacht oder irgendjemanden verletzt zu haben. Gott, so wie ich ihn kennengelernt hatte, ließ mir keinen Freiraum, keinen Ort, wo er nicht hinschaute, wo ich mal ich selbst sein konnte. Immer musste ich Christ sein, als Christ handeln. Immer schaute er mich an, nicht mal einen geheimen Gedanken konnte ich denken, ohne dass er ihn sofort wusste.

Dieses ständige schlechte Gewissen, dieses ewige Um-Vergebung-bitten-müssen führte bei mir zu Unsicherheit und fehlendem Selbstbewusstsein. Das war nach außen hin nicht so sichtbar, weil ich es gut verbergen konnte, ich war ja immer der „ausgeglichene, fröhliche Friedel". Konflikte trug ich mit mir selbst aus, statt mit anderen oder mit meinem Gott – ich durfte ja niemanden verärgern oder verletzen. Diesen Gott, der mich verfolgt und ständig anstarrt aus der Dunkelheit, aus Dingen und aus Menschenaugen, dem habe ich den Laufpass gegeben! Den will ich vergessen und aussperren aus allen Lebensbereichen, in denen er bei mir noch haust und mich unsicher, verkrampft, mürbe macht. Ich bete nicht mehr, ich singe keine Loblieder mehr, ich glaube nicht mehr, ich bezeichne mich nicht länger als Christ, ich will endlich ich selbst sein: Mit ruhigem Gewissen das sein, was ich bin und das tun, was mir Spaß macht.

Natürlich habe ich auch starke, positive Gefühle in Verbindung mit dem Glauben gehabt, allein mit Gott, im Gebet, ekstatische, glücküberströmte Momente. Gute-Nachtlieder, heile Weihnachten. Danach habe ich mich gesehnt. Ich habe ja wirklich viel Anerkennung bekommen, war beliebt, konnte was, war intelligent. Aber ich wollte mehr, wollte das von Gott. Das ist jetzt anders. Ich suche meinen Sinn im Leben im Alltag. Ich brauche Gott nicht mehr. Jedenfalls nicht den, den ich erlebt habe.

Sicher ist das alles nicht nur ein religiöses Problem. Ein Schlüsselerlebnis war sicher der Tod von Dörte, meiner Mutter. Dass ich mich selbst nicht akzeptieren und die Zuneigung anderer so schlecht annehmen kann, hat sicher eine Wurzel in der Angst, Bindungen einzugehen, aus der Sorge, noch einmal so verlassen zu werden, von dem Menschen, den man liebt. Mutter Anna hatte es lange schwer bei Bea und mir, wir hockten oft zusammen und träumten von der guten alten Zeit, als Dörte noch da und überhaupt alles besser war. Dörte war ja viele Jahre bei mir noch allgegenwärtig. Sie war ja nicht wirklich tot, sie war da irgendwo. Sie schaute mir zu, sie kannte meine Gedanken. Ich durfte sie nicht kränken oder traurig machen, musste immer lieb und artig sein. Bei meinen Beziehungen zu Mädchen suchte ich sie, deshalb konnte es mir auch keine recht machen, mein Ideal war tot und verklärt.

Meine große Sorge, Dich zu verletzen oder traurig zu machen, hat übrigens auch damit zu tun: Du bist die „überlebende" Bezugsperson aus dieser „guten" alten Zeit und bedurftest einer besonderen Schonung, damit ich Dich nicht auch noch verlieren würde. Ich hatte vor diesem Brief große Angst und ich weiß, dass manches, was ich geschrieben habe, Dir wehtun wird, aber es muss raus. Ich bin erst einmal froh, dass ich das alles mal gesagt habe, alles Weitere ergibt sich. Natürlich gab es nicht nur Negatives bei uns, aber im Moment müssen einfach diese Dinge bei mir mal raus! Wenn Du willst, gib doch bitte auch Mutti den Brief zu lesen.

Grüß alle ganz lieb von mir, für Dich einen dicken Kuss
Dein Friedel

Brief an den Sohn

Lieber Friedel,
Dein langer Brief traf einen Tag vor unserer Abfahrt ein. Bin Dir s e h r dankbar dafür. Ist ja das erste Mal, dass sich einer aus unserer Familie dem andern so vorbehaltlos öffnet. Wir sind in persönlichen Dingen etwas maulfaul und scheu, wenn es um eigene Angelegenheiten geht, fast verklemmt, wenn es um Liebe und Sex geht, wenigstens, wenn ich dabei an mich denke, auszusprechen, was einen da bewegt. Wenn ich an Dörte damals denke, schlief sie mir regelmäßig ein, wenn ich ab und zu provozierend ihr irgendeine „schärfere" Sache vorzulesen versuchte, an Aussprache war nicht zu denken. Ich gab mich aber zufrieden, denn ich liebte sie so, wie sie war. Auch ihre stille, zurückhaltende Art, wo es um Se-

xualität ging, um Streicheln oder Liebkosung, die von ihr fast nur angedeutet waren. Ganz und mehr ging sie aus sich heraus, wo es ums Musizieren und Singen ging, oder, so empfand ich es wenigstens, wo es um euch vier Kinder ging. Die Tagebüchlein, die sie für jeden von euch anlegte, zeugen von dem Glück ihrer Gefühle, von der Dankbarkeit über jeden Laut und jede Äußerung von Lebenslust, Komik oder Vergnügen, die ihr in euren ersten Lebensjahren von euch gabt.

Die andere Seite ihres Lebens war die ständige Angst, allem und allen gerecht zu werden. Nächtelang saß sie und berechnete genau die Ausgaben und Einnahmen. So war sie, handwerklich eigentlich ein Linkshänder, als habe sie zwei linke Hände. Ich sehe sie noch, wie sie bis in die Nacht saß, um Hemden und Hosen von euch zu stopfen, sie hatte für Nadel und Faden ungeschickte Finger, aber in jedem Monat sollten noch ein paar Spargroschen herausgewirtschaftet werden. Von ihren Ängsten sprach sie nicht, ich erfuhr davon aus ihren Briefen und Tagebüchern. Angst vor Leuten, von denen sie sich nicht verstanden oder falsch beurteilt fühlte. Angst, trotz aller Liebe zur Musik in der Chorleitung ihrer Aufgabe nicht gerecht zu werden. Ihre Ängste packte sie auch in Gebete und Lieder und suchte dort Zuversicht zu bekommen.

Unsere Kindererziehung kam aus Dörtes Familie, sie brachte sie von zu Hause und aus ihrer eigenen Kindheit mit. In Zweifelsfragen wurden die Eltern um Rat gefragt. Ich selber war ganz mit von der Partie. Aus meinem Elternhaus kannte ich keine Einteilung, Planung, Beratung und Zielstrebigkeit in Erziehungsfragen. Bei uns zu Hause war viel dem Gefühl und dem Zufall überlassen. Da war der Sonntag wie der Alltag. Schien die Sonne, dann war Sonntag, gab es Geld am Monatsbeginn, wurde auf die Pauke gehauen und gefeiert. Hatte mein Vater nicht seinen „Melancholischen", dann packte er die Geige aus und spielte oder trällerte ein Liedchen. Dann ging allen das Herz auf und es war Sonntag.

Das waren aber seltene Augenblicke in unserer Kindheit. Viel Not, viel Mangel, weil nichts eingeteilt und konsequent durchgeführt wurde. Oft kein Brot, wir Kinder wurden zum Bäcker zum Anschreiben geschickt, wurden deshalb schief angesehen. Das Einkommen der Eltern war nicht doll, obwohl Mutter ja mit Arbeiten ging. Jedenfalls reichte es nie. Wir Kinder wurden nicht angehalten, mitzuhelfen. So war das bei mir in der Familie, auch manches andere verbunden mit Bedrückung, Trostlosigkeit und Hoffnungslosigkeit.

In Dörtes Familie dagegen wurde trotz großer Not nach der Vertreibung aus Pommern durch äußerste Sparsamkeit und zielstrebige Planung Stück für Stück an der Lebensabsicherung gearbeitet. Alle Kinder, denen man auf dem Weg in die Zukunft etwas mitgeben wollte, wurden mit eingespannt. Ich bewunderte das und übernahm wie selbstverständlich diese Lebensweise auch für unser Haus. Wenn Dörte manchmal an Jans Dickkopf zu scheitern drohte, half ich kräftig nach, auch, wenn einer nicht aufessen wollte. Kinderpsychologie war da nicht im Blick, aber Konsequenz, um, wie wir damals glaubten, drohender Unordnung in Gegenwart und Zukunft zu begegnen. Härte und Herbheit schienen uns mit Liebe nicht unvereinbar zu sein, die Tradition von Dörtes Familie schien uns dafür der Garant.

So, lieber Friedel, versuchten wir diese Nachkriegsjahre durchzustehen mit unseren Fehlern. Ich selber empfindsam, sensibel, ängstlich, aufbrausend und schnell verzagt. Dörte und mir fehlte damals ein kräftiger Schuss von gesundem Egoismus. Wir glaubten, wenn wir uns selber auf- und hingaben, sei alles getan. Das stimmt aber nicht. Trotzdem war's auch für mich die „gute, alte Zeit" – jetzt wie ein Traum.

Anna hab ich Deinen Brief zum Lesen gegeben. Ihre erste, spontane Reaktion: „Wenn eins der Kinder mal seinen Mund auftut, so sind es die Sternstunden des Jahres!"

Sei lieb gegrüßt und herzlichst umarmt und geküsst
von Deinem alten Paps

Wohngemeinschaft

Friedel hat die Nase voll vom alleine Wohnen. Der anfängliche Reiz, alles selbst bestimmen zu können und die Genugtuung, das meiste alleine hinzubekommen, ist dahin. Immer öfter hockt er in seiner winzigen, im Winter zugigen und im Sommer stickigen Dachbude und wünscht sich, mehr Platz und ein paar nette Leute um sich herum zu haben. Sicher, Ali nebenan ist prima und er hat ihn auch schon gefragt, ob er nicht mitziehen möchte mit anderen Leuten in eine große Wohnung. Ali sagt: „Ja, wenn ich das bezahlen kann!" Das ist natürlich ein Argument. So billig wie im Moment werden sie nie wieder wohnen können.

Nach der missglückten Wohnungsaktion mit dem kleinen rosa Häuschen, in dem jetzt Ele und Reni fröhlich vor sich hin wohnen, während er noch hier in der engen Bude hockt, hat er sich unter den anderen Musikstudenten umgehört, es gibt einige, die auch gerne in eine Wohngemeinschaft ziehen möchten. Görg und Wolf, Freunde von Mia, mit der er zusammen singt und Musik macht, suchen auch eine. Er fragt Wolf, ob er sich mit anschließen darf an die WG-Suche und bekommt nach ein paar Tagen die Antwort: „Friedel, wir haben darüber geredet. Du kommst leider ein bisschen spät dazu. Wir sind ja bereits zu viert und suchen auch schon intensiv. Mit einem fünften dabei wird es noch komplizierter, zu viert ist es schon schwer genug! Tut mir leid."

Ja, das tut ihm auch leid. Er merkt, dass er zumindest mit den beiden bestimmt ganz gut klarkäme. Wolf ist Pianist und hat Friedel schon mal beim Cellospielen begleitet. Er schimpft immer auf das ganze steife „klassische Gedöns" mit Noten und allem und träumt von Improvisation und musikalischer Revolution, aber eigentlich ist er ein grundsolider und einfühlsamer klassischer Klavierspieler – und zwar ein guter. Görg dagegen ist ein Freak. Mit seinen langen, weißblonden Locken und seinem schlaksigen, hageren Körper sieht er immer aus wie Herman van Veen, der holländische Liedermacher. Wie dieser jongliert auch Görg mit Bällen, Früchten, allem, was ihm in den Weg kommt. Er schwebt, ein Luftikus, leicht, ohne Erdschwere, ein Zirkusartist, ein Zauberer. Musik ist bei ihm nur Mittel zum Zweck. Er spielt auch Cello und besitzt das zweitschönste Cello, auf dem Friedel je gespielt hat. Aber es ist ihm einerlei, welche Töne er damit macht, die Geste, die Bewegung, die Stimmung ist wichtig.

Am Wochenende in Düsseldorf führt er ein langes und intensives Gespräch mit Eva über die Zukunft ihrer Beziehung. Er ist mit dem Ist-Zustand eigentlich ganz zufrieden, sie nicht: „Auf Dauer geht das auseinander, so wie wir jetzt leben. Die Wochenenden sind oft schön und ich genieße sie auch, aber unserer Beziehung tut dieser Wochenendrhythmus nicht gut. Wir sehen uns immer nur in guter Wochenendlaune und wissen gar nicht mehr, wie sich der normale Alltag mit dem anderen zusammen anfühlt!"

„Dann müssten wir zusammenziehen. In der Mitte zwischen Köln und Düsseldorf? Langenfeld? Monheim?"

„Nee, das ist ja für beide blöd. Dann hocken wir irgendwo, wo eigentlich keiner sein will und haben beide jeden Tag weite Fahrwege."

„Stimmt. Könnt ich mir auch nicht vorstellen, weg von Köln."

„Ich weiß. Ich könnte mir aber vorstellen, mit nach Köln zu ziehen. Die meisten Veranstaltungen für mein Studium hab ich schon erledigt, ein Großteil von dem, was jetzt noch kommt, Hausarbeit, Praktikum und so, könnte ich auch von Köln aus machen."

„Das würde die Sache natürlich sehr vereinfachen. Aber bitte nicht zu zweit ziehen, eine Wohngemeinschaft müsste es schon sein."

„Von mir aus nicht unbedingt, aber ich bin da offen."

„Ali will auch mitziehen!"

„Na, daran glaub ich ja nicht so ganz, aber okay! Bloß suchen müsst ihr. Das kann ich schlecht erledigen von hier aus."

In den nächsten Wochen wird intensiv gesucht. Immer, wenn Friedel Ali zum Angucken einer potentiellen WG-Wohnung mitnehmen will, hat der gerade keine Zeit. Schließlich wird es Friedel zu dumm, er fragt ihn, was los ist. Ali druckst etwas herum und sagt dann: „Ich weiß doch gar nicht, wie meine Zukunft hier aussieht in Deutschland. Und ich hab doch kein Geld, mehr bezahlen für das Zimmer als im Moment, kann ich gar nicht. Tut mir leid, aber vielleicht ist es auch besser so. Ich bin doch bloß eine Belastung für euch."

Alles Reden, alle Vorschläge von Friedel und auch von Eva, wie man das doch vielleicht irgendwie hinbekommen könnte, nützen nichts. Ali bleibt bei seiner Haltung. Auf seiner Suche nach netten, potentiellen Mitbewohnern stößt Friedel auf Tom, den er vom Musikseminar und vom gemeinsamen Singen im Quartett schon etwas besser kennt und gut leiden mag. Tom möchte jetzt auch endlich von zu Hause wegziehen und schließt sich an. Ebenso Anni, klein, flott, fröhlich – natürlich auch Musikstudentin. Sie hat einen „erwachsenen" Freund – so sagt man zu den Menschen, die schon ihr eigenes Geld verdienen oder so aussehen, als ob. Er fährt einen schicken Golf, der allerdings innen immer aufdringlich nach Käse riecht, seit dort einmal Milch verschüttet worden ist.

Dann endlich finden sie etwas. Bayenthal, im Kölner Süden, zwei Minuten vom schönen Rheinufer entfernt, Altbau, alles etwas verwinkelt, Wohnzimmer, Küche, Bad, vier kleinere Zimmer, ein Balkon mit einem großen, rot blühenden Rosenbusch – und das Ganze zu einem bezahlbaren Preis! Jetzt geht alles ganz schnell. Friedels Kastenente eignet sich hervorragend für Umzüge aller Art, manchmal ist sie so voll beladen, dass der Auspuff fast auf der Straße hängt. Tom bringt ein Klavier mit in die „Ehe" und einen großen, runden Esstisch zum Ausziehen. Beides hat im Wohn- und Esszimmer Platz. Zwei Wochen im Frühling wird Tag und Nacht gepinselt und gespachtelt, Teppich verlegt, werden Möbel hierhin und dorthin gerückt, Betten und Regale gebaut, Lampen angebracht, Kisten geschleppt.

Friedel hat ja bisher im möblierten Zimmer gewohnt und daher so gut wie keine Möbel. Er besorgt sich zwei Holzpaletten und lässt sich von Schaumstoff Di Napoli ein passendes, dickes Stück Schaumstoff zurechtschneiden, das er mit seiner Ente transportiert. Ein Tuch drum herum – fertig ist die Matratze! Für sein Regal holt er sich vom Baustoffhandel eine ganze Ladung weißer Bausteine – diesmal hängt die Kastenente so tief, dass die Radkästen schleifen. Im Baumarkt lässt er sich Regalbretter zurechtsägen, stapelt die Bausteine als Regalwände und klemmt die Holzbretter dazwischen. Sieht toll aus, findet er. Als der Vermieter vorbeikommt und sich den Stand der Umzugsarbeiten ansieht, wiegt er beim Anblick von Friedels Regal bedenklich den Kopf und murmelt in seinen kölschen Schnäuzer: „Nee, nee, dat jitt et doch nit! Hoffentlisch hält dat all, leev Lück!"

Tom und Anni ziehen direkt von zu Hause aus und können jede Menge Küchenutensilien, Schränke und alte Stühle mitbringen. Friedel staunt, in welch kurzer Zeit eine fast vollständig eingerichtete Wohnung entsteht. Dadurch, dass er das Transportauto besitzt, ist er an allen Fahr-, Pack- und Trageaktionen direkt beteiligt, das geht ganz schön aufs Kreuz. Inzwischen ist auch Eva dazugekommen, gemeinsam feiern sie Einweihung und sind froh, das Gröbste und Schwerste geschafft zu haben, jetzt kommt noch der Feinschliff. Annis Zimmer ist als erstes perfekt und wird fortan mit dem von ihr mitgebrachten Staubsauger fast täglich gesaugt. Friedels Zimmer ist direkt nebenan, er staunt, wie oft man staubsaugen kann, wenn er wieder die Geräusche aus dem Nachbarzimmer hört. Er selbst hat seinen türkisfarbenen Leifheit-Teppichkehrer aus der alten Wohnung mitgebracht, den ihm seine Eltern geschenkt haben. Der macht überhaupt keinen Krach, ist allerdings auch nur alle zwei, drei Wochen im Einsatz. Staubsauger findet Friedel laut und überflüssig.

Das Zusammenwohnen klappt prima, findet Friedel, bis Anni und Eva die beiden Jungs dezent darauf hinweisen, dass das Geschirr in der Spüle sich nicht von alleine abwäscht. Die beiden sehen das auch sofort ein und geloben Besserung. Friedel hatte sich schon gewundert, warum die Ablage an der Spüle immer blitzblank war. Er hatte bisher in seiner Bude nur eine Tasse, Besteck und einen Teller, die er nach dem Essen kurz unter den Hahn hielt und dann abtropfen ließ, bis er sie wieder benutzte. In der WG kommen da schon andere Mengen zusammen und bevor sich Krusten und Schimmelkulturen bilden, ist es besser, alles direkt abzuwaschen. Auch die richtige Menge an Spülmittel, natürlich ökologisch abbaubar, muss erst geübt werden. Friedel findet zwar, dass er im Vergleich zu seinem Vater, bei dem jedes Mal die ganze Küche unter Schaum steht, sparsam dosiert, aber für Eva könnte es immer noch etwas weniger sein.

Mit Tom versteht Friedel sich gut, nur einmal bekommt er Ärger, als er einen Espresso auf dem Herd kocht, danach die kleine, kochend heiße italienische Espressokanne auf den schönen, runden Holztisch stellt und damit einen kreisrunden, hellen Fleck auf der Holzlasur hinterlässt, der sich auch mit Poliboy für dunkles Holz nicht mehr entfernen lässt. Ein Brandmal für die Ewigkeit. Seitdem weiß er, wozu Untersetzer gut sind, das war ihm vorher verborgen geblieben.

Tom und er machen viel Musik zusammen, aber es gibt ab und zu auch Gespräche unter Männern, bei denen sie Erfahrungen und Probleme austauschen, die sie mit ihren Partnerinnen haben. Tom ist mit Rike zusammen, einem sehr netten, schlanken, blonden Mädchen, das nur relativ selten zu Besuch kommt. Auf Nachfrage erklärt er: „Ja, ich weiß auch manchmal nicht so recht, ob wir eigentlich richtig zusammen sind oder nicht. Wir kennen uns schon lange und verstehen uns auch gut, aber es ist oft mehr wie eine Kumpel-Freundschaft."

„Weißt du denn selbst, ob du mehr willst als das? Oder ist dir das eigentlich ganz recht?"

„So richtig weiß ich es nicht, nee. Manchmal fehlt sie mir, dann möchte ich sie ganz dicht dabei haben. Und manchmal ist alles okay so, wie es ist. Bei ihr ist es ähnlich, glaube ich. Bloß blöd, wenn die Phasen, wo der andere da sein soll, nicht bei beiden übereinstimmen. Ich hab den Eindruck, immer, wenn ich sie mal brauche, ist sie nicht da oder hat keine Zeit."

„Ja, das kenne ich. Aber bei Eva und mir war das ja bisher schön getrennt in Wochenende mit und Woche ohne Partner. Jetzt müssen wir sehr viel deutlicher machen, wie viel Nähe wir wollen. Das muss ich noch lernen. Ich bin normalerweise der, der eher seine Ruhe und seinen Freiraum haben will."

„Bei uns ist das oft sie, die ihre Ruhe haben will. Aber manchmal ist mir nicht richtig klar, wie wichtig ich ihr überhaupt bin, wenn sie so oft keine Lust hat, mit mir zusammen zu sein. Vielleicht geht das Eva mit dir ähnlich."

„Oh ja, da hast du Recht. Und dann kriegt man immer ein schlechtes Gewissen. Komm, lass uns ein bisschen am Rhein entlanggehen, da können wir weiterreden."

Traum 4

Ich bin auf einer Reise, weit weg, vielleicht Norwegen. Stauseen gibt's da und riesige Berge. Ich laufe auf der Staumauer und sehe: Da vorne ist Eva, sie ist schon weit voraus. Links und rechts geht's tief runter. Ich kehre um, überall liegt Schnee. Ich fahre auf einer Art Schneegleiter mit Lenkstange die Waldwege herunter, neben mir sind noch andere, wir machen Wettrennen, das macht riesigen Spaß. Dann kommen wir zu einem großen Gebäude, einer Schule oder so etwas. Wir müssen vorsichtig sein, damit uns keiner sieht, wir werden verfolgt. Sie dürfen uns nicht kriegen. Dann sind wir in einem großen Raum, einer reißt ein Fenster auf und will rausspringen, aber es ist zu steil. Ich renne die Treppe runter, versuche immer wegzuschauen, wenn mir jemand begegnet, damit mich keiner erkennt. Draußen auf dem Weg, schon außer Sichtweite der Schule, ist plötzlich jemand hinter mir, tippt mir auf die Schulter und hält meinen Arm fest, sagt: „Tut mir leid, aber du musst zurück, ich hab dich erkannt!"

Er ist jünger als ich. Ich überlege: *Soll ich mich losreißen und wegrennen?* Doch er hat meine Gedanken erraten. Ich denke: *Na gut, versuch, dich mit ihm gut zu stellen, er ist ja eigentlich ganz nett!* Wir gehen weiter, er nimmt meine Hand, ich versuche, ihn abzulenken und erzähle ihm was von mir. Schließlich sind wir am Chlodwigplatz in der Kölner Südstadt. Ich denke: *Ich bin gerettet! Hier kriegt mich keiner mehr weg!*

Hab mit meiner Kleinen Schluss

Was ich dir noch sagen muss:
Hab mit meiner Kleinen Schluss!
Haben uns zwar irgendwie geliebt,
Waren schließlich lange zusammen,
finden aber, dass es noch andere gibt!
War besser so!
Bin richtig froh!

Wieder und wieder summt Friedel diese Zeilen vor sich hin wie ein Mantra und er fühlt sich so glücklich und befreit wie noch nie. Das Lied stammt aus dem schönen Fotobuch „Rapunzel. Liebeslieder aus Hansens Haus" von P. T. Schulz, das er in der Buchhandlung am Bahnhof entdeckt und sofort gekauft hat. Täglich hat er es in den letzten Wochen angeschaut. Beim Blättern hat er gespürt: Ja, es gibt noch ein anderes Leben jenseits von dem, in dem ich mich eingerichtet habe. Es gibt eine Freiheit, jeden Tag neu zu entscheiden, wohin ich gehen möchte.

Ich muss nicht immer auf den Wegen weitergehen, die ich einmal eingeschlagen habe.

Soll ich mit den Schafen in der Herde schlafen?

Nein, ab jetzt nicht mehr. Jetzt beginnt eine neue Zeit:

Ich möchte aufhörn, immer nur zu frieren
und doch zu tun, als wär mir warm.
Wozu ich Lust hab, ist, bei etwas zu verlieren,
und jemand nähme grinsend meinen Arm.

Mein Kopf, der ist ein Zimmer,
in dem zwei Stühle steh'n.
Auf einem davon sitze ich
und auf dem ander'n
ist niemand zu seh'n ...

Was ist passiert? In den letzten Wochen hat sich Friedel verändert. Natürlich hat das nicht oder nicht nur mit dem Buch zu tun. Aber das Buch kam just zur rechten Zeit, um eine Stimmung zu verstärken, die bei Friedel gerade hochkochte. Seit Eva mit ihm zusammengezogen war, gab es öfter Knatsch zwischen ihnen. Sie wohnten zwar in getrennten Zimmern, noch nicht einmal nebeneinander, aber in derselben Wohnung. Friedel fühlte sich in seiner Unabhängigkeit eingeschränkt. Mit Anni und Tom kam er gut zurecht, es gab Absprachen und nettes Zusammensein zum Essen oder abends zum Spielen. Aber Eva hatte er nun auf einmal ganz dicht „an der Backe". Er hatte selbst nicht damit gerechnet, dass dies solch direkte Auswirkungen auf sein Wohlbefinden haben würde.

Dazu kamen einige Themen, die zwischen ihnen in der letzten Zeit lebhaft diskutiert wurden. In einem Gespräch mit seiner Koblenzer Ärztin war Friedel klar geworden, dass er mit Eva über die Pille sprechen musste. Sie benutzte die Temperaturmethode. Manchmal, wenn er sich an sie kuschelte, sagte sie: „Heute ist es zu gefährlich!" und er zog sich dann zurück. Nur streicheln war sicherlich auch schön, aber Friedel fühlte sich eingeschränkt durch die Aussicht, dass es dann nicht „richtig" weitergehen konnte. Manchmal schliefen sie trotzdem miteinander, aber immer mit der Angst dabei, Eva könnte schwanger werden. Und das konnten sie im Moment überhaupt nicht gebrauchen.

Friedel hatte manchmal den Verdacht, Eva sagte gar nicht mehr Bescheid, wenn es eigentlich gefährlich war, um nicht immer wieder seine eingeschnappte Reaktion ertragen zu müssen. Wenn er sich beleidigt zurückzog, fühlte sie sich mit zurückgesetzt. Sie konnte doch nichts dafür, dass jetzt gerade nicht der richtige Zeitpunkt war. Die Sorge, sie würde nicht mehr Bescheid sagen, verstärkte sich zunehmend bei ihm, wenn sie miteinander schliefen. Und Angst und Sex sind keine gute Kombination.

Nach einem Arzttermin in Koblenz war er „komisch drauf", wie Eva fand. Er sprach ja nicht gerne über Probleme und noch viel weniger gern über Sex, aber Eva ließ nicht locker: „Du sitzt hier und ziehst ein komisches Gesicht und antwortest nur einsilbig oder gar nicht. Nun rück doch endlich mal raus damit! Ich weiß, dass du nicht gerne über das sprichst, was ihr beide da in Koblenz beredet, das ist ja auch in Ordnung so. Aber es scheint was zu sein, das auch mich betrifft, das spür ich doch!"

Friedel druckste herum und platzte dann mit der Nachricht heraus, er hätte gerne, dass Eva die Pille nähme. Damit sie beide wieder ohne Angst und unbeschwert miteinander schlafen könnten. Eva war so überrascht und geschockt, dass sie erstmal tief durchatmen musste: „Ach und dann hat dir die Ärztin empfohlen, mit der Pille läuft dann alles wieder prima, ja? Das ist ja ein starkes Stück! Die kann doch nicht darüber entscheiden, was ich meinem Körper antue!"

„Gar nichts hat sie entschieden! Und auch nicht empfohlen oder eingeflüstert! Wir haben über meine Probleme gesprochen, sie hat Fragen gestellt und ich habe geantwortet, wie immer. Dabei bin ich selbst darauf gekommen, dass es so, wie es jetzt ist, nicht bleiben kann."

„Na, das hat sie ja geschickt hingekriegt, dass du es dann auch noch selbst gesagt hast. Prima!"

„Überhaupt nichts hat sie hingekriegt. Glaubst du, ich sei so dumm, dass sie mich manipuliert? Du kennst sie doch gar nicht. Sie hält sich immer total zurück mit ihrer Meinung."

„Vielleicht sollte ich mal mitkommen, um sie kennen zu lernen!"

„So weit kommt es noch! Das ist meine Ärztin und meine Therapie!"

„Aber es betrifft meinen Körper, wenn ich künftig jeden Morgen Chemie einwerfe, weil sie das anscheinend gut findet."

„Jetzt lass doch mal die Ärztin aus dem Spiel und diskutier das mit mir. Ich kann ja verstehen, dass das ein heftiger Einschnitt ist für dich. Aber ich möchte wieder ohne Angst mit dir schlafen können."

„Und das geht nur, wenn ich Pillen schlucke, ja? Da kann ich meine homöopathische Behandlung ja gleich in die Tonne treten. Mein ganzes Leben ändert sich dadurch!"

„Vielleicht ändert sich auch unser gemeinsames Leben dadurch zum Positiven."

„Schön wär's! Ich habe im Gegenteil manchmal den Eindruck, du bist halb auf dem Absprung und willst eben noch mal schnell gucken, was ich so mit mir machen lasse."

„Das ist doch Quatsch, das weißt du auch! Du weißt, dass ich kein Mensch bin, der andere manipulieren will."

„Und dann nehme ich diese Scheißpille und du bist dann plötzlich weg!"

„Soll ich eine Verpflichtungserklärung für ein weiteres Jahr oder so unterschreiben, oder wie stellst du dir das vor?"

„Jetzt wirst du unsachlich. Ich glaube einfach nicht, dass d e i n e Probleme dadurch zu lösen sind, dass i c h die Pille nehme, das ist alles."

„Natürlich lösen sich die Probleme durch die Pille nicht in Luft auf, aber es könnte mir und uns helfen."

„Und für dieses 'könnte' soll ich meinen Körper vergiften lassen, ja?"

„Eva, hunderttausend Frauen nehmen die Pille!"

„Ja, und hunderttausend Fliegen fressen Scheiße!"

Spätestens an diesem Punkt war die Diskussion dann völlig festgefahren. Eva kündigte am nächsten Tag immerhin an, dass sie sich mit ihrer Frauenärztin beraten wollte, aber der Ton, in dem sie das ankündigte, war so, dass Friedel automatisch ein schlechtes Gewissen haben musste. Ihre Befürchtung, er könnte sie erst dazu bringen, die Pille zu schlucken und sich dann aus dem Staub machen, war Friedel erst völlig absurd vorgekommen. Aber, einmal ausgesprochen, geisterte dieser Gedanke in seinem Kopf und machte sich breit. Wie bei dieser anderen Auseinandersetzung neulich. Da ging es um ein Arbeitsfrühstück, zu dem Friedel Reni und Ele in seine neue Wohnung eingeladen hatte. Sie wollten zusammen ein Musikreferat vorbereiten und um 10 Uhr zum Frühstück vorbeikommen und Brötchen mitbringen.

Friedel arbeitete am liebsten bis spät in die Nacht und schlief dementsprechend morgens gern lange aus. Als er sich um Viertel vor zehn immer noch im Bett hin und her wälzte, stand Eva auf und machte Frühstück für alle. Als Friedel um kurz nach zehn ins Bad ging, merkte er schon, dass sie schlechte Laune hatte. Als er um halb elf frisch geduscht und gebürstet zurückkam, klingelte es an der Tür, Reni und Ele standen fröhlich da, mit duftenden Brötchen, und wurden erst einmal von Friedel mit Küsschen und Umarmung und anschließend von Eva begrüßt – allerdings eisig und mit dem unmissverständlichen Hinweis darauf, dass sie über eine halbe Stunde zu spät seien.

Friedel wäre am liebsten in den Boden versunken, weil ihm die ganze Situation dermaßen unangenehm war. Die beiden entschuldigten sich kurz und gingen dann schnell zu anderen Gesprächsthemen über. Eva verwies spitz darauf, dass s i e schon gegessen habe und ließ die drei dann glücklicherweise allein. Irgendwann gesellte sich Tom dazu, der noch länger geschlafen hatte als Friedel und die beiden Mädels auch aus dem Musikseminar kannte. Die dicke Luft war mit Eva aus dem Wohnzimmer gewichen und man plauderte und lachte wie sonst auch immer. Auch das Referat ging fröhlich voran. Da Reni immerzu kicherte, musste sie schreiben, während Ele die Ideen lieferte und Friedel sie ausformulierte.

Abends dann, nachdem der Besuch lange weg war, kam Eva in Friedels Zimmer. Sie war immer noch sauer: „Du lädst dir Leute zum Frühstück ein und lässt mich dann die Arbeit machen!"

„Wenn ich mir Leute zum Frühstück einlade, liebe Eva, dann ist das m e i n Besuch und meine Angelegenheit. Und wenn ich nicht rechtzeitig aus dem Bett komme, auch. Und wenn du sauer mit mir bist, dann schimpf mit mir und lass deine Wut nicht an meinem Besuch aus!"

„Aber d i e sind doch viel zu spät gekommen!"

„Na und, ich doch auch! Das passte prima zusammen."

„Na super, sie kommen und du hättest noch nicht mal 'ne Kaffeetasse hingestellt!"

„Auch das wäre dann meine persönliche Angelegenheit gewesen, die ich mit den beiden schon geregelt bekommen hätte."

„Na schön, dann soll ich mich wohl völlig raushalten."

„Genau das wäre hilfreich!"

Und dann war etwas gekommen, das Friedel noch lange im Kopf rumging. Eva hatte gemerkt, dass sie an dieser Stelle mit ihren Argumenten nicht weiterkam, und giftete: „Und überhaupt, diese Ele, wie die sich immer an dich ranschmeißt und abknutscht, die will doch was von dir, merkst du das eigentlich nicht? Ständig dieses Dauergrinsen in ihrem Gesicht, dieses Gekünstelte und Flippige, das ist doch nicht mehr normal! Und diese Reni mit ihrem ständigen Gekicher, total unreif. Die ist doch noch voll in der Pubertät!"

„Genau wie ich, ja. Wen ich mir einlade und von wem ich mich abknutschen lasse, suche i c h aus, liebe Eva. Es ist mein Besuch! Und ich kichere tausendmal lieber total blöde und pubertär herum und mache alberne Witze, als mir und meinen Gästen von dir die Stimmung vermiesen zu lassen, weil irgendwer zu spät gekommen ist. Im Übrigen möchte ich nicht, dass du so von meinen Freunden sprichst!"

„Freundinnen, besser gesagt! Und mir ist es überhaupt nicht egal, mit wem du rumknutscht."

„Ele ist so, du kennst sie nicht, die hätte auch dich herzlich umarmt und geknutscht, wenn du nicht deine Giftspritze ausgepackt hättest."

Bevor Eva türenknallend herausmarschierte, rief sie noch: „Du bist blind. Natürlich will die was von dir!"

Ja – und selbst wenn? Mit ihrer Eifersucht trug Eva ohne es zu wollen dazu bei, dass sich Friedel ernsthaft mit dem Gedanken auseinandersetzte, wie es wäre, wenn er mit Ele zusammen wäre. Ele war ihm sehr sympathisch, frei und unabhängig, warmherzig. Er war gerne mit ihr zusammen, unterhielt sich gerne mit ihr, saß auch gerne ganz dicht bei ihr. Sie war tatsächlich auch mal bei ihm geblieben über Nacht, als Eva noch in Düsseldorf war. Aber es war völlig harmlos. Sie hatten die ganze Nacht verquatscht und waren dann im Morgengrauen im Frühnebel ganz romantisch am Rheinufer langspaziert. Er mochte sie sehr, aber ob er sie liebte, wusste er nicht genau. Er wusste nur, dass Eva ihn geradezu in ihre Arme trieb mit ihren Verdächtigungen und Beleidigungen.

Dann kam dieser Samstag im April, am Abend zuvor hatten Friedel und Eva wieder gestritten, wieder ging es um Ele und dass er doch auf dem Absprung sei und es wahnsinnig von ihr sei, die Pille zu nehmen. Sie schliefen jeder in ihrem eigenen Zimmer und Bett. Friedel stand morgens auf, ging ins Bad, ließ sich, was er selten tat, die Badewanne ein, mit Schaum und allem, was dazu gehörte, summte immer wieder die Melodien vor sich hin, die er zu den Gedichten aus seinem Rapunzelbuch ersonnen hatte. Er blieb hängen bei der Zeile:

Wenn du's jetzt nicht tust, dann tust du's nie

Plötzlich war ihm alles völlig klar. Er fühlte sich stark und selbstbewusst wie selten, stieg aus der Wanne, zog den Stöpsel, sah dem schaumigen Wasser zu, das rülpsend und sich immer schneller drehend durch den Abfluss verschwand, machte sich zurecht, ging in Evas Zimmer und sagte ihr, dass ihre Beziehung zu Ende wär. Eva guckte erschrocken, erwiderte nichts und fing dann an zu weinen. Friedel verließ schnell das Zimmer, zog sich Jacke und Schuhe an und ging aus dem Haus. Er trank einen Kaffee und aß eine Käsestange beim Büdchen an der Ecke, besorgte Farbe für den kleinen Schrank in seinem Zimmer, strich den Schrank, und, weil er noch Farbe über hatte, auch gleich den Stuhl, begegnete dabei Tom, der schon von dem Drama gehört hatte und zu ihm sagte: „Schade, gerade jetzt, wo wir frisch zusammen gezogen sind! Hättest du damit nicht noch warten können?"

„Nee, heute war genau der richtige Tag. Tut mir sehr leid für euch und ich hoffe, es zerrreißt uns nicht total die Stimmung hier in der WG. Ich würde mich freuen, wenn wir beide Freunde bleiben könnten!"

„Ja, das müsste doch zu machen sein. Wenn du nicht sauer wirst, wenn ich auch weiterhin mit Eva spreche und was unternehme."

„Quatsch, ich bin ja nicht eifersüchtig. Ich habe die Beziehung beendet, ich bin das Arschloch und Eva und ich werden wahrscheinlich nur noch das Nötigste miteinander reden. Aber es würde mich freuen, wenn wenigstens Anni und du sie nicht hängen lasst. Solange ihr mich nicht hängen lasst!"

Tom lachte, gab Friedel einen Klaps auf den Rücken und verzog sich. Friedel war bester Dinge, stolz, weil er alleine so eine große Entscheidung getroffen hatte, von der er völlig überzeugt war. Ihm tat Eva leid, ja, er hatte sie regelrecht überrumpelt. Aber er würde nicht mehr zurückgehen, er würde jetzt ein freies und unabhängiges Leben anfangen. Heute war der erste Tag seines neuen Lebens!

Später am Abend nahm er sein weißes Motobecane-Rennrad, das er auf einem Trödelmarkt gekauft hatte, und fuhr zur Bachemer Straße, um Ele und Reni im kleinen rosa Häuschen zu besuchen, in das er fast selbst gezogen wäre. Aber sie waren nicht da. Das tat seiner guten Laune aber keinen Abbruch, im Gegenteil, er radelte singend und jubelnd in den nahen Stadtwald, es war noch warm und hier und dort lagerten kleine Grüppchen wie im Sommer. Er wurde überwältigt von Glücksgefühlen, er fühlte sich seit langer Zeit vollkommen als Ich, die ganze Welt stand ihm offen. Er genoss die klare, milde Nacht in vollen Zügen, atmete den Duft der vielen Blüten ein, auch Flieder war schon dabei. Dann entdeckte er ein Lagerfeuer, stellte sein Fahrrad ab und setzte sich einfach dazu.

Es waren Oberschüler und ein Freak, der ihnen etwas vom Buddhismus erzählte. Sie gaben Friedel von den im Feuer gebratenen Kartoffeln ab und vom Wein in der Anderthalbliterflasche, die herumgereicht wurde. Die

Stimmung war romantisch, die Gesichter wurden im Dunkeln vom Feuerschein erleuchtet. Friedel fühlte sich wohl hier zwischen diesen Unbekannten, hörte ihnen zu, erzählte auch von sich und seinem heutigen Erlebnis. Das mit der Badewanne, dem Abfluss und dem Schlussmachen musste er mehrmals erzählen, sie konnten es nicht glauben. Die Jungen fanden es „total krass" und „irgendwie gut", die Mädchen fragten immer wieder nach seinem Mädchen, wie er das einfach so habe sitzen lassen können. Was denn jetzt mit ihr werden würde? Und wie sie denn jetzt in der WG weiter miteinander wohnen wollten nach dieser heftigen Trennung?

Ja, das wusste er selbst auch nicht. Aber er hatte so ein gutes Gefühl, dass jetzt alles gut werden würde, dass ihn das überhaupt nicht weiter beunruhigte. Als das Feuer niedergebrannt war und die Gruppe sich auflöste, war es schon drei Uhr nachts. Friedel radelte wieder zum rosa Häuschen, Reni öffnete völlig verschlafen die Tür, stutzte, und sagte dann: „Komm rein, du Scherzkeks, weißt du eigentlich, wie spät es ist?"

„Oh, hast du etwa schon geschlafen? Ich war vorhin schon mal da, aber da hat mir keiner aufgemacht!"

Reni kicherte: „Das muss aber sehr vorhin gewesen sein, ich bin nämlich schon eine ganze Weile hier und hätte, ehrlich gesagt, heut nicht mehr mit Besuch gerechnet!"

„Ist ja auch schon Morgen! Leg dich ruhig wieder hin, ich setz mich dann an dein Bett und erzähl dir was Schönes!"

„Au ja, ich will wieder unter meine warme Decke!"

Sie gingen in das kleine Zimmer im Erdgeschoss, Reni krabbelte wieder unter die Decke und Friedel setzte sich ans Fußende und erzählte, was ihm passiert war. Auch

Reni musste immer wieder nachfragen, weil sie es nicht glauben wollte: „Da muss man ja richtig Angst haben vor dir, wenn du so abrupt einfach Beziehungen beendest und die armen Mädchen im Elend sitzen lässt!"

„Ja, ich bin auch selbst ganz überrascht von mir. Aber ich kann dir sagen, dass ich mich seit Monaten nicht mehr so lebendig und glücklich gefühlt habe!"

„Das hört man dir an, Friedel!"

Dann blinzelte sie mit ihren verschlafenen Augen hinter der Bettdecke vor: „Und man sieht es dir auch an! Ich freu mich für dich, Friedel – auch wenn ich mit der armen Eva Mitleid habe!"

Friedel wollte gerade antworten: „Ich auch!", da schloss Ele die Haustür auf, wunderte sich über das Licht und noch mehr darüber, gleich zwei Menschen in Renis Zimmer vorzufinden. Sie strahlte über das ganze Gesicht, umarmte Friedel und rief: „Das ist ja mal 'ne schöne Überraschung! Soll ich uns 'nen Kaffee machen?"

Reni lehnte dankend ab und wollte dann doch lieber noch ein bisschen schlafen. Friedel ging mit Ele in die Küche und erzählte nochmal seine ganze Geschichte. Ele schüttelte beim Kaffeekochen immer wieder ungläubig den Kopf und gab Kommentare ab wie: „Das gibt es doch gar nicht!" oder „Du bist ja 'n Kerl!" Mit dem heißen Kaffee verzogen sich die beiden dann nach oben in Eles Zimmer, hockten sich auf Eles großes Bett und redeten stundenlang.

Wenn man sich mit Ele unterhielt, verging die Zeit wie im Flug. Die Gespräche waren nie oberflächlich und trotzdem verliefen sie leicht und mühelos, wie sonst selten bei Friedel. Ele kam immer sofort auf die wichtigen Dinge, aber so freundlich und locker, dass es aus Friedel nur so hervorsprudelte. Es hörte sich an wie Small Talk, war aber Big Talk. Als draußen schon der Morgen dämmerte, gähnte Ele herzhaft und fragte: „Bleibst du hier, Friedel?"

Friedel nickte, Ele gab ihm eine Wolldecke und sagte: „Dann kuschel dich mal an. Ich bin ganz schnell weg, glaub ich!"

Montmartre

Friedel kennt Paul vom Musikseminar, einer der wenigen Mitstudenten, die wirklich aus Köln kommen. Paul sieht aus wie ein knuffiger, gemütlicher Zottelbär, seine Haare und sein Bart sind verzottelt, er sagt nicht so viel und brummt und schlurft so durch die Gegend. Irgendwo hat er ein altes Tenorsaxophon aufgetrieben, auf dem er jetzt immer wieder mal übt. Bei einer Unterhaltung haben Friedel und er spontan beschlossen, doch mal nach Paris zu fahren. Als sie sich kurz vor der Fahrt treffen, bringt Paul ein junges Mädchen mit ganz kurzen Haaren mit, Angela, die will auch mitfahren. Friedel findet sie nett, deshalb fragt er jetzt nicht, wo Paul die denn plötzlich aufgegabelt hat. Aber schnell wird klar, dass sie nicht Pauls neue Freundin ist. Nein, Paul ist ja eigentlich in Ele verliebt, aber Ele weiß noch nicht so recht, was sie davon halten soll und möchte sich vor allem nicht so gerne festlegen. „Fester Freund, das klingt so – so fest eben!"

Angela ist 17, hat auf der Montessorischule ihre Mittlere Reife gemacht und macht jetzt eine Bäckerlehre. Friedel findet es aufregend, sich mal mit jemandem zu unterhalten, der nicht Abitur gemacht hat und studiert. Sie wirkt für ihre 17 Jahre schon sehr geerdet und praktisch. Nee, das mit der Montessorischule wäre jetzt auch nicht so toll gewesen. „Das klingt immer so gut, Montessori, und die Lehrer haben das auch immer so hervorgehoben, aber das meiste war nicht viel anders als auf jeder normalen blöden Schule sonst, glaub mal."

„Aber da wird man doch zur Selbstständigkeit erzogen, oder?"

„Ich war immer schon selbstständig und hab gemacht, was und wie ich es wollte. Das hat mir da eher Probleme eingehandelt. Sie sagen zwar, wir sollten selbstständig arbeiten, aber es soll dann genau so ablaufen, wie s i e sich das vorstellen, bitteschön. Sonst kriegt man Schwierigkeiten!"

„Und wie ist es jetzt beim Bäcker?"

„Na da muss ich eh meine große Klappe halten und alles schön so machen, wie der Meister das will. Aber er bringt mir auch was bei und tut wenigstens nicht so, als hätte ich irgendein Mitspracherecht oder so. Ist schon okay, da weiß ich, woran ich bin."

Friedel ist beeindruckt. Dieses Mädel, das zwei Jahre jünger ist als seine „kleine" Schwester Bine, wirkt schon ganz schön abgeklärt, steht jeden Morgen um drei Uhr auf und verdient sich ihr eigenes Geld. Und jetzt gönnt sie sich eine kleine Auszeit vom Arbeiten und macht mit zwei Studenten eine Sause nach Paris. Im Auto schläft sie erstmal eine Runde. „Tut mir leid, Jungs, ich hab heute Morgen schon gearbeitet und muss noch ein bisschen Schlaf nachholen. Diskutiert mal 'ne Runde ohne mich!" An Selbstbewusstsein fehlt es ihr nicht. Wenn ihr die Gespräche zu abgehoben erscheinen, sagt sie: „Kommt mal wieder auf den Teppich, ich versteh nur noch Bahnhof!"

Ihre kurzen Haare und ihre kesse Art erinnern Friedel an irgendjemand. Aber an wen? Eine Studentin aus dem Psychologieseminar sah aus wie sie.

„An was denkste, Friedel?" Angela ist wieder wach und guckt Friedel an. Friedel sitzt am Steuer seiner Ente. Paul auf dem Beifahrersitz ist auch eingeschlafen und röchelt rhythmisch vor sich hin. Friedel blinzelt Angela im Rückspiegel an: „Och, ich weiß nicht, ich träume so vor mich hin!"

„Das sieht man, wenn du so vor dich hinträumst beim Fahren. Hauptsache, du schläfst nicht auch noch ein! Soll ich dich ein bisschen unterhalten?"

„Ja, gerne. Aber richtig müde bin ich noch nicht. Ich hab heute Morgen lange geschlafen, bis elf oder so."

„Oh, da war ich schon mit der Arbeit fertig! Schläfst du immer so lang?"

„Wenn ich kann, ja. Natürlich nicht, wenn ich morgens Seminar hab. Aber manchmal arbeite ich auch die Nacht durch und schlaf erst morgens ein. Nachts ist es so schön ruhig, da kann man sich viel besser konzentrieren und wird nicht so abgelenkt wie am Tag! Nachts schaffe ich am meisten!"

„Nachteule! Ihr könnt euch das leisten! Manchmal möcht ich auch studieren statt morgens um drei aufzustehen!"

„Das glaub ich. Aber du verdienst im Gegensatz zu uns dein eigenes Geld."

„Na ja, große Sprünge kann ich davon nicht machen. Und 'ne eigene Bude kann ich mir auch noch nicht leisten!"

„Warte ab, du bist doch erst siebzehn! Das kommt schon noch!"

„Du redest jetzt wie mein Papa!"

„Sorry, das wollt ich nicht."

„Nicht so schlimm. Der ist ganz okay. So wie du in zwanzig Jahren etwa."

Friedel schaut in den Rückspiegel. Angela grinst fröhlich, versucht, eine tiefe Stimme nachzuahmen: „Kind, du bist doch erst siebzehn!" und prustet dann los. Davon wird Paul wach, guckt sich verschlafen und verwirrt um und fragt: „Alles in Ordnung bei euch?" Angela gluckst, Friedel fragt: „Ja – und bei dir?"

„Ich hab geschlafen, glaub ich."

„Das kann man wohl sagen!"

Spät abends kommen sie endlich in Paris an und müssen eine ganze Weile im dichten Verkehr und chaotischen Gewimmel suchen und fragen, bis sie schließlich in den südlichen Vorstädten die Wohnung von Friedels Tante Carola gefunden haben. Die Familie ist schon schlafen gegangen. Carola hat den Schlüssel unter die Matte geschoben und einen Zettel hingelegt, wo sie sich hinlegen können. Auch etwas zu essen steht bereit für den Nachthunger und die Aufforderung, sich doch am Kühlschrank zu bedienen. Sie nehmen leise einen kleinen Nachtimbiss ein und legen sich dann im Wohnzimmer in ihre Schlafsäcke. Als Friedel liegt, fällt ihm ein, dass er ursprünglich bei seiner Tante nur Paul und sich angemeldet hat, Angela ist ja erst drei Tage vorher dazu gekommen. Und er hat leider auch versäumt, ihr mitzuteilen, wann etwa sie denn kommen würden. „Mist, hoffentlich hat sie nicht mit dem Essen auf uns gewartet!" murmelt er noch vor sich hin, bevor er in einen tiefen, traumlosen Schlaf fällt.

Am nächsten Morgen steht die Sonne schon hoch am Himmel, als sie sich aus ihren Schlafsäcken schälen und sich frisch machen. Friedel sieht auf seiner Armbanduhr, dass es schon zehn Uhr ist. Carola ist längst in der Schule, ihre beiden Mädels auch und der Papa ist ebenfalls aus dem Haus. Auf dem Küchentisch stehen drei Boules für den Kaffee, der in der Thermoskanne bereit steht und frische Croissants. Daneben ein Zettel, wo sie was finden können und die besten Grüße für einen schönen Paris-Tag. Eines der Mädchen hat den Zettel liebevoll mit Blümchen verziert. Friedel ist gerührt. „Ich hab gehört, wie sie gefrühstückt haben heute Morgen, und ein niedliches Mädchen hat mal kurz reingeguckt, ob wir noch schlafen. Aber ich hab mich alleine nicht rüber getraut, ich kenn die ja gar nicht!" teilt Angela mit. Paul und Friedel haben von alldem nichts mitbekommen und selig geschlafen.

Friedel schreibt Carola einen Dankeschön-Zettel und bittet darum, abends nicht auf sie zu warten, weil sie noch nicht wüssten, wo und wie lange sie unterwegs wären. Er nimmt sich aber vor, zum nächsten Frühstück so rechtzeitig aufzustehen, dass er seine Tante und ihre Familie zumindest einmal begrüßen kann, bevor sie wieder zurück nach Köln fahren. Dann machen sie sich auf den Weg zur Metro und fahren in die City. Keiner hat einen Stadtplan, keiner hat vorher geguckt, welche Sehenswürdigkeiten wo zu finden sind und was man sich auf jeden Fall angucken sollte. Nein, sie steigen einfach irgendwo aus und lassen sich treiben, gehen ein Stück den Fluss entlang, schauen hier und dort in die Sträßchen hinein. Die großen Alleen und Boulevards meiden sie, dafür schlendern sie kreuz und quer über Marktplätze und an Trödelständen vorbei, bis Paul sagt: „Guck mal, da oben, die große, weiße Kirche, wie aus Zuckerguss!"

„Das ist Montmartre, glaub ich!" schaltet sich Angela ein. Friedel ist peinlich berührt, dass ausgerechnet Angela, die nur zehn Jahre Hauptschule gemacht hat und bis auf *Bonjour* und *Merci* kein Wort Französisch spricht, weiß, was das da oben ist, während die beiden Herren Studenten keinen blassen Schimmer haben. Er sagt: „Da müssen wir aber noch ein ganzes Stück laufen bis da oben!"

„Seid ihr schon schlapp?" fragt Angela. Natürlich sind sie nicht schlapp und nehmen den Berg in Angriff. Als sie oben sind, sagt Paul: „Nix Montmartre, Sacre-Coeur heißt die Kirche!"

„Aber der Berg heißt Montmartre, glaub ich!" springt Friedel Angela zur Seite. Sie schauen von oben auf die Stadt herunter, ein riesiges Häusermeer mit vereinzelten grünen Tupfen und dem blauen Band der Seine.

„Da ist der Eifelturm!" ruft Angela und Paul brummt: „Den hätt' ich jetzt nicht gesehen!" Sie setzen sich für eine Weile auf eine Bank und genießen die Sonne und den unverschämt blauen Himmel mit den weißen Schäfchenwolken. „Man muss sich diesen Himmel gut einprägen, dann kann man ihn immer wieder zurückholen, wenn man die Augen schließt!" sagt Friedel. Angela probiert es aus, muss aber noch ein paar Mal blinzeln, bis sie das perfekte Bild auf der Netzhaut hat. Paul hat auch die Augen zu, schnurchelt aber schon wieder ein wenig und träumt vermutlich. Angela lehnt sich mit dem Kopf an

Friedels Schulter und lässt auch die Augen zu. „Siehst du noch den Himmel von Paris?" flüstert Friedel. Angela murmelt zustimmend und kuschelt sich noch etwas bequemer an Friedel. Der weiß nicht so recht, wohin mit seiner rechten Hand und legt sie schließlich auf Angelas Schulter. Als Antwort kommt ein wohliges Schnurren wie von einer Katze.

Friedel muss die Augen wieder öffnen, er ist zu aufgeregt, um sich auf den Himmel zu konzentrieren. Tausend Gedanken, Gefühle und Erinnerungen toben durch seinen Kopf, tauchen auf, machen sich groß und breit und verschwinden plötzlich wieder wie die Wolken, die der Wind quer über den Himmel pustet. *Sie ist erst siebzehn!* sagt eine Stimme in seinem Kopf.

Eine andere Stimme sagt: *Na und? Carpe diem! Genieß den Augenblick! Mach dir nicht immer so einen Kopf! Bleib offen und schau mal, was sich entwickelt!*

Du kennst sie doch gar nicht! Du weißt noch nicht mal, ob sie überhaupt dein Typ ist!

Das werde ich schon noch herausfinden! Das wird aber nicht klappen, wenn ich gleich zusammenzucke, wenn sie mich mal berührt!

Du bist sechs Jahre älter, du studierst, sie ist Bäckerlehrling. Du weißt doch ganz genau, dass das nichts geben kann!

Nein, ich weiß es noch nicht. Vielleicht stimmt es ja, aber man kann es ja ausprobieren.

Als hätte Angela seine Gedanken gelesen, rutscht ihr Kopf jetzt noch etwas tiefer und befindet sich auf seinem Schoß. Friedel befreit seine andere Hand und streicht ihr damit zart über die kurzen Haare. Sie schnurrt leise. Komisch, wie unterschiedlich sich Haut anfühlt. Evas Haut war fein und weich, Angelas Haut ist großporiger und fühlt sich ganz anders an, körniger, so wie körniger Sand im Vergleich zu Zuckersand. Er streicht ihr leicht über die Wangen und schaut sich ihr Gesicht an. Ist es schön? Nicht klassisch schön, eher etwas herbe, aber alles passt gut zusammen. Angela öffnet die Augen einen Spalt und flüstert: „Ich dachte, du guckst in den Himmel!"

Friedel wird rot und fühlt sich beinahe ertappt. „Auf den Himmel kann ich mich nicht konzentrieren im Moment!"

„Was siehst du denn?"

„Dein Gesicht!"

„Und – gefällt es dir?"

„Ja, gut!"

„Du gefällst mir auch ganz gut!" sagt Angela, richtet sich auf, drückt dem überraschten Friedel einen sanften Kuss auf die Lippen und steht dann auf. Sie winkt ihm zu: „Guck mal, da hinten der Park, da will ich mal hin!" Sie wecken Paul und schlendern hinüber zum Park. Von dort aus lassen sie sich treiben, schauen in malerische kleine Gassen und Innenhöfe, bleiben bei Straßenmusikern und Malern stehen und landen schließlich auf einer größeren Straße mit vielen Restaurants und Kneipen. Sie haben Hunger und Durst und suchen nach einem geeigneten Lokal, schauen auf Speisekarten und gucken von außen durch die Fenster. Dabei werden sie von vier Franzosen angesprochen. Als die hören, dass sie Hunger und Durst haben, werden sie in ihre Wohnung eingeladen. Friedel hofft, dass er sie soweit richtig verstanden hat. Eine Weinflasche haben die vier auch dabei, die macht erst einmal die Runde. Angela und Paul versuchen es immer wieder mal auf Englisch, aber es ist offensichtlich, dass die zwei jungen Männer und Frauen Englisch nicht sprechen können oder wollen.

Angela flüstert Friedel ins Ohr: „Dir ist schon klar, dass die vier bekifft sind?"

Nee, das war ihm ehrlich gesagt noch gar nicht aufgefallen, aber jetzt, wo sie es sagt, fällt es ihm auch auf. Sie reden manchmal etwas undeutlich oder brechen mitten im Satz ab. Aber sie sind äußerst friedlich und vor allem freundlich. Friedel sagt: „Die sind doch harmlos, wir schauen mal, wenn es uns da nicht gefällt, dann hauen wir wieder ab!" Paul ist auch damit einverstanden und so ziehen sie mit den Vieren durch das schöne Viertel, bleiben immer mal stehen, um noch einen Schluck zu nehmen, biegen hier links ab und dort rechts, so dass Friedel bald völlig die Orientierung verliert, und landen schließlich in einem ehemals bestimmt sehr schönen Hinterhof, wo sie viele Treppen steigen müssen, bis sie an der Wohnung sind. Die Haustür steht offen, eine atemberaubende Mischung aus Reggae-Musik und süßlichen Rauchschwaden empfängt sie schon am Eingang.

Angela guckt fragend, als wollte sie sagen: „Wollen wir da wirklich rein?" Paul und Friedel nicken und marschieren tapfer in die Höhle des Löwen. Bei den fünf oder sechs Hippies, die ihnen entgegenkommen oder sie von ihrem Sitz- oder Liegeplatz aus freundlich begrüßen, ist nicht so ganz klar, wer hier Gast und wer Gastgeber ist. Das scheint aber auch völlig egal zu sein. Ihnen wird Tee angeboten, ein großer Joint wird herumgereicht, nur die Hoffnung, hier etwas Essbares zu bekommen, scheint vergeblich zu sein. Kekse, ja, aber die schmecken komisch. Friedel reicht den Joint weiter an seinen Nachbarn, er verträgt so etwas nicht, ihm wird ja schon beim normalen Rauchen schlecht. Trotzdem hat er nach einer Weile das Gefühl, wie auf Wolken zu schweben. Auch der Hunger ist vergessen.

Als er auf dem Weg zur Toilette Angela von hinten sieht, legt er seine Arme um sie und küsst sie zart in den Nacken. Als sie sich umdreht, braucht er eine Weile, bis er merkt, dass er gerade eine fremde Französin geküsst hat. Sie lacht, gibt ihm einen Schmatz rechts und links und erzählt ihm etwas, das er nicht versteht, bevor sie im Flur verschwindet. Ihm ist etwas schummerig im Kopf und er hat das Gefühl, er wird langsam müde. Er schaut in verschiedene Zimmer hinein auf der Suche nach einer Schlafgelegenheit. Da, auf einer riesigen Matratze liegen schon welche, er sucht sich eine freie Ecke und legt sich einfach dazu. Sein Kopf beginnt sich zu drehen, als er die Augen schließt. Er hört französische Sätze, die er nicht versteht, viele fremde Gesichter schauen ihn an, lachen, reden mit ihm, er weiß nicht, was das alles soll, es ist ihm zu viel, er möchte schlafen. Da beugt sich die Französin von vorhin über ihn, streicht ihm sanft über die Haare, legt sich neben ihn, schmiegt sich an ihn, flüstert: „Schläfst du schon?"

Komisch, sie kann Deutsch? Er öffnet die Augen und schaut Angela ins Gesicht. Er will etwas sagen, aber sie legt den Zeigefinger auf die Lippen und küsst ihn. Diesmal ist es ein längerer und feuchter Kuss. Als er merkt, dass sie ihre Zunge in seinen Mund schiebt, weicht er aus. Er mag keine Zungenküsse. Er küsst sie auf die Wange und Stirn, knabbert an ihren Ohren und wandert dann weiter südlich zu den niedlichen beiden Brüsten. Gottseidank sind sie so schön klein! Er hat nicht nur Angst vor Zungenküssen, sondern auch vor großen Brüsten. Woher das wohl alles kommt? Angela hat aufgehört zu schnurren und sagt: „Mach dir nicht so viele Gedanken, mach einfach weiter!"

Sie hat sich mit raschen Handbewegungen ausgezogen und ihn gleich mit. Friedel ist überrascht und verwirrt. Sein Kopf beginnt sich wieder zu drehen. Da sind wieder diese Stimmen: *Na bitte, das war ja klar, kaum ist der Verstand abgeschaltet, beginnt das große Chaos. Sie hat sich und dich doch nicht ausgezogen, damit du jetzt hier anfängst, einzupennen!*

Bleib locker, Mann! Alles ist gut, genieß es einfach und setz dich nicht unter Druck!

Friedel kann nicht mehr klar denken. Das Karussell in seinem Kopf hat plötzlich eine Melodie und einen Text. Wo kommt das her? Ach ja, aus einem Lied vom Ollen Hansen:

*Die Liebe ist ein olles Tier
und deshalb, deshalb bin ich hier!
Siehst du nicht, wie die Wolken ziehn?
Fahr endlich los, Jung, es ist grün!*

Als Friedel die Augen wieder öffnet, hat sich Angela mit dem Rücken zu ihm auf die Seite gerollt. Er zieht sich eine Decke vom Fußende hoch, breitet sie über beide aus und legt sich wie Löffelchen an sie dran. Mit den Händen erkundet er die Regionen, die ihm noch unbekannt sind. Angela schnurrt. Er weiß noch, dass er bis zum kleinen Urwald gelangt. Dann verliert sich die Erinnerung.

Als er am nächsten Morgen aufwacht, hat er einen dicken Kopf und weiß im ersten Moment nicht, wo er sich befindet. Er richtet sich auf. Ganz langsam kommen die Erinnerungen wieder, so wie die Lichtstrahlen, die sich ihren Weg durch die Rollos am Fenster bahnen. Er schaut sich um. Auf der anderen Seite der Matratze liegt ein

Pärchen, eng umschlungen. Er kennt das Gesicht der Frau, es ist die, die er gestern aus Versehen geküsst hat im Flur. Sie öffnet gerade halb die Augen, schaut zu ihm herüber und macht einen Kussmund. Er winkt zurück. Angela ist weg. Hat er alles nur geträumt? Oder war es doch dieses Mädchen dort, mit dem er zusammenlag? Sie streckt jetzt ihre Hand nach ihm aus. Er beugt sich über das Bett, nimmt ihre Hand und küsst sie. Dann steht er auf, sucht seine Klamotten unter den herumliegenden Kleidungsstücken auf der Erde, zieht sich an und geht aus dem Zimmer.

Im kleinen Bad macht er sich frisch, indem er sich kaltes Wasser ins Gesicht schüttet. Nicht nur sein Hemd, auch sein Gesicht sieht ziemlich zerknittert aus. Mist! Er wollte ja zum Frühstück bei Carola sein! Was die wohl denkt, wenn sie jetzt im Wohnzimmer sieht, dass der Besuch in der Nacht gar nicht zurückgekommen ist? Er läuft durch den dunklen Flur zur Küche. Dort sitzen schon einige Gestalten am großen Küchentisch und schlürfen aus großen Schalen ihren Morgenkaffee. Angela ist dabei und begrüßt ihn fröhlich mit „Bonjour, Monsieur!" Die anderen lachen. Sieht er so komisch aus? Oder ist die Vorstellung komisch, dass er ein Monsieur ist?

Er setzt sich mit auf ihren Stuhl und trinkt einen Schluck Kaffee aus ihrer Boule und fragt: „Wie lange bist du schon wach?"

„Ziemlich lange. Ich hab es irgendwann geschafft, deinen Klammergriff zu lösen ..." sie grinst ihn frech an, „und bin dann in die Küche. Ich war nicht die erste, Gerard und Yvonne ..." sie zeigt auf das freundliche Pärchen gegenüber, „hatten schon Kaffee gemacht und haben mir ein bisschen Französisch beigebracht."

„Dann lass mal hören!"

„Merde! Desolée! Je suis Allemande! Je voudrais un café du lait! Je veux coucher!"

„Avec moi?"

Die anderen lachen wieder. Friedel flüstert ihr was ins Ohr. Jetzt lacht sie auch und boxt ihn in die Seite.

Sie wecken Paul, der in einem anderen Zimmer noch schläft, und brechen auf. Mit der Metro geht es zurück in die südliche Vorstadt. Friedel hofft, dass er Carola noch antrifft, aber als sie in die Wohnung kommen, sind alle fort. Sie packen ihre Sachen zusammen, Friedel schreibt einen Entschuldigungsbrief, bei dem ihm Angela assistiert: „Du musst ‚desolé schreiben!", verlassen die Wohnung und schmeißen den Hausschlüssel in den Briefkasten. Der Berufsverkehr ist schon vorbei, so dass sie relativ zügig mit der Ente durch die Stadt gelangen. Sie wählen die Route über Luxemburg und durch die Eifel. Irgendwo hinter Bitburg auf der Bundesstraße fällt Friedel plötzlich auf, dass die kleine Tankanzeige am Anschlag ist. Inzwischen ist es schon wieder dunkel. Die anderen beiden schlafen. Was tun? Er hofft, dass die Ente bis zur nächsten Tankstelle durchhält. Das tut sie tatsächlich, allerdings ist die Tankstelle schon geschlossen.

Inzwischen sind auch die anderen wachgeworden. Zusammen gucken sie, ob man vielleicht trotzdem tanken kann oder ob vielleicht irgendjemand in der Nähe ist, der helfen kann, aber außer Wiesen und Bäumen ist nichts zu sehen in dieser gottverdammten Einöde. Angela flucht: „Merde! Ich muss morgen früh arbeiten!" Aber ihnen bleibt nichts anderes übrig, als sich für die Nacht einigermaßen gemütlich einzurichten in der Kastenente und auf den Morgen zu warten, an dem die Tankstelle wieder öffnet. Es wird ziemlich frisch in der Eifel. Sie ziehen sich so dick wie möglich an und kuscheln sich dann im Laderaum der Ente dicht aneinander.

Als es hell wird, werden Friedel und Angela wach. Sie krabbeln aus dem Wagen, strecken sich und gehen ein paar Schritte, um wieder warm und gelenkig zu werden. Die Sonne geht gerade strahlend auf. Nach einer ganzen Weile sagt Friedel: „Was wird aus uns zweien?"

Angela guckt ihm ins Gesicht und sagt: „Mach dir keine Gedanken, Friedel. Alles ist gut so. Wir hatten zwei schöne Tage in Paris und fahren jetzt wieder zurück in den Alltag. Jeder hat sein Leben, das er dort lebt, seine Freunde, ich meine Arbeit, du dein Studium und deine Musik. Jeder geht dorthin zurück. Und wenn wir uns nochmal begegnen, dann ist das schön, wenn nicht, ist es auch okay. Ja?"

Friedel ist erstaunt. Er hatte sich auf komplizierte Gespräche eingestellt, aber das hier war wirklich abgeklärt. Er weiß gar nicht, was er darauf antworten soll. Als könne sie seine Gedanken lesen, sagt sie: „Du brauchst nichts zu sagen, Friedel! Küss mich einfach nochmal!"

Das macht Friedel gern. Diesmal lässt er sich sogar auf einen langen, feuchten Kuss ein. Als sie sich voneinander lösen, meint sie: „Guck mal, da kommt jemand zur Tankstelle!" Es ist der Tankwart, der sich verwundert die blaue Ente anschaut und dann in sein Büro geht.

Traum 5

Ich werde von so einem fanatischen Sektentyp verfolgt, ich nehme Abkürzungen und Schleichwege und hoffe immer, dass ich ihm entwische. Ich komme nach Hause nach Berlin, liege in meinem Zimmer im Bett und denke: *Hoffentlich lässt Vater den nicht rein, hoffentlich merkt der, was das für ein Typ ist!* Die Tür geht auf und herein kommt ein Mädchen, sie gehört auch zu der Sekte von diesem Typen. Sie ist hübsch – und wahrscheinlich will sie mich bekehren! Sie summt eine Melodie vor sich hin, was ist es nur? Irgendwas von Paul Simon! *50 Ways to leave your Lover*? Nein, es ist *Lincoln Duncan*:

A young girl in a parking lot was preaching to a crowd
Singin sacred songs and reading from the bible
Well I told her I was lost
And she told me all about the Pentecost
And I've seen that girl as the road to my survival ...

Ich denke:
Okay, fasst du die Gelegenheit beim Schopf, bekehren lassen willst du dich nicht, aber schlafen willst du wohl gerne mit ihr. Also schlafen wir zusammen.

Kunst und Meer

Friedels Studium geht zügig voran, die wenigen Zwischenprüfungen und Scheine in Musik und Pädagogik hat er schon geschafft, die Zielgerade kommt langsam in Sicht. In Kunst müssen sie eine Mappe präsentieren. Friedel sammelt zusammen, was er an Zeichnungen und Fotos in den letzten Semestern gemacht hat und geht damit zur Mappen-Vorschau. Der Professor, bei dem er nur eine Veranstaltung belegt hatte, weil er ihm immer etwas arrogant vorkam, blättert flüchtig seine Mappe durch, schaut hoch und fragt: „Ist das alles?" Friedel nickt. Der Prof räuspert sich und sagt: „Junger Freund, ein paar Fotos knipsen und im Labor entwickeln, das ist keine Kunst. Ich möchte sehen, dass Sie jetzt wirklich Kunst daraus machen. Sonst brauchen Sie sich zur Prüfung gar nicht erst zu melden!"

Das sitzt. Friedel arbeitet zu Hause wie ein Besessener, vorzugsweise nachts. Der Prüfungsdruck hat auch Auswirkungen auf seine Haut, oft kratzt er sich blutig, wie in Rage, und muss dann Zwangspausen einlegen. Aus einigen Fotos macht er Collagen und zieht sie auf Passepartouts. Er fertigt Frottagen an wie der Surrealist Max Ernst, indem er verschiedene Materialien unter das Zeichenpapier legt und mit dem Blei- oder Kohlestift die Strukturen durchreibt. Davon lässt er sich inspirieren zu Monstern, Zwergen, Fratzen, phantastischen Landschaften. Portraits und Aktbilder unterlegt er mit Raufasertapete, um einen körnigen Untergrund zu schaffen. Mit Annette, einer hübschen Kunststudentin, mit der er zusammen in verschiedenen Zeichenkursen war, trifft er sich, um sich gegenseitig zu helfen mit der Mappe. Sie portraitieren sich gegenseitig, im Profil, Halbprofil und auch bis zur Hüfte. Weiter nicht, das traut er sich nicht.

Drei Wochen später hat Friedel eine rundum erneuerte Mappe, auf die er richtig stolz ist. Er meldet sich erneut bei dem Professor zum Mappentermin an. Der blättert durch, stutzt, schaut hier und dort etwas genauer, nimmt einzelne Arbeiten heraus und legt sie wieder zurück, murmelt vor sich hin und schaut ihn dann scharf an: „Und das alles haben Sie jetzt in drei Wochen erarbeitet?"

Friedel antwortet: „Ja, sicher!", wird rot vor Verlegenheit und Ärger, weil der ihm das anscheinend nicht zutraut. Er denkt: *Wenn du wüsstest, Tag und Nacht hab ich daran gesessen!*

„Ich bin schon etwas überrascht, muss ich sagen. Die Sachen sind gut. Aber ich weiß natürlich auch, dass man solche Dinge auf dem Düsseldorfer Kunstmarkt kaufen kann."

Friedel ist sprachlos. Vom Düsseldorfer Kunstmarkt hat er noch nie gehört. Unverschämt! Als er mit seiner Mappe und der Prüfungszulassung den Raum verlässt, ist er geschockt, wütend, ärgerlich, dass er nichts Passendes erwidern konnte. Damit hatte er einfach nicht gerechnet! So ein blödes, arrogantes Arschloch!

Stunden später ist die Wut verraucht, trotzdem geht ihm das einfach nicht aus dem Kopf. *Meine Arbeiten müssen ja wirklich gut sein, wenn dieser fiese Kerl vermutet, ich hätte dafür viel Geld ausgegeben!* Er grinst und Stolz macht sich breit. Ein paar Tage später sagt er sich sogar: *Ich muss dem richtig dankbar sein, dass der mir auf die Füße getreten ist, sonst hätte ich solche schönen Sachen gar nicht hergestellt!*

Friedel besucht Ole in seiner Dachkammerwohnung. Mit Ole, Wolf und einigen anderen zusammen arbeiten sie seit einigen Semestern in der Fachschaft Musik. Ole ist schon ein paar Jahre älter, hat bereits verschiedene Jobs gehabt, unter anderem hat er Blutkreislauf-Modelle als Anschauungsmaterial für den Biologieunterricht hergestellt, dann aber gemerkt, dass dies nicht das ist, was er auf Dauer machen möchte. Also hat er ein Lehramtsstudium angefangen und ist jetzt umgeben von vielen jüngeren Menschen, die ihn manchmal nerven mit ihrem spätpubertären Aktionismus, ihm aber auch guttun, weil er sich jünger fühlt. „Ich bin ja schon ein alter Knochen!" sagt er grinsend zu Friedel und zieht an seiner selbstgedrehten Fluppe. „Der Kontakt mit euch jungen Hüpfern sorgt dafür, dass ich geistig noch nicht so einroste wie manche aus meiner Generation!"

Friedel hat keine Ahnung, wie alt Ole denn nun eigentlich ist, aber so schlimm kann es nicht sein, vermutet er. Wenn sie in der Fachschaft mit den Musik-Dozenten hitzig diskutieren, übernimmt irgendwann meistens Ole das Wort, beruhigt die Gemüter und bringt Sachlichkeit und Kompromissbereitschaft zurück. Sein Wort hat Gewicht, auch von den Dozenten wird er wegen seines Alters und seiner Lebenserfahrung geschätzt. Friedel mag ihn, so wie er ist: ein wenig kauzig mit seinem Seebär-Bart, klug, witzig bis ironisch, zurückhaltend, eine seltsame Mischung aus Asket und stillem Genießer, einer, den man auch mal um Rat fragen kann.

Heute wollen sie einen Segeltörn auf dem Ijsselmeer planen, Ole hat ein Segelboot in Holland. Friedel kann zwar nicht segeln, aber Ole will ihn trotzdem mitnehmen und meint: „Du kannst es ja lernen!"

„Was brauch ich denn auf dem Schiff?"

„Gummistiefel, warme Socken, dicken Pullover, Ostfriedennerz – falls du einen hast."

„Klar. Wir waren früher öfter an der Nordsee!"

„Na prima. Und 'ne Freundin, falls du magst."

„Oh, im Moment hab ich keine feste Freundin."

„Na, dann nimm eine von den losen!"

Ole lacht sein Seebärenlachen und wird dann wieder ernst: „War Spaß! Nee im Ernst, wenn du eine hast, die Lust hat, mitzukommen, gerne. Ansonsten bist du mir auch alleine sehr willkommen!"

„Wer kommt denn noch mit?"

„Katja!"

„Ach schön, Katja ist nett!"

„Ja, das finde ich auch!"

Ole schaut versonnen zum Dachfenster. Eine Weile sagen sie beide nichts. Ob er mit Katja zusammen ist? Wahrscheinlich! Friedel hat anscheinend wieder mal etwas nicht mitgekriegt.

Ole nimmt das Gespräch wieder auf: „Sie findet dich auch sehr nett!" sagt er und sortiert dabei irgendwelche Stifte und Papiere auf seinem Tisch. „Und siehst du – das ist vielleicht so ein bisschen mein Problem."

„Wieso?"

„Na, ich hab mich verknallt in sie und wir sind auch zusammen. Aber sie ist noch so jung und ich bin schon so ein oller Kerl. Da kriege ich manchmal ein wenig Angst vor der eigenen Courage. Und ich hab den Eindruck, derjenige, auf den sie sonst noch wirklich steht, bist du!"

„Meinst du?" Friedel wird rot. Katja wirkt wirklich sehr jung, klein, hübsch, blonde kurze Haare, zurückhaltend, irgendwie frisch und sehr freundlich. Sie spielt Bratsche im Hochschulorchester, Ole übrigens auch. Dort haben sie sich auch kennengelernt, Friedel spielt ja Cello. „Davon hab ich bisher gar nichts gemerkt!" sagt Friedel.

„Ja, sie ist ein wenig schüchtern!"

„Und jetzt hast du Sorge, dass wir beiden was miteinander anfangen könnten auf dem Segeltörn?"

„Um ehrlich zu sein, ja."

„So schätzt du mich ein? Einer, der seinem Freund die Freundin ausspannt?"

„Nein, absichtlich bestimmt nicht. Aber mir würde es helfen, wenn ich wüsste, wie du zu Katja stehst."

„Ich find sie total freundlich und angenehm, mache gerne mit ihr zusammen Musik oder unterhalte mich mit ihr. Aber mehr war da bisher nicht und mehr wird da auch nicht sein, besonders jetzt, wo ich weiß, dass ihr beiden zusammen seid!"

Ole atmet hörbar aus. „Das erleichtert mich kolossal. Danke!" Er steht auf und umarmt Friedel, der ist verwirrt von so viel Gefühl und sagt: „Wofür? Ich hab doch gar nix gemacht?"

„Eben!" erwidert Ole, lacht schallend und haut ihm freundschaftlich auf die Schulter.

Zu dritt fahren sie mit Oles VW-Bus, in dem immer noch Lehrmittelreste aus Oles früherem Leben herumliegen, ans Ijsselmeer zu dem kleinen Hafen, wo Oles Boot liegt. Wenn Ole dort in seiner gelben Öljacke mit dem Hafenmeister verhandelt, sieht er aus wie ein waschechter Friese. Dabei kommt er aus dem Siegerland, aber darüber spricht er nicht gerne. Was er aber gut spricht, ist Holländisch. Sie machen schon mal das kleine Segelboot startklar und warten noch auf Chris und Reni, die auch mitkommen wollen. Auch das mit den beiden hat Friedel erst ziemlich spät mitbekommen. Auch sie kennen sich vom Orchester, Chris spielt richtig gut Geige, ist ein netter Kerl und trägt lange blonde Haare und Bart. Reni ist vor kurzem von der Geige zur Bratsche gewechselt, weil da noch wer gebraucht wurde und der Stress nicht so groß ist wie bei den Geigern. Friedel bekommt in letzter Zeit hin und wieder so eine Art Torschlusspanik: *Alle Freunde finden gerade ihre Partner – was ist mit mir?*

Dabei ist er sich nicht sicher, ob er vielleicht zu anspruchsvoll ist und an dieser und jener immer was auszusetzen hat. Es gibt schon eine Menge attraktive Frauen in seinem Umfeld. War da wirklich noch nicht die Richtige dabei? Dazu kommt, dass er schüchtern ist. Eigentlich wartet er meistens darauf, dass das Mädchen die Initiative ergreift, dann kann er entscheiden, wie weit das gehen soll. Eine sehr komfortable Methode. Man gibt sich selbst keine Blöße und handelt sich keinen Frust ein, wenn man bei jemandem „abblitzt". Damit verpasst er dann leider all diejenigen Mädchen, denen es genauso geht wie ihm. Wenn ihm jemand, wie jetzt Ole, erzählt, welches Mädchen ihn gut findet, ist er meistens ganz überrascht und denkt: *Warum weiß ich davon nichts?*

Er hat schon ein einigermaßen stabiles Selbstbewusstsein als Person, ist aber oft verunsichert und fast verklemmt, wenn es um die eigenen Gefühle geht und darum, sie zu zeigen. Dazu kommt die Haut, wenn das Gesicht oder seine Arme rot und aufgekratzt sind, fühlt er sich nicht gesellschaftsfähig und möchte sich am liebsten verkriechen. Dann ist alles Selbstbewusstsein verschwunden. Dann bezweifelt er, ob es jemals eine geben wird, die ihn so akzeptiert, wie er ist – und ob er sie überhaupt an seine geschundene Haut heranlassen wird. Seit er bei der Koblenzer Hautärztin in Behandlung ist, sind das aber keine ausweglosen schwarzen Löcher mehr, sondern Phasen, aus denen er auch wieder herauskommt.

Er bekommt oft Rückmeldungen, die seine Ängste vor dem „Gesehen-Werden" nicht bestätigen: Andere schauen gar nicht so genau hin, was er da für rote Stellen hat, und vor allem gewöhnen sie sich sehr schnell daran, dass es so ist und achten dann gar nicht weiter darauf. Er registriert aufmerksam, wie gut Reni mit ihrem Ekzem umgeht und bewundert sie dafür: Sie zeigt es ganz offen, spricht auch darüber, versteckt es nicht durch lange Ärmel oder Halstücher. „Nee, da schwitz ich ja, wenn ich das zudecke, und du kennst das ja auch, dass man Schweiß ganz schlecht haben kann mit so 'ner Indianerhaut!" lacht sie.

Oft denkt er, alles wäre gut, wenn die Haut endlich heil wäre. Aber dann grübelt er wieder, ob die Haut ihm nicht einfach anzeigt, wo seine Baustellen und Macken sind und er daran gehen muss, diese zu bearbeiten. *Schäme ich mich für meine Haut, wenn ich nackt bin? Oder hab ich einfach ein Problem mit dem Nacktsein und meinen Gefühlen, und meine Haut bietet mir nur einen prima Vorwand, mich schnell unter der Decke zu verstecken?* Bei Angela in Paris war es auch so: Als sie ihn ausgezogen hatte, hielt er das nicht lange aus und zog sich schnell die nächstbeste Decke darüber. Kuscheln im Dunkeln war okay.

Das Segeln auf dem Ijsselmeer tut ihm gut. Der salzige Wind, der ihm die Sorgen aus dem Kopf pustet, der Wolkenhimmel, der hier so ganz anders ist als in Köln, intensiver, farbiger, klarer – und wenn dann die Sonne hervorbricht, wärmt sie direkt auch das Herz. Die Stimmung auf dem Boot ist gut, Ole hat alles im Blick und die Ruderpinne fest in der Hand. Die anderen ziehen den Kopf ein, wenn der große Baum mit dem Segel wieder auf die andere Seite rauscht und freuen sich an Meer, Möwen, Wellen und Wind. Mit Reni flachst und lacht Friedel wie gewohnt, die anderen lassen sich anstecken und erzählen und lachen mit. Ab und zu guckt er zu Katja rüber und denkt: *Kompliment, da hat Ole wirklich gut ausgewählt!* Am Anfang ist er etwas vorsichtig, wenn er sie anspricht oder anguckt. Er muss immer denken: *Ob das wohl stimmt, dass sie auf dich steht?* Dann denkt er: *Warum willst du das eigentlich wissen? Schmeichelt das deinem Selbstbewusstsein? Katja ist Oles Mädchen!* Nach einer Weile sind die Gedanken weg und er behandelt sie nicht anders als Reni, Chris und Ole.

Abends gehen sie in einer der hübschen, kleinen Hafenstädtchen an Land, die Häfen haben alle Duschen und gute Toiletten, dann kommt der Landgang zur gemütlichen Kneipe. Er lernt die holländischen Biersorten kennen und den jungen, alten und den fruchtigen Genever, den die Frauen trinken. Nachts wird es ein bisschen eng auf dem Schiff, aber Friedel hat in seiner Koje im Gegensatz zu den beiden Pärchen genügend Platz für sich und seinen Schlafsack. Dafür, dass er alleine mit zwei Pärchen unterwegs ist, läuft es eigentlich richtig gut. Auf dem Schiff kann sich sowieso keiner separieren, aber er hat auch nicht das Gefühl, dass jemand das möchte. Auch das Händchenhalten und Geknutsche hält sich sehr in Grenzen, Friedel fühlt sich nicht ausgeschlossen.

Auf der Rückfahrt mit dem Auto macht Ole einen Schlenker übers Münsterland, er will seinen Antrittsbesuch bei Katjas Eltern machen. In Steinfurt kommen sie an einer beeindruckenden Wasserburg vorbei. Auch das Haus der Eltern wirkt eher wie eine Burg, sehr vornehm. Friedel will eigentlich nicht mit, aber Katja hat ihn darum gebeten, mit herein zu kommen. Die Atmosphäre im Haus ist kühl, förmlich. Sie essen zusammen an einem großen Tisch und Ole wird wie ein Schwiegersohn-Kandidat auf Herz und Nieren geprüft. Er erzählt viel aus seinem Leben und versucht ab und zu, durch kleine Scherze die Situation aufzulockern. Aber mehr als ein flüchtiges Lächeln kann er beim Vater nicht hervorzaubern.

Friedel merkt, wie diese Stimmung sich auf alle legt, man wagt kaum, sich zu räuspern oder zu bewegen. Als er selbst gefragt wird, was er denn so studiere, erzählt er von der Musik, vom Cello und vom Orchester, aber er merkt, dass er öfter stockt und überlegt: *Soll ich das jetzt erzählen, oder ist das hier nicht angebracht?* Er ist froh, als sie aufbrechen und muss schmunzeln, als ihn die Mutter beim Hinausgehen beiseite nimmt und fragt, was er denn meine, ob Ole der richtige Mann für ihre Tochter wäre? Friedel versichert ihr, dass Ole ein ganz zuverlässiger und prima Kerl und ihre Tochter bei ihm bestimmt in guten Händen ist.

Cymru am Byth

„Du willst ganz alleine nach England? Ist dir das nicht zu einsam?" Ele schaut Friedel fragend an.

„Nee, ich bin gern auch mal alleine und guck, was passiert!"

„Na, wenn es dir zu einsam wird, dann komm nach Schottland hoch, da bin ich unterwegs! Paul wahrscheinlich auch."

„Ja, ich schau mal, wo es mich hintreibt. Tom ist ja wieder auf seiner schottischen Insel, da wollte ich eventuell auch vorbeigucken."

„Würde mich auf jeden Fall freuen, wenn wir uns im Urlaub sehen, Friedel!"

Friedel packt seinen Rucksack zusammen, wirft ihn mit dem Schlafsack und der Gitarre auf die Matratze in seiner Kastenente und startet seine Urlaubsfahrt ins Blaue. Erstmal durch Belgien Richtung Calais, dann auf das Schiff nach Dover. Auf dem Schiff hat er bereits solch eine blendende Urlaubslaune, dass er sich eine Packung John Players blau kauft und oben auf dem windigen Deck eine Ferienzigarette pafft. Er liebt diese Fahrten ins Ungewisse. Nichts muss, alles kann, mal gucken, wo er landet und was er erlebt.

Von Dover aus nimmt er die kleinen Landstraßen quer durch die Obstgärten und Erdbeerfelder von Kent, Straßen, die oft rechts und links von Bäumen und Hecken fast zugewachsen sind, so dass man meint, durch einen grünen Tunnel zu fahren. Bei jeder Kurve klappt das

Seitenfenster ein Stückchen auf und lässt würzige Landluft herein. Der Geruch alter Bäume, Steine und Hecken vermischt sich mit dem Duft von frisch gemähtem Gras und von Heu. Er parkt an einem Erdbeerfeld und pflückt sich einen Korb voll für die Fahrt. Die Farmerin gibt ihm noch zwei rote Äpfel dazu mit dem Spruch: „An apple a day keeps the doctor away!"

Mit einem breiten Grinsen fährt Friedel bei Sonnenschein durch die wunderschöne Parklandschaft von Kent, schaut sich die Kathedrale von Canterbury an und versäumt es nicht, sich auch mit der Schokolade einzudecken, die so ähnlich heißt: Cadbury. Besonders die mit den großen Nüssen hat es ihm angetan. An das Linksfahren hat er sich erstaunlich schnell gewöhnt, beim Abbiegen muss er gut aufpassen, dass er wieder auf die richtige Seite kommt. Bei den vielen Roundabouts kann man nicht viel verkehrt machen, trotzdem hat er jedes Mal ein komisches Gefühl, wenn er falsch herum im Kreis fährt.

Als er das erste Mal in England zum Tanken ranfährt, staunt er darüber, dass man dort noch bedient wird. Der Tankwart mustert die Kastenente ausgiebig, fragt, ob er „German" sei und warum er dann „French" fahre, streicht mit den Fingern über den blauen Lack und meint dann breit grinsend, Friedel hätte das Auto sicherlich bei „high storm" angestrichen. Erst, als Friedel wieder im Auto sitzt und das Trinkgeld schon gegeben hat, fällt ihm auf, was das heißen sollte. Egal, er liebt seine Ente, auch wenn sie schlecht gestrichen ist.

Zum Schlafen stellt er sich unter ein paar alte Bäume an einem Feldweg. Morgens wird er davon wach, dass ein großer Trecker den kleinen Weg herauffährt und hupt. Steht er mit seinem Auto im Weg? Friedel schaut verschlafen durch das Fenster. Nein, der Farmer grüßt nur freundlich mit der Hand und tuckert vorbei. Land und Leute hier im Südwesten gefallen ihm gut. Soll er ein paar Tage hierbleiben? Nein, er muss weiter, er hat noch keine Ruhe zum Bleiben. Er umfährt London im Norden und nimmt dann wieder die kleinen, schönen Landstraßen Richtung Aylesbury. Die Landschaft ist anders als in Kent, kein großer Obstgarten mehr, etwas offener, mehr Felder und Weite, leichte Hügel. Aber dass es so dicht bei London so viele kleine Dörfer und Städtchen gibt, die noch fast mittelalterlich aussehen, erstaunt ihn.

Er fühlt sich zurückgesetzt in eine andere Zeit, mit wehrhaften, dicken Stadtmauern und Türmen, mit windschiefen Fachwerkhäusern und Herrenhäusern mit mächtigen Kaminen, mit den ganzen schönen Pubs, die von innen und außen so wirken, als ob sich in den letzten vierhundert Jahren nichts verändert hätte. Auch die Namen und die eindrucksvoll bunt bebilderten Schilder über den Kneipentüren nicht: *Fox and Hounds, Hen and Chickens, Elephant and Castle, Rose and Crown, Cat and Fiddle* oder einfach *King's Head* in schaurig-schöner Erinnerung an den geköpften King Charles.

Wenn er durch diese schönen, uralten Orte schlendert, stellt er sich oft vor, wie hier vor 400 oder 500 Jahren die Menschen durch dieselben Gassen, in dieselbe Kirche gegangen und danach in genau diesem Pub ihr Bier getrunken haben. Wenn er jetzt Shakespeare begegnen würde, wäre es gar nicht weiter verwunderlich. Aber ob er ihn verstehen würde? Die Sprache und die Kleidung haben sich wahrscheinlich am meisten verändert in den letzten Jahrhunderten. Aber die Kulissen sind hier in England erstaunlich gleich geblieben.

Friedel probiert alle Biersorten aus, natürlich nicht hintereinander, denn er muss ja Auto fahren. Das dunkle „Stout" schmeckt ihm gut, würzig und süffig. Das helle Bier trinkt er am liebsten mit einem süßen Schuss Zitrone als „Lager and Lime". Im Gegensatz zu allem, was er vorher Schlechtes über das englische Essen gehört hat, kann man in den Pubs durchaus schmackhafte kleine Gerichte bekommen. „Stew" schmeckt ihm gut, wie auch andere Eintöpfe mit Fleisch. Manchmal holt er sich auch nur „chips", die englischen Fritten.

In kleinen und größeren Tagestouren hat er sich langsam Richtung walisische Grenze vorgearbeitet, in Hereford erzählt ihm ein alter englischer Herr mit zerfurchtem Gesicht, dass man die Leute dort drüben in Wales gar nicht richtig verstehen würde. Für Friedel klingt es so, wie die Westdeutschen über die Ostdeutschen in der „Zone" sprechen. Es sind Menschen, sicherlich, aber alles ist ganz anders da drüben. Von daher erwartet Friedel unbewusst, irgendeine Grenze, eine Demarkationslinie überschreiten zu müssen, vielleicht sogar mit Grenzkontrollen, wenn er nach Wales „rüber" fährt. Aber er merkt nicht, wo die Grenze ist, und da er nur eine ziemlich grobe Karte besitzt, weiß er auch gar nicht so genau, ob er jetzt überhaupt schon in Wales ist.

Da stehen zwei Tramper, er hält an und lässt sie einsteigen. Die Frau hat feuerrote Haare, sie setzt sich nach vorne, ihr Freund macht es sich hinten auf der Matratze gemütlich. Sie wohnen ein paar Kilometer entfernt und freuen sich, dass sie den Rest des Weges nicht laufen müssen. Sie bieten Friedel eine selbstgedrehte Zigarette an, die etwas süßlich schmeckt, und fragen ihn nach seiner Route. Als er erzählt, dass er ohne feste Route einfach von England nach Wales fahren möchte und dann weitersehen will, fragen sie ihn, ob er nicht bei ihnen im Haus übernachten will. Die beiden sind nett und Friedel nimmt das Angebot gerne an.

Sie biegen auf eine sehr schmale Straße mit Kopfsteinpflaster ab, kurz hinter der Abbiegung kommt ein Schild „Toll Bridge" und eine uralte, rostige Schranke, die die kleine Straße absperrt. Kurz vor der Schranke biegen sie in die Einfahrt eines alten Steinhauses mit zwei hohen Kaminen ein und steigen aus. „Das ist das alte Zollhaus", erklärt Gwen, das rothaarige Mädchen, „willkommen in unserem Haus!"

„Gehört euch das?"

Sie lacht: „Nein, nein. Wir dürfen dort wohnen, wenn wir die Zollgebühren kassieren!" Sie nimmt Friedel mit zur Schranke, wo ein großes Schild, das so aussieht, als ob es auch schon diverse Jahrzehnte auf dem Buckel hat, genau auflistet, wieviel Pence Pferdefuhrwerke, Kutschen, Reiter oder Einzelreisende zu zahlen haben, wenn sie die Brücke über den Wye passieren wollen. Von Autos ist nicht die Rede. „Autos bezahlen den Tarif für Kutschen, also 20 Pence!" erklärt Gwen.

„Und wie machen die sich bemerkbar?"

„Die hupen!"

„Auch in der Nacht?"

„Nein, nur am Tag!" Sie zeigt Friedel den letzten Absatz, wo erklärt wird, dass die Zollbrücke nur von Sonnenaufgang bis Sonnenuntergang passiert werden darf.

„Da müsst ihr ja im Sommer früh aufstehen!"

„Wir sind zu viert, da wechseln wir uns ab mit dem Schrankendienst. Außerdem fahren nur noch wenige Autos hier auf der alten Brücke. Manchmal nur fünf oder sechs am Tag!"

„Da wird man ja nicht reich von!"

„Wir liefern das Geld jeden Monat beim Landlord in Hay-on-Wye ab. Meistens sind es nicht mehr als 50 Pfund. Seine Familie besitzt die Zollrechte seit über 200 Jahren."

„Und dafür könnt ihr umsonst hier wohnen?"

„Genau! Wohnen, aber nicht leben!" Sie lacht und zieht die Nase kraus.

„Wovon lebt ihr dann?"

„Komm mit rein, da siehst du, wie wir leben!"

Im Haus übertüncht ein etwas süßlicher Duft nach Patchouli und besonderen Tabakbeimischungen den Geruch von altem Mauerwerk. Aus der Küche kommen laute Stimmen, Gläserklirren und Gelächter. „Da seid ihr ja! Wir dachten schon, ihr habt euch nach Wales abgesetzt!" dröhnt ein riesengroßer Mann mit langen Haaren und einem beeindruckenden Karl-Marx-Bart. Er reicht Friedel ein volles Bierglas und stößt mit ihm an. „Willkommen im alten Zollhaus!" Auch Dylan, den er im Auto mitgenommen hat, stößt mit ihm an und bedankt sich für den Lift. Eine blonde, etwas rundliche Frau stellt eine lecker gefüllte Auflaufform auf den Tisch, legt die Topflappen beiseite und stellt sich vor: „Willkommen! Ich bin Jenny! Setz dich und iss mit uns!"

Friedel fühlt sich vom ersten Moment wohl in dieser Küche. Die vier leben als Wohngemeinschaft zusammen.

Jenny ist für den Garten und für die Küche zuständig, sie zieht eigenes Gemüse und Kartoffeln, kocht, backt und strickt. Auf dem Wochenmarkt verkauft sie ihre Kuchen, Marmelade, selbstgemachte Chutneys, Pullover und Wollsocken. Charly, der Große mit dem Bart, ist Dozent für keltische Sprachen an der University of Wales in Cardiff und bringt Geld in die WG. Gwen und Dylan studieren beide noch und wechseln sich mit dem Schrankendienst ab. Charly und Jenny wirken so, als ob sie schon Ende zwanzig sind. Als Friedel fragt, ob sie verheiratet wären, lachen alle. „Heiraten ist nur was für Spießer!" dröhnt Charly und Gwen flüstert ihm ins Ohr: „Die beiden sind Halbgeschwister!"

„Und du und Dylan, seid ihr zusammen?"

„Nein, nicht fest. Manchmal!" Sie errötet und lacht dann wieder: „Das ist hier alles offen bei uns!"

Friedel weiß nicht so recht, was er mit dieser Auskunft anfangen soll. Er greift nochmal zu, als das Essen herumgeht, köstlich, Gemüse und Kartoffeln bunt durcheinander verteilt mit Käse und einer leckeren Soße. „Seid ihr Vegetarier?" fragt er.

„Nicht streng, aber meistens." antwortet Jenny, schaut ihn mit ihren blauen Augen an und fragt: „Ich hoffe, dir schmeckt es trotzdem?"

„Sehr lecker, ich vermisse nichts." Dann, nach einer kurzen Denkpause fügt er hinzu: „Und ich dachte immer, die Engländer können nicht kochen!"

Alle lachen laut los. „Da hast du vollkommen recht, die Engländer können auch nicht kochen!" erklärt Charly. „Aber die Waliser. Und Jenny ist Waliserin und die beste Köchin weit und breit!"

„Seid ihr alle Waliser?"

„Jenny und Gwen sind echte Waliserinnen. Dylan hat zwar einen walisischen Namen, aber den hat er, weil seine Mutter den Dichter Dylan Thomas sehr verehrte. Er kommt aus Sussex und ich bin Schotte, deshalb interessieren mich die keltischen Sprachen!" erklärt Charly.

„Können die Schotten und die Waliser sich denn verständigen?"

„Ja, auf Englisch!" lacht Charly. „In Wales sprechen nur noch wenige keltisch, anders als in den Highlands. Aber beide Sprachen sind sehr unterschiedlich. Es waren ursprünglich mündlich überlieferte Sprachen, deshalb sehen die walisischen Wörter so unaussprechlich schlimm aus, wenn man sie aufschreibt. Aber gesprochen, oder besser noch gesungen, klingt Walisisch sehr schön."

Er gibt Friedel ein paar Beispiele, Gwen und Jenny ergänzen den walisischen Sprachkurs durch ein kleines Kinderlied, das wunderschön klingt, samtweich und melancholisch. Er bittet die beiden, noch etwas zu singen und schaut dabei in ihre Gesichter, die dann ganz verträumt und weich werden, wie in Trance. In diesem Moment hat er sich in beide verliebt. Er holt seine Gitarre, spielt ein wenig und singt, die anderen lauschen und wundern sich, dass er hauptsächlich Englisch singt. Jenny füttert ihn mit selbstgebackenen Keksen, Charly sorgt dafür, dass sein Glas nicht leer wird. Gwen setzt sich dicht neben ihn und summt leise mit, wenn er singt. Als sie schließlich ins Bett gehen wollen, fragt Friedel Gwen, wo er schlafen soll.

„Wo du willst!" sagt sie und guckt ihn an. Sie zeigt ihm den Salon mit dem Kamin und dem alten Ledersofa, eine kleine Kammer mit Bett, auf dem schon eine schwarze Katze ihr Lager aufgeschlagen hat, ein Zimmer mit einem großen Doppelbett, in dem schon Dylan liegt und schläft, daneben das Arbeitszimmer von Charly, in dem er auch schläft. Friedel fragt sich, wo wohl Jenny schläft, die noch in der Küche beschäftigt ist? Gwen schläft ja vermutlich im Doppelbett bei Dylan. Er traut sich aber nicht zu fragen. Gwen zeigt ihm auch das Badezimmer und sagt lachend, dass ein Besucher mal in der Badewanne übernachtet hat. „So, you decide!" sagt sie, gibt Friedel einen flüchtigen Kuss auf die Wange und verschwindet.

Was tun? Ihr hinterher gehen? Nein, Blödsinn, er möchte nicht aufdringlich sein. Friedel entscheidet sich für das Sofa im Wohnzimmer, breitet dort seinen Schlafsack aus, schließt die Augen und lauscht den Geräuschen im Zollhaus nach. Es ist völlig dunkel im Raum. Er hat den Eindruck, seine Ohren werden immer größer. Tappt da jemand durch den Flur? Klappert da etwas in der Küche? Quietscht da eine Tür? Knarrt da die alte Holztreppe? Kommt da jemand, um ihm Gute Nacht zu sagen? Oder ihm Gesellschaft zu leisten?

Friedel ist hellwach, dreht sich hin und her, steht schließlich auf, tappt im Dunkeln zum Flur und tastet sich zur Toilette vor. Im Haus ist es still. Nur von draußen ruft ein Käuzchen. Als er zurückgeht zum Salon, merkt er, dass die Katze ihm um die Beine streicht und miaut. Sie folgt ihm zum Sofa und springt auf das Fußende seines Schlafsacks. Er streichelt sie, sie schnurrt. Immer wieder dreht er sich hin und her, schreckt hoch, weil er etwas gehört hat. Irgendwann übermannt ihn dann aber doch der Schlaf und er gleitet direkt in eine Traumlandschaft mit rothaarigen, gelockten Waliserinnen, die ihm geheimnisvolle, fremdartig klingende Worte zuflüstern und wie Katzen schnurren. Sie verwandeln sich in Mädchen, die ihm bekannt vorkommen und rufen ihm zu: „Cymru am Byth!" – „Wales forever!"

Als er am nächsten Morgen aufwacht, steht neben seinem Bett ein großer Becher mit Milchkaffee. Wer hat den gebracht? Er hat nichts gemerkt. Er richtet sich auf, blinzelt in die Sonne, die durchs Fenster hereinscheint, streckt sich und nimmt einen Schluck. Der Kaffee ist noch warm, es kann also noch nicht so lange her sein. Seine Uhr zeigt zehn. Er steht auf, zieht sich an, wäscht im Bad Gesicht und Arme mit kaltem Wasser und cremt sich ein. Jetzt sieht er nicht mehr ganz so verkatert aus. Er nimmt den Kaffee mit in die Küche, um zu gucken, ob da noch gefrühstückt wird. Jenny wünscht ihm einen guten Morgen und fragt, ob er gut geschlafen hat. Er erzählt von seiner unruhigen Nacht und fragt, wer ihm den Kaffee hingestellt hat.

„Das war Gwen, sie ist vor einer Stunde mit Dylan zum Einkaufen gefahren. Sie hat sich nicht getraut, dich zu wecken, du schliefst so fest! Charly muss heute zur Uni, der kommt erst spät abends wieder. – Komm, setz dich doch, auf dem Tisch stehen Cornflakes und Milch, Brot und Marmelade! Fühl dich wie zu Hause!"

„Bei euch fühl ich mich noch besser als zu Hause! Ich glaube, ich bleibe noch einen Tag. Wenn ich darf …"

„Du darfst so lange bleiben, wie du magst! Du hast gestern Abend so schön gespielt und gesungen! Das möchte ich gerne noch einmal erleben."

„Gerne, wenn ihr mir wieder walisische Lieder vorsingt! Ich würde gerne welche aufschreiben, damit ich die mitnehmen kann nach Hause!"

Während Jenny fröhlich vor sich hinsingend in der Küche hantiert, frühstückt Friedel und hört zu. Dann holt er aus seiner Tasche im Wohnzimmer die Gitarre und einen Notenblock und notiert sich, was sie singt. Sie muss die Melodie ein paar Mal wiederholen, dann hat er sie. Am Schluss schreibt ihm Jenny den Text darunter. „Ich schreibe dir das so auf, wie ein Engländer es sprechen würde. Wenn ich es auf Walisisch schreibe, weißt du nicht, wie es gesprochen wird." Er versucht, mitzusingen. Sie übt mit ihm die richtige Aussprache und auch die kleinen Seufzer und Schleifen in der Melodie, die man nicht richtig notieren kann, sondern einfach hören und nachmachen muss.

Es macht Spaß, in der Küche Zucchini zu schneiden, Möhren zu raspeln, Kartoffeln zu schälen und dabei zu singen. Nach einer Weile sitzen sie nebeneinander auf der Küchenbank, bereiten die Zutaten für das Abendessen vor und singen ein Lied nach dem anderen. Friedel kriegt nicht genug von den walisischen Liedern, aber zwischendurch singen sie englische oder amerikanische Songs, die sie beide kennen. „Das ist wie früher, wenn ich meiner Mutter in der Küche geholfen habe, dann haben wir auch immer gesungen. Sie war ein ziemlich melancholischer Mensch und hat selten gelacht. Aber wenn sie sang, blühte sie auf, da legte sie ihr ganzes Herz hinein." erzählt Jenny und lehnt sich für einen kurzen Moment an Friedels Schulter, bevor sie aufsteht und die Schneidbretter und Messer abwäscht.

Draußen hupt es. „Oh, kannst du gerade mal kassieren und die Schranke öffnen?" fragt Jenny. Friedel stürmt hinaus, ein alter Austin Morris mit Holzheck wartet am Schlagbaum. Friedel grüßt, nimmt die zwanzig Pence entgegen und öffnet die Schranke. Der Fahrer hebt die Hand und fährt Richtung Brücke. Friedel schließt die Schranke wieder, wundert sich, dass es kein Schloss gibt. Im Prinzip bräuchten die Autofahrer bloß auszusteigen und selbst die Schranke hochzuheben.

Jenny lacht, als er sie fragt, warum es kein Schloss gibt. „Das braucht man hier nicht. Die Leute hier sind ebenso, die warten und bezahlen ihre Pennies."

„Hat das noch nie jemand versucht?"

„Nein, seit ich hier wohne, nicht. Das gehört sich einfach nicht. Das ist in den Städten vielleicht anders, in London bestimmt. Aber hier auf dem Land braucht man kein Schloss. Auch für das Haus nicht. Hier kommt nichts weg."

Eigentlich schön. Friedel hat auch morgens die Milchflaschen vor den Türen der Häuser in den Orten, wo er durchgekommen ist, gesehen. Auch die kann man einfach dort hinstellen und muss keine Angst haben, dass sie jemand mitnimmt. Er fragt Jenny: „Kommst du vom Land?"

„Ja, ich bin ein richtiges Landei. Charly und ich sind in Schottland in einem kleinen Nest am Loch Lomond aufgewachsen. Charlys Mutter war schottisch, sie ist gestorben, als er noch ganz klein war. Der Vater hat dann eine junge, walisische Frau geheiratet, die von ihrem Mann sitzen gelassen wurde, als ein Kind kam. Das war ich. Meinen richtigen Vater habe ich nie kennengelernt, angeblich ist er in Amerika. Charly ist also mein großer Bruder, aber wir haben beide verschiedene Eltern. Charlys Vater und meine Mutter haben sich ganz gut gegenseitig gestützt, sie waren kein ideales Paar, dazu war jeder von ihnen viel zu eigensinnig, aber sie haben sich respektiert und versucht, gute Eltern für uns zu sein.

Dann eines Tages verlor Papa seine Arbeit und fing an zu trinken. Das wurde immer schlimmer, er veränderte sich, wurde erst gehässig und später dann auch gewalttätig. Irgendwann ist meine Mutter dann mit mir weggezogen, zurück in die Heimat. Charly war schon fertig mit der Schule und hat das Studium angefangen, erst in Edinburgh, später ist er dann hierhin gekommen. Er wollte seine kleine Schwester nicht auch noch verlieren."

„Was ist mit deiner Mutter?"

„Sie wohnt ein paar Dörfer weiter. Ich besuch sie öfter am Wochenende und versuche, sie aufzumuntern. Sie kommt über ihre Enttäuschung mit den Männern nicht hinweg. Das Einzige, was sie am Leben erhält, bin ich und die Musik. Wenn sie singt, ist alles gut."

Jenny muss ein bisschen schniefen. Friedel legt seinen Arm um sie, da fängt sie richtig an zu weinen. Friedel reicht ihr ein Tempotuch, das er immer in seiner Hosentasche bereithält. Sie schluchzt „Thank you, dear!" und „Sorry!" und weint sich an seiner Schulter aus. Dann geht sie ins Bad, um sich frisch zu machen und kommt mit einem strahlenden Lächeln wieder zurück, setzt sich neben ihn und fängt an, sich zu entschuldigen, dass sie ihn mit ihrer Geschichte belästige und dass sie schrecklich aussähe.

„Du brauchst dich nicht zu entschuldigen, Jenny, ich habe deine Geschichte gerne gehört und würde auch gerne noch mehr erfahren, wenn du willst. Und du siehst wunderschön aus – jetzt sowieso, aber auch dann, wenn du traurig bist!"

Statt einer Antwort beugt sich Jenny zu Friedel und küsst ihn mit weichen, offenen Lippen mitten auf den Mund. In diesem Augenblick kommt Gwen mit voll beladener Einkaufstasche in die Küche, stutzt einen Moment, lacht verlegen und sagt dann: „Oh, lasst euch nicht stören!" Beide sind wie erstarrt, Friedel springt auf, rot wie eine Tomate, und verlässt fluchtartig den Raum, im Flur stößt er fast mit Dylan zusammen und hilft ihm dabei, die Bierkästen in die Küche zu tragen. Gwen ist schon nicht mehr dort, Jenny räumt die Lebensmittel in den Kühlschrank. Sie flüstert Friedel zu: „Kümmere dich mal um Gwen, wir reden später!"

Friedel guckt im Schlafzimmer, im Wohnzimmer, im Bad – keine Gwen. Als er um das Haus herumgeht, sieht er ihre roten Haare leuchten, sie sitzt am Rande des Gartens auf einem Baumstumpf und schaut zum Fluss. Er nähert sich ihr langsam und ruft leise ihren Namen. Sie bleibt regungslos sitzen und schaut sich nicht um. Er setzt sich auf die kleine Mauer in der Nähe und schaut kurz zu ihr hinüber. Ihr Gesicht sieht verheult aus. Eine Weile sitzen sie so und schauen stumm auf den Fluss. Dann fasst sich Friedel ein Herz und fragt: „Wollen wir ein bisschen am Fluss entlanggehen?"

Gwen nickt und steht auf. Am Flussufer gibt es einen kleinen Sandpfad, der manchmal so eng ist, dass sie hintereinander gehen müssen. Eine Weile sagen sie beide nichts, bis Gwen leise anfängt: „Jenny und ich sind beste Freundinnen. Wir erzählen uns alles. Aber wenn es um Männer geht, wird es immer kompliziert. Charly und Jenny lieben sich, aber sie trauen sich nicht, das einzugestehen, weil sie doch eigentlich Geschwister sind – wenn auch von verschiedenen Eltern. Jenny liebt auch

Dylan, aber der ist in mich verliebt. Ich mag ihn, weiß aber nicht so recht, ob ich ihn liebe. Zu Charly fühle ich mich sehr hingezogen, würde das aber nie zugeben, weil er doch der Bruder und Liebhaber meiner Freundin ist. Und dann kommst auch noch du!"

Jetzt lacht sie und schaut ihn mit ihren traurigen, dunklen Augen an. „Du machst das Gefühlschaos bei uns perfekt! Jenny hat sich in dich verliebt, und ich auch!"

„Zum Glück bin ich ja bald wieder weg, so dass ihr euch wieder auf euren gewohnten Irrgarten der Gefühle konzentrieren könnt!" lacht Friedel und fügt ernst hinzu: „Danke, dass du mir das alles so ehrlich erzählst, Gwen! Ich habe mich schon in dich verliebt, als du zu mir ins Auto geklettert bist! Und gestern Abend wäre ich am liebsten mit dir mitgegangen, aber das war ja schlecht möglich im Doppelbett mit Dylan."

Jetzt muss Gwen wieder lachen: „Oh, wer weiß, wie das ist zu dritt. Ich hab das noch nicht probiert! Du?"

„Nein, bisher noch nicht. Allerdings glaube ich nicht, dass Dylan von dieser Idee begeistert wäre."

„Aber bestimmt fände Jenny das gut. So könnten wir uns dich teilen!" sagt Gwen lachend. Friedel guckt sie an und weiß nicht genau, ob sie Spaß macht oder Ernst. Er merkt, dass die Vorstellung ihn aufregt, sein Herz pocht laut, aber er spürt auch, dass er mehr Angst als Mut hat. Eine Weile gehen sie wieder schweigend nebeneinander her. Das Herzklopfen geht nicht weg. Als sie an einer Wiese vorbeilaufen, biegt Gwen ab und läuft über das weiche Sommergras bis zu einem kleinen Baum. Dort breitet sie ihre Jacke aus und legt sich hin. „Komm, leg dich zu mir, hier ist kein Dylan!" flüstert sie ihm zu. Er setzt sich neben sie und betrachtet sie, die roten Locken, die melancholischen Augen, die niedliche Stupsnase mit den vielen Sommersprossen, der fast ein bisschen spöttische Mund. Er streichelt ihr zart über das Gesicht und durch die verwuschelten Locken. Sie schließt die Augen.

Nach einer Weile nimmt sie seine Hand und führt sie zu ihrer Brust. Er lässt sie einen Augenblick dort liegen und spürt ihren Herzschlag in seiner Handfläche. Dann schiebt er seine Hände unter ihr Shirt und tastet sich langsam vor zu ihren kleinen, warmen und weichen Brüsten mit den keck hervorstehenden Brustwarzen. Friedel schaut sich ängstlich um, ob auch niemand in der Nähe ist. „Du brauchst keine Angst zu haben", flüstert sie, „hier kommt keiner vorbei, höchstens mal ein Hase oder ein Reh!" Dann hebt sie ihr T-Shirt hoch und zieht es sich blitzschnell über den Kopf.

„Schau mich an", sagt sie, „gefalle ich dir? Ich hoffe, ich bin dir nicht zu mager. Bei Jenny hast du mehr zu greifen!" Friedel wird rot. Er ist es nicht gewohnt, über solche Dinge zu sprechen und stottert: „Nein, du – du bist wunderschön!" Und er meint das auch ganz genau so. Er bedeckt ihren Oberkörper mit kleinen Küssen und kehrt immer wieder gerne zum Bauchnabel und zu den Brustwarzen zurück. Gwen genießt die Massage mit geschlossenen Augen, richtet sich dann auf, zieht die Jeans herunter, legt sich wieder hin und sagt: „Hier, damit es dir nicht langweilig wird!"

In diesem Augenblick taucht ein Trecker am Ende der Wiese auf, der dort seine Bahnen zieht und wahrscheinlich das Gras mäht. Friedel wird nervös und schaut immer wieder, ob er näher kommt. Gwen dagegen bleibt ganz entspannt liegen und sagt: „Don't worry! Keep calm!" Friedel hat den Eindruck, sie genießt geradezu das Gefühl, nackt auf der Wiese zu liegen, während ein Trecker in der Nähe ist. Sie zieht erst Friedels Kopf und dann den ganzen Friedel zu sich herunter und flüstert: „Komm, das dauert noch eine ganze Weile, bis der hier ist. Mach dir keine Gedanken!" Aber Friedel kann sich überhaupt nicht mehr konzentrieren, er kann das Gefühl, dass er jetzt auf Gwen liegt, gar nicht genießen. Seine Bewegungen werden fahrig, in seinem Kopf dreht sich alles um die Frage: „Kann der uns schon sehen? Was ist, wenn der direkt zu uns herfährt?"

Gwens Küsse und ihre Hände, die sich von seinem Rücken langsam weiter nach unten vorarbeiten, sollten ihm eigentlich Genuss verschaffen, stattdessen gerät er in Panik, so dass Gwen ihm schließlich einen dicken Kuss auf die Nase gibt und sagt: „Oh, you are so sweet, but very shy!" Sie steht auf, streckt sich noch einmal genüsslich in der Sonne, schüttelt ihre rote Mähne, zieht sich ihre Jeans wieder über und auch ihr T-Shirt. Sie nimmt Friedel an der Hand und zieht ihn hinter sich her, gibt ihm einen Klaps auf den Po und lacht: „I didn't know that you German guys are so very shy!" Friedel entschuldigt sich, aber sie versichert ihm, dass sie es trotzdem schön fand.

Als sie außerhalb der Sichtweite des Treckers sind, setzt sie sich mit Friedel auf einen großen Stein am Fluss, etwas geschützt durch eine Hecke mit dunklen Beeren. Friedel fragt: „Kann man im Fluss schwimmen?"

„Ja, er ist nicht besonders tief, aber planschen kann man auf jeden Fall. Hast du Lust?"

„Ja, du auch?"

Statt einer Antwort zieht sie ihm das T-Shirt über den Kopf und macht sich an seiner Hose zu schaffen. „Ich

muss doch mal gucken, wie du aussiehst, German boy!"
Sie zieht seine Jeans und Unterhose ganz langsam herunter. Er möchte sie auch berühren, aber sie nimmt seine Hände zurück und sagt lachend: „Jetzt bin ich dran! Schau in den Fluss, hör ihm zu! Er macht Musik für dich!" Und während er dem Rauschen und Glucksen des Flusses zuhört und auf die kleinen Wasserstrudel und großen, runden Steine schaut, die von den kleinen Wellen umspült werden, sorgt sie mit ihren Händen und ihrem Mund für ein Feuerwerk der Sinne, wie er es noch nicht erlebt hat. Als er fast besinnungslos auf die Knie sinkt, zieht sie sich schnell aus und zieht ihn mit ins kalte Flusswasser.

Als sie beide ins Zollhaus zurückkehren, schwebt Friedel wie auf einer Wolke. Gwen und er kichern albern über jede Bemerkung, und sei sie noch so banal. Händchen halten sie auch, aber nur bis in Sichtweite des Hauses. Jenny begrüßt beide mit einem dicken Kuss und freut sich, dass es ihrer Freundin wieder gut geht. Sie erzählt, Charly hätte angerufen und würde über Nacht in Cardiff bleiben, weil er mit seiner Arbeit nicht fertig geworden wäre. Dabei zwinkert sie Friedel zu. Der bekommt sofort wieder einen roten Kopf und denkt: *Reicht ein Blick und sie weiß alles?* Sie schaut noch einmal zu ihm hinüber und nickt. Er denkt: *Anscheinend kann sie auch noch Gedanken lesen!* Auch Dylan scheint gerochen zu haben, was im Busch ist und kündigt an, er werde sich abends mit Freunden im Pub zum Fußballgucken treffen, es würde bestimmt spät werden.

Jenny hat Bratwürstchen mit überbackenen Kartoffeln und Gemüse gemacht und gibt Dylan noch ein Würstchen auf den Weg mit, bevor er geht. Dann sagt sie strahlend: „So, den Rest müssen wir jetzt alleine aufessen!"

„Ich weiß nicht, ob wir das schaffen!" erwidert Gwen und wendet sich zu Friedel: „Kannst du ganz viel essen?"

„Ja, ziemlich viel, wenn ich Hunger habe so wie jetzt. Aber ihr müsst mich dabei unterstützen, sonst klappt das nicht!"

„Wir haben ja den ganzen Abend Zeit!" sagt Jenny und schaut träumerisch zum Fenster.

„Ja, es sei denn, uns fällt noch etwas anderes ein, was wir machen könnten!" sagt Gwen und kichert schon wieder. Jenny prustet das Wasser aus, das sie gerade getrunken hat, und Friedel bekommt schon wieder einen roten Kopf. Sie holt drei Flaschen Bier aus dem Kühlschrank, öffnet sie und verteilt sie. Sie stoßen an und trinken erstmal einen Schluck im Stehen: „Auf einen schönen Abend!" Dabei fällt Friedel auf, dass die obersten Knöpfe an Jennys Bluse offen stehen, so dass man tief in ihr Dekolleté gucken kann. Gwen bemerkt, wo er hinschaut und flüstert ihm ins Ohr: „Das gibt's erst zum Nachtisch!"

Sie setzt sich neben Friedel auf die Bank, Jenny holt Töpfe und Pfanne vom Herd und setzt sich ihnen gegenüber. Gwen flüstert Friedel zu: „So, da hast du jetzt einen hübschen Ausblick!". Jenny fragt, was sie beide da immer flüstern. Friedel antwortet: „Ach, nichts!" Aber Gwen platzt heraus: „Wir sprechen über deine tollen Brüste, mein Schatz. Komm, zeig sie uns doch mal ganz!" Auch Jenny steigt jetzt die Röte ins Gesicht, sie lacht verlegen, fragt: „Sollen wir nicht erst einmal essen, sonst wird's kalt?"

„Klar essen wir erstmal. Aber das geht doch auch ohne Bluse. Dann wird dem Friedel so heiß, dann isst der auch kalte Würstchen!" Gwen muss über ihren eigenen Witz kichern, Friedels Gesichtsfarbe ähnelt inzwischen einer sehr reifen Tomate, er nimmt noch einen großen

Schluck aus der Bierflasche. Jenny nimmt auch einen kräftigen Schluck, schaut ihn fragend an, er nickt, dann knöpft sie die Bluse ganz auf und lässt ihre prächtigen Brüste sehen. Mit einem kurzen Schwung entledigt sie sich der Bluse und wirft sie hinter sich. „Sind sie nicht fantastisch?" fragt Gwen, Friedel nickt und brummt zustimmend. Jenny wünscht guten Appetit und fängt an zu essen. Friedel ist viel zu aufgeregt um zu essen und schaut immer nur hinüber zu Jennys schönen, schwungvollen Rundungen.

„Schmeckt's dir nicht?" fragt Gwen.

„Doch, doch", stottert Friedel, „aber ich bin so abgelenkt, ich glaube, so etwas Schönes hab ich noch nicht gesehen!"

Gwen tut empört: „Nun hör dir das an, als du mich vor ein paar Stunden nackt gesehen hast, da hast du so etwas nicht gesagt!"

Dann lacht sie, küsst Friedel auf den Mund und sagt: „Nee, ist schon okay, Jenny ist eine richtige Frau und eine Schönheit. Ich bin nur ein hübsches Mädchen!"

Jenny hat ihren Teller schon leer gegessen, steht auf, kommt um den Tisch herum zu Gwen, zieht ihr das T-Shirt über den Kopf, umfasst mit beiden Händen ihre Brüste und sagt: „Wer ist hier die Schönheit, Gwen? Solche tollen Haare wie du und solch einen schlanken Körper mit so niedlichen Brüsten hab ich mir immer gewünscht."

In diesem Augenblick hupt es draußen. Jenny ruft: „Friedel, kannst du bitte zur Schranke gehen, wir können gerade nicht rausgehen!"

Friedel stürmt hinaus, schnell, damit keine der beiden mitkriegt, dass er gar keinen Platz mehr in seiner Jeans hat. Im Dämmerlicht steht ein kleiner Mini, eine hübsche Frau lehnt sich aus dem Fenster und schaut ihm zu, wie er sich nähert. Er dachte, er würde in der frischen Abendluft abkühlen, aber das Gegenteil scheint der Fall zu sein. „Oh", sagt sie lächelnd, „ein neuer Mann?" Sie reicht ihm einen Schein. Er sagt, er könne nicht wechseln, gräbt verzweifelt in seinen Hosentaschen nach Kleingeld, spätestens jetzt muss sie gesehen haben, was er verbergen wollte, denn sie schaut ihm intensiv bei seiner Suche zu. „So, what now?" fragt sie und lächelt noch immer. Er gibt ihr den Schein zurück, sagt, sie solle beim nächsten Mal bezahlen, macht die Schranke hoch und lässt sie durch. Sie wirft ihm eine Kusshand zu, drückt noch einmal kräftig auf die Hupe und braust davon.

Er muss erst einmal um das Haus herumgehen und tief die würzige und vom Fluss her etwas feuchte Abendluft einatmen. In was für einen Film ist er hier hineingeraten? Er ist nicht gerne Hauptdarsteller, lieber Statist. Er beobachtet lieber aus sicherer Entfernung, als vorne im Rampenlicht zu stehen. Aber heute Abend gerät er immer wieder auf die Bühne. Wie wird es weitergehen? Es ist unheimlich aufregend, er ist neugierig, aber er hat auch Angst vor der eigenen Courage.

Als er in die Küche kommt, tanzen die beiden Frauen eng umschlungen, auf dem Plattenspieler läuft Santana, Samba Pa Ti, ein wunderbar langsamer Latino-Klammerblues. Sie sind jetzt beide völlig nackt. Sie scheinen ihn gar nicht zu bemerken, die Musik ist laut und sie sind völlig versunken in ihre gefühlvollen Bewegungen und zarten Liebkosungen. Carlos Santanas Gitarre windet und schraubt sich in immer neue Höhen, sie klagt und stöhnt. Den beiden Frauen läuft der Schweiß über den Rücken, bei Jenny rinnt er in hundert Bahnen über ihre Rundungen. Sie tanzen wie in Trance, und es ist nicht nur Santanas Gitarre, die seufzt, stöhnt und schreit.

Erst jetzt entdecken sie ihn, der sich ganz leise auf die Bank gesetzt hat, um nicht zu stören und bei dem Schauspiel zuschauen zu dürfen. Beide haben völlig aufgelöste Haare und einen ganz verschwommenen Blick. Jenny ruft: „Jetzt bist d u dran!" Sie packt ihn bei den Schultern, Gwen an den Beinen, gemeinsam tragen sie ihn in Charlys Zimmer und werfen ihn mitten auf das große Bett. Während Jenny ihm das T-Shirt über den Kopf zieht, kommen ihm ihre Brüste so nahe, dass er gar nicht anders kann, als sie mit den Lippen zu berühren und zu küssen. Den ganzen Abend schon hat er sie angeguckt und sich vorgestellt, wie sie sich anfühlen und schmecken! Und jetzt hängen sie hier wie Glocken über ihm, salzig und süß zugleich, zart und weich. Als er die Hände zu Hilfe nehmen möchte, hält Jenny seine Hände fest und versteckt sie hinter seinem Rücken: „Hände sind verboten!"

Zur selben Zeit knöpft Gwen behutsam seine Jeans auf und streift sie ihm ganz langsam ab. Friedel überlässt sich willig den beiden Frauen und gerät in einen Rauschzustand, in dem er den Eindruck hat, er verlasse seinen Körper und nehme als Zuschauer an etwas teil, das so phantastisch ist, dass er nicht mehr weiß, ob es Wirklichkeit ist oder Traum. Auch seinen eigenen Körper hat er willenlos hingegeben, sie können mit ihm machen, was sie wollen und sie machen es sehr gut. Es ist ein Gefühl, als ob man im Meer von großen Wellen mitgerissen wird, als ob einem der Boden unter den Füßen weggerissen wird und man nicht mehr weiß, wo oben und wo unten ist. Er schließt die Augen, um intensiver fühlen zu können. Ist das wirklich sein Körper, den er da fühlt? Er hat das Gefühl, seine Wirbelsäule sei ein gespannter Bogen und es werden Pfeile abgeschossen, ohne dass er selbst etwas dazutut. Er fühlt wechselnde, weiche, erhitzte Körper auf, über, unter und neben sich, er hört Schreie und weiß nicht, zu wem sie gehören. Dann hat er das Gefühl, er taucht in eine dunkle, tiefe Stille.

Als er am nächsten Morgen beim Frühstück sitzt, ist er wie benommen. Dylan sitzt ihm gegenüber und spricht über irgendein Fußballspiel, als wäre sonst nichts Wichtiges passiert, während seine Gedanken immer wieder zum letzten Abend und zum Rausch der letzten Nacht wandern. Hat er das wirklich erlebt oder nur geträumt? Nein, als er aufwachte, hatte er seine Hand auf Jennys Bauch und ihre Haare im Gesicht. Gwen war anscheinend in ihr eigenes Bett umgezogen. Er setzte sich vorsichtig auf. Die Morgensonne schien ins Zimmer, mitten auf Jennys friedliches Gesicht. Er küsste sie ganz sacht, damit sie nicht aufwachte, suchte auf der Erde Hemd und Hose zusammen und schlich aus dem Zimmer.

In der Küche traf er Dylan, der sich schon einen Kaffee machte und ihm einen mitbrühte. Ob Dylan irgendetwas mitbekommen hatte? Ob Gwen ihm etwas erzählt hatte? Oder war er sogar hereingeplatzt? Wenn ja, ließ er sich nichts anmerken. Als Dylan ihn etwas fragt, merkt er, dass er ihm überhaupt nicht zugehört hat. Er entschuldigt sich damit, dass er noch so müde sei und gähnt ausgiebig. Dylan wiederholt seine Frage: „Wohin fährst du als nächstes?" und es klingt ein bisschen wie: *Wann fährst du endlich wieder weiter und lässt uns hier in*

Ruhe? Oder interpretiert er da etwas hinein? Er fühlt sich etwas unbehaglich in dieser Position. Was hat er nur angerichtet hier? Er beschließt in diesem Augenblick, nach dem Frühstück weiterzufahren und teilt Dylan dies auch direkt mit. Schöner als gestern kann es nie mehr werden, und wie sagt seine Oma immer? *Man soll aufhören, wenn es am Schönsten ist.*

Als Jenny und Gwen in der Küche auftauchen, teilt Friedel ihnen seinen Entschluss mit. Es ist merkwürdig still in der Küche. Man hört das Ticken der Wanduhr. Keiner weiß so recht, was er sagen soll und Friedel merkt, dass Dylan anscheinend nichts weiß oder nicht wissen will, was am Tag und in der Nacht zuvor passiert ist. Schließlich geht Jenny hinaus und fragt: „Friedel, kannst du mir bitte mal helfen?" Er folgt ihr hinaus in den Garten, sie pflückt Himbeeren, harkt das Gemüsebeet, zieht Unkraut heraus und unterhält sich dabei mit ihm.

„Es ist ganz gut, dass Gwen und Dylan jetzt mal alleine sprechen. Ich glaube, du hast schon geschlafen, als Dylan nach Hause kam. Er klopfte bei mir an die Tür und fragte, ob Gwen bei mir wäre. Ich habe dich zugedeckt und Gwen ist zu ihm hinüber gegangen. Aber er hat, glaube ich, gemerkt oder zumindest geahnt, dass wir dort zu dritt geschlafen haben. Ganz dumm ist er ja nicht. Andererseits ist es ja auch kein Verbrechen, was wir getan haben. Weder Gwen noch ich sind verheiratet oder haben irgendwem irgendwas versprochen. Es war übrigens die schönste und wildeste Nacht, die ich je erlebt habe. Wir waren wie im Rausch, wie unter Drogen! Dabei haben wir nur ein bisschen Bier getrunken!"

Sie kichert und steckt Friedel ein paar besonders reife Himbeeren in den Mund. Er grinst und küsst sie, so dass der Himbeersaft aus dem Mund läuft und von ihrem Kinn heruntertropft in ihre Bluse. Sie guckt nach unten und sagt: „Oh, kannst du das bitte wieder saubermachen?" Er küsst ihr die roten Himbeertropfen vom Ausschnitt, knöpft die Bluse etwas weiter auf, murmelt: „Ich glaube, da ist etwas noch tiefer gelaufen!", küsst ihre Brüste ab und saugt an ihren himbeerroten Brustwarzen mit dem Kommentar: „Da sind noch zwei Himbeeren!"

„Du bist ein schlimmer Junge!" lacht sie. „Gwen erzählte, du seist sehr schüchtern. Das kann ich nicht bestätigen!" Sie gibt ihm ein Körbchen mit Himbeeren mit: „Hier, das nimmst du mit auf deine Fahrt, damit du immer, wenn du eine naschst, an mich denkst! Ich hoffe, du vergisst mich nicht so schnell!"

„Danke, Jenny! Ich werde dich nie vergessen, auch wenn die Himbeeren längst alle sind! Und Gwen und alles, was gestern passiert ist, ebenfalls! Ich hoffe, dass ihr beste Freundinnen bleibt, euch nette Männer aussucht, die gut zu euch sind und dass ihr glücklich werdet!"

Als er alle seine Sachen in der blauen Kastenente verstaut hat, kommt Gwen ans Auto, wischt mit einem feuchten Lappen einen runden Fleck an der Hecktür sauber, trocknet ihn mit einem Staubtuch und klebt dann einen Aufkleber darauf. „Hier, damit du immer daran denkst, wo du warst!" sagt sie. Ein feuerroter Drachen mit weißgrünem Hintergrund und der Aufschrift: *Cymru am Byth.*

„Das heißt Wales forever!"

„Ich weiß! Vielen, vielen Dank, Gwen! So hab ich immer eine Erinnerung an dich am Auto!"

„Ja, vergiss uns nicht! Ich hoffe, dass du in Germany so nette Mädels findest wie Jenny und mich!"

„Oh, da werde ich aber lange suchen müssen, fürchte ich! Kann ich euch beide nicht einfach einpacken und mitnehmen? Ich hab ja genug Platz!"

„Nein, unser Platz ist hier! Wer soll denn sonst die Schranke hochmachen, wenn ein Auto über die Brücke will?"

Gwen lacht, aber in ihren Augen sind Tränen. Friedel küsst sie, da klammert sie sich wie eine Ertrinkende an ihn und seufzt: „Warum lasse ich dich gehen? Solche wie du wachsen hier nicht auf den Bäumen!"

Dann gibt sie ihm einen Klaps auf den Po und sagt: „So und jetzt hau endlich ab, sonst fang ich noch an zu heulen!"

Noch Stunden später singt und summt er die beiden Lieder, die sie zum Abschied gesungen haben: *Leaving on a Jetplane* und die walisische Hymne *All through the Night*. Der Nieselregen passt zur Stimmung und hüllt die sanft grünbraune, hügelige, unendlich einsame walisische Landschaft wie in weiche Watte. Die kleinen, kurzatmigen Scheibenwischer kratzen den Begleittakt dazu. Nein, heulen kann er nicht, aber ihm ist zum Heulen zumute. Jenny weinte beim Abschied. Gwen versuchte das Weinen mit frechen Bemerkungen tapfer aufzuhalten, aber man konnte schon merken, dass es nicht lange gut gehen würde. Warum ist er eigentlich dort weggefahren? Warum ist er nicht geblieben? Für immer? Irgendeinen Lebensunterhalt würde er schon finden dort im Zollhaus am Fluss. Er hat noch nicht einmal die Adresse notiert oder die Nachnamen. Es ist nicht zu fassen! Er ist einfach überstürzt aufgebrochen, als er hätte er Angst vor dem, was passieren könnte, wenn er sich dort festsetzt.

Aber ihm bleibt die Erinnerung, das ist tröstlich. Jede Faser seines Körpers trägt diese Erinnerung in sich, umhüllt ihn wie der Wattenebel dort draußen, schützt ihn, egal was noch kommt. Der Abschied schmeckt bitter, aber die Erinnerungen sind süß wie Honig. Abends stellt er sich mit dem Auto unter einen knorrigen Baum, gegenüber weiden Schafe und blöken ihre Einwortsprache in verschiedenen Tonlagen und Längen. Nein, Menschen will er heute gar nicht mehr sehen, die einsilbigen Schafe und die Einsamkeit der Landschaft sind ihm gerade recht. Der Regen hat aufgehört, aber die Wiesen dampfen noch. Später am Abend reißt der Himmel auf und ein blutroter Vollmond leuchtet durch die Wolkenfetzen.

Am nächsten Morgen weckt ihn die Sonne, sie scheint ihm mitten auf die Nasenspitze, als wollte sie sagen: „Komm, Jung, steh auf, das Leben geht weiter!" Er kauft sich im nächsten kleinen Ort Brot, gelben Cheddarkäse, Salami und Milch und fährt weiter bis zum Meer. Der Strand ist dunkel und auch die Irische See sieht fast schwarz aus. Aber die Wellen tun ihm gut, sie schmeißen ihn um und schütteln ihn durch. Er rennt den steinigen Strand entlang, um wieder warm zu werden, und setzt sich dann in sein Auto, um erst einmal zu frühstücken. Auch hier ist alles menschenleer, aber Friedel vermisst die Menschen noch nicht. Er kocht sich einen Hausfrauenkaffee auf seinem Campinggas-Kocher und freut sich über die sahnige Milch aus der kleinen Flasche, die sich in weißen Wolken mit dem schwarzen Kaffee vermischt.

Eine Zeitlang fährt er an der Küste entlang, dann biegt er wieder ab in die Hügellandschaft und Einsamkeit. Vorher hat er in einem kleinen Ort mit unaussprechlichem Namen an einer kleinen Imbissbude aus weißem Holz Fish and Chips gegessen, sehr fettig und in Zeitungspapier gewickelt, ein Bier getrunken und wehmütig an Jennys leckere Gerichte im Zollhaus gedacht. Das hat er nun davon. Er ist einfach gegangen, noch nicht mal eine Telefonnummer hat er. Als er abends an einem kleinen Flüsschen campiert, muss er erstmal eine John Player rauchen, um den öligen Geschmack im Mund und den dicken Klumpen im Magen loszuwerden. Als das noch nicht so richtig hilft, geht er an seinen kleinen eisernen Schnapsvorrat gegen Erkältungs- und alle sonstigen Krankheiten.

Die nächsten Tage erlebt Friedel wie in Trance, als sei er aus dem walisischen Traum noch nicht richtig wieder aufgewacht. Er genießt es, als einsamer Trucker durch die schönen englischen und schließlich schottischen Landschaften zu fahren, hier und dort zu halten, etwas zu kaufen, ein Bad zu nehmen, ein Bier zu trinken, etwas zu essen. Aber es ist so, als ob er in einem Film mitspielen würde, die Landschaft, die Menschen ziehen an ihm vorbei wie auf einer Leinwand, er ist nur Statist und weiß manchmal gar nicht so richtig, wo er sich jetzt gerade befindet, warum er hier langfährt und nicht da. Er lässt sich treiben in Richtung Norden, nimmt die kleinen Straßen und vermeidet die Motorways. Traumhaft schön ist es immer wieder, aber es berührt ihn nicht wirklich, er nimmt es dankbar hin. Und ab und zu bekommt er den Blues, wenn er an Jenny und Gwen denkt. Was sie wohl jetzt machen? Ob sie auch an ihn denken?

Den langen Weg zur schottischen Insel Iona macht er umsonst. Auf dem Rückweg über die endlose, einsame Landstraße kommt ihm ein Bus entgegen. Für einen kleinen Moment hat er im Vorbeifahren das Gefühl, an einem Fenster Tom erkannt zu haben. Kann das denn sein? Nein, die Frau auf Iona hatte ja gesagt, Tom wäre schon wieder zurück nach Deutschland gefahren. Trotzdem, er hat ihn zwar nur für den Bruchteil einer Sekunde gesehen, aber sein Gefühl sagt ihm: Das war er! Soll er umdrehen und dem Bus hinterherfahren? Und wenn es dann doch jemand anderes war, der nur so ähnlich aussah? Er kann sich nicht entscheiden, und je länger er darüber nachgrübelt, desto näher kommt er dem schottischen Festland.

Alles ist so unwirklich, wie im Traum. Auch als er Ele und Paul in Fort Williams trifft, merkt er, dass er eigentlich gar nicht richtig dort ist, sondern mit seinem Kopf in einem walisischen Traum, der ihn in einen Nebel hüllt, den man von außen kaum durchdringen kann. Auf dem Rückweg nimmt er die großen Straßen und Motorways, er möchte schnell zurück nach Köln, um endlich wieder nach Hause zu kommen. Als er die Domspitzen in der Ferne sieht, jubelt er.

Drei-Prinzen-Hochzeit

Die kleine Ola ist wieder da! Sie war für ein Jahr im Ausland und ist gerade wieder zurück, meldet sie Friedel am Telefon. Sie hat eine Wohnung im nördlichen Ruhrgebiet gemietet und fragt, ob Friedel ihr beim Renovieren am kommenden Wochenende hilft. Klar hilft er! Er hat sie vermisst, freut sich auf ihr ansteckendes Lachen, auf ihre Unternehmungslust. Freut sich, dass sie zusammen

Musik machen werden und beim nächsten Karneval wieder gemeinsam durch die Kneipen ziehen können. Ein bisschen Bauchkribbeln ist auch dabei. Ola ist ihm sehr vertraut und nahe, und ein paar Mal sind sie sich auch sehr nahe gekommen. Aber es war immer eine kleine Sperre dabei. Immer, wenn der eine etwas mehr wollte, ging es beim anderen gerade nicht.

Wie singt Paul Simon so schön: *The problem is all inside your head she said to me.* Es war in der Tat ein Kopfproblem. Einer von beiden war immer im Kopf blockiert, meistens Friedel, manchmal Ola. Sie konnten die Sache stets prima besprechen und regeln und beim nächsten Mal die Regel dann wieder umwerfen. So blieben ihre Treffen immer spannend. Auch diesmal kribbelt es, als Friedel nach Oer-Erkenschwick fährt und sich wundert, dass das nördliche Ruhrgebiet so ländlich und idyllisch aussieht. Die Wohnung ist riesig für eine Studentenwohnung, hell, hübsch – aber am Arsch der Welt.

Ola hat nicht nur ihn zum Renovieren eingeladen, das ist schlau von ihr, weil die Arbeit sich besser auf mehrere verteilt. Friedel kennt die beiden vom Karneval: Manni ist gefühlt doppelt so groß wie Ola, hat einen Bart, war ein Jahr in Afrika als Entwicklungshelfer, kommt wie sie ebenfalls aus Recklinghausen, ist dort mit ihr zur Schule gegangen. Also ein sehr alter und vertrauter Freund. Die beiden sind schon in der Schulzeit ein Paar gewesen und haben sich seitdem diverse Male getrennt, aber auch immer wieder gefunden. Manni und Friedel kennen sich vom Sehen und gemeinsamen Unternehmungen und mögen sich. Das liegt auch an der Musik, Manni spielt mit der Mandoline Melodien einfach so mit, das klingt schön und passt prima zu den Folksongs, die sie gemeinsam ausprobieren. Ola spielt dazu mit ihrer Blockflöte und singt, Friedel begleitet mit der Gitarre und singt zweite Stimme.

Den anderen Helfer kennt Friedel auch vom Musikmachen und Karneval feiern: Tomte aus Bonn. Auch ihn kann er gut leiden, Tomte singt in Bonn in einem Studentenchor und liebt Vokalmusik, besonders die der Renaissance. Das findet Friedel sehr sympathisch, wer kennt und mag sonst schon solche Musik? Am Anfang wird geflachst und Kräutertee getrunken, dann werfen sich alle vier in die mitgebrachten alten Klamotten, kleben Leisten, Fenster und Türen mit Tesakrepp ab, mischen Farben, teilen Rollen und Pinsel auf und legen los. Die Stimmung ist gut, es macht Spaß, zusammen zu streichen. Im Laufe des Tages leert sich der bereitgestellte Kasten Bier allmählich. Am Abend ist das Gröbste geschafft, die Zimmer sind gestrichen. Jetzt kommt noch der Fummelkram: Das Klebeband wieder ablösen, die Steckdosen und Lichtschalter wieder einsetzen, Flecken entfernen, Schönheitskorrekturen anbringen, Pinsel, Rollen und Abstreifer auswaschen.

Ola hat Pizza für alle geholt, die wird zusammen in der Küche verspeist. Erstaunlich, was man für einen Hunger entwickelt nach körperlicher Arbeit. Das Bier ist inzwischen alle, sie steigen auf Wasser und Rotwein um. Friedel merkt, dass er eigentlich schon genug hat. Eine zufriedene Müdigkeit macht sich breit, die Gespräche werden immer häufiger durch Gähnen unterbrochen, Pausen entstehen, dem ein oder anderen klappen die Augen zu. Alle haben ihren Schlafsack mitgebracht, aber wer schläft wo? Und wo schläft die Prinzessin? Diese Fragen wandern durch Friedels Kopf, aber er stellt sie nicht laut. Er wartet hier einfach mal ab, wie sich das Ganze weiterentwickelt.

Tomte kippt plötzlich vor Müdigkeit fast vorne über, rappelt sich auf und brubbelt: „Ich muss schlafen, ich such mir nebenan ein Plätzchen!" Er nimmt eine Flasche Wasser mit und schlurft nach nebenan. Da sind sie nur noch drei. Friedel ist todmüde. Soll er mitgehen mit Tomte und die beiden alleine lassen? Er merkt, wie eingespielt Manni und Ola sind, wie ein altes Ehepaar. Als er ankam, hatte er das Gefühl, Ola hat sich die drei Jungs eingeladen, die ihr am besten gefallen und will mal schauen, wer ihr Herzbube wird. Alles ist offen. Inzwischen überwiegt das Gefühl: Eigentlich ist schon alles klar. Gegen so eine alte und intensive Beziehung wie die mit Manni haben Tomte und Friedel keine Chance. Sie haben netterweise geholfen und alles hat prima geklappt, aber jetzt schläft jeder schön in seinem Schlafsack und Manni und Ola verziehen sich diskret ins Schlafzimmer. Alte Gewohnheit siegt.

Genauso kommt es dann. Ola verabschiedet sich gähnend und danksagend in ihr Schlafzimmer. Manni und Friedel versuchen noch eine Zeitlang, den Rotwein und den Rest Erdnüsse leer zu bekommen, dann verabschiedet sich auch Manni in Richtung Schlafzimmer, wünscht eine gute Nachtruhe und Friedel sucht sich im Wohnzimmer einen Platz bei Tomte, der sich noch unruhig hin und her wirft. Friedel ist froh, endlich zu liegen und die Augen schließen zu können. Aber die Gedanken kreisen in seinem Kopf. Er denkt: *Egal, heute kann ich doch nichts mehr dran ändern! Jetzt erstmal schlafen, morgen kann ich immer noch überlegen, was das hier eigentlich für eine Veranstaltung war!*

Aber wie das so ist: Die Botschaft: *Jetzt erstmal schlafen!* entwickelt sich zum Bumerang. Je mehr er versucht, das Karussell in seinem Kopf anzuhalten, desto schneller dreht es sich. Oder ist es die Kombination aus Königs Pilsner und Chianti? Er hört den inzwischen einsetzenden Regen am Fenster, hört das Ticken einer Uhr, sieht den fahlen Schein der Straßenlaterne, der sich durch die Ritzen der Rollladen hindurchzwängt. Er hört seinen Nachbarn schwer atmen, ab und zu dreht er sich in seinem Schlafsack. Wie spät ist es eigentlich? Er sucht nach seiner Armbanduhr, die er irgendwo neben seinen Anziehsachen deponiert hat. Halb zwei. Jetzt wird es wirklich Zeit, mal zu schlafen. Aber wie?

Er probiert, mit dem Kopf in seinen Schlafsack zu kriechen. Jetzt sieht er die Straßenlaterne nicht mehr, hört auch das Ticken und den Regen nicht mehr. Dafür wird ihm nach ein paar Minuten so heiß, dass er mit dem Kopf wieder herauskommt und feststellt, dass sein T-Shirt nassgeschwitzt ist. Außerdem muss er mal. Er steht auf, sucht im dunklen, fremden Flur das Klo, stößt gegen mindestens zwei Farbeimer, dabei fällt ein Abstreifer laut klackernd auf die Erde. Kein Klopapier da! Wo kann es sein? Er wollte eigentlich kein Licht anmachen, weil er dann total wach ist, aber egal. Er tastet sich zum Lichtschalter an der Tür vor. Nichts passiert. Ach ja, der Strom im Bad ist ja abgeschaltet. Aber es gab abends eine Kerze. Er tastet das Fensterbrett ab und findet zuerst die Streichhölzer. Ah! Jetzt sieht er auch die Kerze und zündet sie an.

Natürlich hat Ola für Klopapier gesorgt! Er hätte sich auch gewundert, wenn sie das vergessen hätte. Nun ist alles gut. Aber Friedel ist hellwach. Er liest ein bisschen in der zerlesenen WAZ, die neben dem Klo liegt, und stellt fest, dass ihm der Kölner Stadtanzeiger wesentlich besser gefällt. Aber das war ja eigentlich nicht sein Hauptproblem. Doch was ist sein Hauptproblem? Die Frauen? Warum kämpft er nicht, wenn er Ola wirklich will? Weil es keinen Sinn hätte? Weil er zu bequem ist und Angst hat, sich zu blamieren? Weil er nie gelernt hat, um Frauen zu kämpfen, sondern stattdessen immer abgewartet hat, was sich ergibt? Oder weil er sich gar nicht so sicher ist, ob er Ola wirklich will?

Wahrscheinlich ist es eine bunte Mischung aus all diesen Gründen. Er sieht nur einmal mehr, dass er mit diesem Abwarten irgendwann immer vor vollendete Tatsachen gestellt wird, mit denen er sich dann abfinden muss. Wer lieber aus sicherer Entfernung zuschaut, sollte hinterher nicht meckern, dass er nicht mitspielen darf. So sieht's aus. Wie sagte die kleine Josi in Berlin einmal zu ihm: „Du bist wie dein Bruder und dein Vater, Friedel. Ihr bleibt immer auf Distanz. Ihr seid total nett und freundlich und interessiert, man kann herrlich mit euch plaudern und lachen und Musik machen, aber wenn es darauf ankommt, bleibt ihr an der Seitenlinie stehen! Weißt du, wie beim Fußball, ihr lauft nicht aufs Spielfeld, sondern ihr ruft oder kommentiert am Rand."

Er hatte damals nicht so ganz begriffen, was sie damit meinte und hatte stattdessen erst einmal die Komplimente für sich und seine Familie herausgepickt. Trotzdem hatte er diese Kritik gut in seinem Hinterkopf verstaut und im Laufe der Zeit wird ihm immer deutlicher, was Josi damit meinte. Sie ist Klavierstudentin, kommt aus Japan, wohnt seit einiger Zeit bei seinen Eltern und gehört dort zur Familie. Alle mögen sie und haben sie in ihr Herz geschlossen. Sie ist hübsch, klein, sehr emotional, oft ein

Sonnenschein, lacht gerne und oft, macht alles mit und trägt ihr Herz auf der Zunge. Mit Mutter Anna versteht sie sich blind, die beiden ticken ganz ähnlich. Für Oma, die inzwischen öfter mal etwas durcheinander bringt im Kopf, ist sie die „Kleine", wie das Jüngste der Familie. Dabei ist sie älter als Jan, Friedels großer Bruder. Aber sie sieht aus wie ein Kind und hat sich so viel Kindliches und Natürliches bewahrt, dass sie es sich gerne gefallen lässt, wenn Oma zu ihr „Kleine" sagt und ihr zärtlich übers schwarzglänzende Haar streicht.

Wenn Josi übt, staunt Friedel, wie sie mit diesen kleinen Fingern über die ganze Klaviertastatur tobt. Und er staunt, wie lange und konzentriert sie an einer Stelle üben kann. Josi hingegen sitzt gerne im Keller mit dabei, wenn Jan und Friedel mit zwei Gitarren oder Gitarre und Cello improvisieren. Dann staunt sie und sagt: „Was für schöne Musik man ganz ohne Noten machen kann!" Manchmal spielen und singen Jan und er auch ein paar der schönen alten Donovan-Lieder, eins davon ist wie gemacht für Josi:

Josie, I want feel ya, I want feel you, have no fear.
Josie, I want feel ya, I want feel you, the time is near.

Friedel merkt plötzlich, dass ihm die Beine eingeschlafen sind. Er springt vom Klo auf, fällt aber gleich wieder zurück, weil er gar kein Gefühl mehr in den Beinen hat. Seit wann hockt er hier schon auf dem Klo und philosophiert? Seine Armbanduhr zeigt kurz nach vier. Das kann doch nicht wahr sein! Oder hat er geschlafen zwischendurch? Jetzt kommt langsam das Kribbeln, das Blut strömt wieder in die Beine und erweckt sie zum Leben. Die Kerze ist fast runtergebrannt und gibt ihr letztes Licht. Er testet aus, ob er schon wieder stehen kann. Nein, er muss noch ein bisschen warten, die Beine strecken und schütteln.

Als er ins Wohnzimmer kommt, ist Tomtes Schlafsack leer. Er geht in die Küche, um sich etwas zu trinken zu holen, da steht Tomte und fummelt an der Kaffeemaschine herum. Er erzählt, dass er auch nicht schlafen konnte und eine Weile, nachdem Friedel verschwunden war, aufgestanden ist und einen Spaziergang gemacht hat. „Im Dunkeln?" fragt Friedel ungläubig.

„Guck mal raus, inzwischen dämmert es schon, total schön, selbst so ein totes Kaff wie dieses hier im Morgendämmer."

Es stimmt. Der ganze Himmel schimmert in rötlichen Farben. Alles ist ruhig und friedlich. Die beiden hocken sich an den Küchentisch und trinken erst einmal einen schönen Kaffee. Das Gespräch beginnt etwas stockend, am frühen Morgen kann man noch nicht so flüssig reden, besonders, wenn man nicht geschlafen hat. Aber als sie dann langsam in Fahrt kommen, stellt sich heraus, dass es ganz ähnliche Gedanken waren, die ihnen im Kopf herumspukten. Beide fühlen sich in eine merkwürdige Lage hineinmanövriert. Tomte erzählt, er wäre richtig wütend gewesen und wäre draußen umhergerannt und hätte geschrien, um die Wut rauszulassen. Auf die Idee ist Friedel gar nicht gekommen. Das ist typisch. Er fragt: „Und geht es dir besser?"

Tom nickt. „Ja, ist schon okay jetzt. Ich habe bloß keinen Bock, gleich fröhlich mit den beiden zu frühstücken und über dieses und jenes zu plaudern. Ich werde ein Zettelchen schreiben und dann nach Hause fahren nach Bonn."

Das ist eine gute Idee, findet Friedel und beschließt, genau dasselbe zu tun. Als sie sich draußen auf der Straße umarmen beim Abschied, sind sie sich sehr nahe. Die beiden Verlierer der Drei-Prinzen-Hochzeit. Das schweißt zusammen und macht stark. „Die werden sich wundern, wenn sie aufstehen!" kichert Friedel. Tomte grinst breit und steigt in sein Auto. Friedel fährt hinter ihm her auf der Autobahn, zwischendurch überholen sie sich ab und zu gegenseitig und winken und grinsen sich zu, bis Friedel schließlich in Köln von der Autobahn abbiegt.

Männer-WG

Im Sommer muss Friedels erste WG aus der Wohnung in der Alteburger Straße ausziehen. Es gibt einen neuen Hausbesitzer, Tony, große Schnauze, kleines Schlitzohr. Er möchte das ganze Haus renovieren und anschließend teurer vermieten. Das sagt er zwar nicht, aber es ist jedem klar, denn in ganz Köln ist eine Sanierungswut ausgebrochen, von der die Bläck Fööss schon gesungen haben. Die Sanierung ganzer Stadtviertel, bei der kein Stein auf dem andern bleibt und eine innerstädtische Völkerwanderung einsetzt. Alles zieht um, alles wird edel und teuer saniert, und für die, die wenig Geld haben, bleiben am Schluss nur noch die Ghettowohnungen am Stadtrand, in den trostlosen Hochhaussiedlungen.

Das eine Jahr in der WG funktionierte besser, als es nach dem stürmischen Beginn mit der Trennung von Eva aussah. Tom und Friedel machten viel gemeinsam und waren meistens die „Wohnungshüter", während Anni und Eva jede für sich viel unterwegs waren und immer nur kurze Gastspiele in der WG hatten. Auf einer sachlichen Ebene konnten Friedel und Eva miteinander kommunizieren, und mit Anni verstand er sich sowieso ganz gut, wenn sie da war. Als er von der Drei-Prinzen-Hochzeit nach Hause kommt, sitzen die beiden Mädel auf dem Balkon und trinken ein Gläschen Wein. Sie lachen, sind bestens gelaunt und fragen Friedel, ob er sich mit dazu setzen möchte. Er überlegt kurz, ob das klug wäre, aber weil er so nett gebeten wird, trinkt er ein Glas mit.

„Du siehst ziemlich wild aus", kichert Anni, „so als ob du nicht richtig geschlafen hast letzte Nacht!"

„Genau das ist mein Problem!" antwortet Friedel.

„Wo warst du denn?"

Friedel läuft rot an, druckst ein bisschen herum, trinkt noch einen Schluck, räuspert sich, während die beiden Frauen ihn interessiert und amüsiert beobachten. Anni muss immer wieder kichern, ein sicheres Zeichen, dass sie schon zu viel getrunken hat. Friedel gibt sich einen Ruck und denkt: *Was soll's, aus der Nummer komm ich sowieso nicht mehr heraus!* Er erzählt die ganze traurige Geschichte, erst stockend, dann immer flüssiger. Anni hört auf zu kichern und streut zwischendurch bedauernde Kommentare ein, selbst Eva scheint Mitleid zu haben. Er schmückt beim Erzählen die ganze Sache noch mit dem einen oder anderen Detail aus, weil er merkt, wie gebannt ihm die beiden zuhören. Er fühlt sich verpflichtet, ihnen eine wirklich interessante Geschichte zu bieten. Dabei merkt er, dass er sich innerlich schon etwas von dem gerade Erlebten distanziert hat, das hilft ihm dabei, eine schöne, rührselige Geschichte daraus zu machen.

Am Ende sind die Frauen trauriger als er, Anni kommt zu ihm rüber, drückt ihn und sagt: „Lass sie gehen, die Prinzessin, die hat dich nicht verdient!" Pikanterweise ist sie einmal der halbnackten Prinzessin im Badezimmer begegnet und weiß daher, um wen es geht. Eva sagt glücklicherweise nichts, aber er weiß von Tom, dass ihre Wut auf ihn und das Unverständnis über das, was ihr mit ihm passiert ist, sich inzwischen gelegt hat. Friedel hat das Gefühl, genug Zuwendung bekommen zu haben und wechselt das Thema:

„Habt ihr eigentlich schon was gefunden, wo ihr im August hinzieht?"

„Ich hab eine kleine Wohnung in der Brühler Straße angemietet. Ist alles schon unter Dach und Fach!" antwortet Eva. Ja, so kennt er sie. Wenn es um solche Dinge geht, ist sie ganz fix und immer perfekt. Wahrscheinlich hat sie auch den Umzug schon organisiert.

„Ich ziehe mit meinem Freund zusammen, wir probieren erst einmal, ob das in seiner Wohnung geht, sonst suchen wir uns etwas anderes." verkündet Anni. Auch das passt. Anni ist genauso schnell und gut organisiert, immer auf Zack!

Und wer weiß noch nicht, wo er in vier Wochen wohnen wird? Die beiden Jungs. Typisch! Obwohl es bei ihm besser aussieht als bei Tom. Tom kann sich nicht entscheiden, ob er mit seiner Flamme zusammen ziehen soll oder nicht, was vor allem daran liegt, dass er sie zum einen noch gar nicht gefragt hat und zum andern gar nicht so genau weiß, ob sie eigentlich noch zusammen sind, und wenn ja, ob er das eigentlich noch weiter möchte. Sehr komplizierter Fall.

Friedel dagegen hat zumindest ein heißes Eisen im Feuer. Sein Vorgänger als Cellist an der Musikschule in Troisdorf wohnt mit seiner Freundin vier Häuser weiter auf der Alteburger Straße. Ein altes Backsteinhaus, an dem sich seit dem Zweiten Weltkrieg nichts mehr verändert hat. Im Mauerwerk sieht man noch die Einschusslöcher, das Dachgeschoss ist gesperrt wegen Einsturzgefahr. Im Treppenhaus könnte man historische Filme drehen, die Stufen knarzen und krachen, wenn man nach oben geht und am Geländer hält man sich besser nicht fest mit Rücksicht auf die fragile, wurmstichige Holzkonstruktion. Aber die Wohnung im zweiten Stock ist der Hammer! Drei hohe, wunderschöne Räume, eine Küche, in der man auch essen kann und ein als Badezimmer dienender Raum, in dem eine Badewanne und ein alter, kupferner Boiler steht, der mit Kohle beheizt werden muss.

Der Kollege ist froh, dass Friedel die Wohnung gefällt. Er selbst und vor allem die schicke Freundin möchten gerne in einen Neubau ziehen. „Du glaubst gar nicht, wie sehr wir uns darauf freuen, keine Kohlen mehr schleppen zu müssen, einfach mal schnell duschen zu gehen und im Winter nicht alle Ritzen verstopfen zu müssen, damit es warm bleibt! Lasst ja die Holzplatten auf den Dielen drauf, sonst zieht es im Winter wie Hechtsuppe und ihr könnt euch durch die Dielenritzen mit Antonio, der drunter wohnt, unterhalten!"

Friedel ist begeistert. Das erste, was er machen wird, ist, die doofen Holzplatten rausreißen. Von einer Wohnung mit diesen typischen, dicken Kölner Holzdielen hat er immer schon geträumt. Kohleheizung ist kein Thema, das schafft er schon. Und das Beste: Diese Wohnung ist total billig! Zwei Dinge müssen jetzt noch geklärt werden: Die fast achtzigjährige Vermieterin, Frau Wachtel, muss zustimmen. Sie wohnt Parterre und ist schon ziemlich klapprig. Sein Kollege sagt, wenn sie da zusammen hingehen und den Mietvertrag dabei haben, dann wird das schon. Hoffentlich! Aber das andere ist – er muss natürlich wissen, mit wem er da rein zieht. Drei Leute, jeder hat sein eigenes Zimmer. Tom hat er natürlich zuerst gefragt. Aber der möchte entweder alleine wohnen oder mit Freundin.

Die anderen üblichen Verdächtigen wohnen alle schon in WGs oder so, wie sie gerne möchten und haben keinen Veränderungsbedarf. Friedel schaut sich in der Musik-Fachschaft noch einmal genau um und fragt dann einen etwas jüngeren, blondgelockten Studenten, den er vom Cellounterricht kennt und nett findet. Heiko sagt sofort zu und ist begeistert. Er bringt einen anderen Musikstudenten ins Gespräch: Arno, den will er mal fragen. Und siehe da, Arno kann sich das auch gut vorstellen. Friedel kennt Arno vom Sehen, hatte aber bisher wenig mit ihm zu tun. Ein dunkler Zottelbart mit Charakterkopf und Ansätzen von Glatze. Ein Mann mit Bodenhaftung und tiefer Stimme. Ein guter Kontrast zum quirligen Heiko. Sie treffen sich zusammen in der Kneipe und beschließen, eine Männer-WG aufzumachen.

Dann kommt der große Tag. Die drei haben sich ordentlich angezogen, jedenfalls für ihre Verhältnisse: Hemd statt Wollpulli, saubere Jeans und sind mehrmals mit der feuchten Hand durch die Haare gegangen. Friedels Kollege, der neben ihnen vor Frau Wachtels Haustür steht, ist noch viel schicker, aber das ist bei ihm die normale Verkleidung. Er lacht, als er die drei sieht und sagt:

„Wegen der alten Schachtel braucht ihr euch keine Mühe geben! Die hört kaum mehr was und sieht auch schlecht." Als sich nach dem dritten Klingeln noch nichts tut, bummert er mit der flachen Hand gegen die Türe, die dabei bedenklich in Schwingung gerät. Jetzt hört man schlurfende Schritte, es wird aufgeschlossen und einen kleinen Spalt geöffnet. Als sie ihn erkennt, öffnet sie die Tür ganz, guckt durch ihre schief sitzende Brille von einem zum anderen, lächelt und sagt dann: „Na denn mal herein, wenn's kein Schneider ist!"

Das Inventar ihrer Wohnung entspricht wahrscheinlich in etwa noch dem Originalzustand am Ende des Krieges, nur Fernseher und Radio sind seitdem dazugekommen. Frau Wachtel hat zur Feier des Tages nur ihren Morgenrock fest umgeschnürt. Gegen eine Vermietung an drei Männer hat sie anscheinend keine Einwände, im Gegenteil: „Ist doch immer gut, wenn man starke Männer im Haus hat!" sagt sie und lässt ein meckerndes Lachen folgen. „Hauptsache, ihr bringt mir am Monatsersten immer schön die Miete!" Das wird sofort versprochen. Um den Mietvertrag, den die Jungs mitgebracht haben, zu studieren, geht sie zur einzigen etwas helleren Birne in der Mitte des Wohnzimmers und hält ihn dicht vor die Augen. Es sieht so aus, als könne sie so gut wie nichts erkennen. Die drei Jungs haben schon den bisherigen Mietpreis, 350 Mark, eingetragen und unterschrieben. „Kommt doch morgen noch einmal vorbei, bis dahin hab ich mir das in Ruhe durchgelesen und unterschrieben!"

Friedel erledigt dies am nächsten Tag, er wohnt ja fast direkt daneben. Er bummert schon nach dem ersten Klingeln an die Tür, einmal, zweimal, ohne Erfolg. Da öffnet sich quietschend die Haustür und Frau Wachtel schlurft mit einer schweren Tasche herein. Sie kann im Halbdunkel des Hausflurs nicht erkennen, wer dort steht, so geht Friedel ein paar Schritte auf sie zu, stellt sich vor und fragt, ob er ihr die schwere Tasche abnehmen soll. „Ja gerne, Herzchen, dann kann ich schon mal den Hausschlüssel suchen!" Sie muss drei oder viermal zielen, ehe sie das Türschloss mit dem schweren Schlüssel trifft, aber sie bleibt gelassen und ruft, als sie es geschafft hat: „Heureka! Hab ich dich erwischt!"

In der Tasche klappern mehrere Bierflaschen aneinander, als Friedel sie auf den Küchentisch stellen will. „Mein Arzt sagt, ich soll viel trinken!" meckert sie fröhlich und packt die fünf Flaschen Küppers Kölsch aus. Dann folgen drei kleine Flachmänner, Schwarzbrot und ein Glas mit Rollmops. Der Mietvertrag liegt noch an genau derselben Stelle, wo sie ihn am Abend vorher hingelegt hat. „So, Herzchen, komm mal her." kräht sie, „Nun zeig mir doch mal, wo ich unterschreiben muss!" Aber der Kuli schreibt nicht. Sie sucht im Wohnzimmer und kommt schließlich mit einem alten Füller wieder, dessen Tinte allerdings eingetrocknet ist. Wahrscheinlich, weil er das letzte Mal zu Adenauers Zeiten benutzt wurde.

Zwischendurch erzählt sie Friedel noch schnell kleine Anekdoten aus ihrer Kindheit, die sie in diesem Haus verbracht hat: „Als Kinder sind wir immer im Rhein geschwommen. Das durften wir natürlich nicht, aber wen hat's gekümmert! Obwohl, einige meiner Freundinnen sind auch im Rhein ertrunken, das war nicht schön! Wir haben uns oft an die Flöße drangehängt, das waren lauter aneinandergebundene große Baumstämme aus dem Schwarzwald. Das war gefährlich, wenn man da drunter rutschte oder im Frühjahr in die starke Strömung kam.

Aber ich konnte gut schwimmen und bin immer wieder ans Ufer zurückgekommen, bloß manchmal zwei, drei Kilometer weiter rheinabwärts." Friedel staunt, Frau Wachtel grinst wie ein Backfisch. Sie hat einen ausgeprägten Sinn für Dramatik: „Na und einige Mädchen sind auch mit Absicht ins Wasser gegangen ..." Sie lässt eine bedeutungsschwere Pause. Als Friedel fragend guckt, ergänzt sie: „meistens aus Liebeskummer, oder weil ein Kind unterwegs war!"

Friedel muss ihr versprechen, nicht im Rhein zu schwimmen. Das hat er auch nicht vor, dazu ist der Fluss viel zu dreckig. Es reicht, wenn Joseph Beuys das in Düsseldorf gemacht hat, als Kunstaktion. Schließlich unterschreibt sie mit einem alten Bleistiftstummel und Friedel nimmt sich vor, ihr beim nächsten Besuch einige Kulis als Reserve mitzubringen. Er selbst schreibt nur sehr ungern mit Kulis und verschenkt sie darum gerne weiter. Er nimmt einen Vertrag mit, zahlt schon mal die Kaution, damit Frau Wachtel auch weiß, dass alles in Ordnung ist mit den neuen Mietern und verabschiedet sich.

Der Umzug geht schnell vonstatten bei Friedel. Er lädt zweimal seine Kastenente voll und lässt sie ein paar Meter weiter rollen bis zum neuen Haus. Das ist praktisch. Er hat tatsächlich Teppich und Platten rausgerissen und hat die rostroten alten Dielen schwarz gestrichen. Zwei schwere beige Vorhänge hat er von seinem Kollegen übernommen, Palettenbett und weißes Steinregal passen prima zum tiefschwarzen Boden. Mit seinen besten Zeichnungen und Fotocollagen hat er schon die Wände dekoriert und fühlt sich schnell heimisch im neuen, größeren Zimmer. Es ist angenehm kühl im Hochsommer.

Arno kommt mit einem kleinen LKW, den sein Vater auf der Arbeit organisiert hat. Er bringt auch einen Küchentisch, einen alten Küchenschrank und ein Sofa aus Aachen mit. Der Vater ist ziemlich entgeistert, als die Jungs ihm freudestrahlend ihre neue Wohnung zeigen und macht Bemerkungen wie: „Und dafür müsst ihr auch noch Miete zahlen, wie?" Noch entgeisterter ist er, als auch das Sofa in der Küche landet. „Papa, wir haben kein Wohnzimmer, das hier ist sozusagen Küche und Wohnzimmer gleichzeitig!"

„Oh je, Kind, gut, dass deine Mutter das nicht sieht!"

„Die hat sich nicht so wie du, die fände das gut!"

„Im Leben nicht! Ein Sofa in der Küche! Und dann noch in so einer ..." Er sucht nach Worten, bestimmt will er „Schrott" oder „Abriss" sagen, traut sich aber nicht und setzt dann fort: „... in so einer alten Wohnung!"

Friedels Eltern spendieren zum Umzug aus der Ferne in Berlin das Geld für eine neue Waschmaschine, bald steht ein nagelneues Siemens-Modell in der Badestube. Ja, es ist tatsächlich eine Stube. Der altersschwache graue Linoleumbelag über den Kölner Brettern verhindert notdürftig, dass das Wasser aus Badewanne und Spülbecken direkt bei Antonio im Stockwerk darunter landet. Den Transport der Waschmaschine von Saturn und die Installation übernehmen die drei Jungs natürlich selbst, das ist klar. Gummischläuche werden zurechtgeschnitten und gebogen, bis alles passt. Wunderbar, Maschine läuft! Ein paar Stunden später klingelt Antonio. Er ist gerade von der Arbeit zurückgekommen und seine Wohnung steht unter Wasser. Oh je! Antonio ist mehr frustriert als wütend. Er hat nämlich gerade vor ein paar Wochen seine Wohnung neu renoviert.

Die Jungs besehen sich das Malheur, die Suppe ist über die Tapeten nach unten in den Boden gesickert, zum Glück hat Antonio nicht auch die Kölner Bretter freigelegt, sonst wäre alles gleich weiter zu Frau Wachtel gelaufen! Antonio ringt die Hände, sagt abwechselnd immer: „Madre Dios!" und „Tapeciera, tapeciera!" Sie helfen ihm mit den notdürftigsten Aufräumarbeiten und versprechen, sich am Neutapezieren zu beteiligen, wenn alles getrocknet ist. Für die Waschmaschine wird ein Handwerker bestellt, der den Kopf schüttelt, als er das Bad sieht, dann aber tapfer und fachmännisch alles mit Wasserstop anschließt, für ein Scheinchen bar auf die Hand. Für die gusseiserne Badewanne, die in der Badestube steht, gelten ab sofort verschärfte Sicherheitsmaßnahmen, besonders beim Duschen, damit Antonios Wohnung in Zukunft trocken bleibt.

Wenn man baden oder warm duschen will, muss man ein paar Stunden vorher den Kupferkessel mit Kohlen aus dem Keller befeuern. Friedel duscht morgens schnell kalt, das bedeutet im Winter, dass auch die Raumtemperatur nur kurz über der Frostgrenze liegt und sich an den Fensterscheiben wunderschöne Eisblumen bilden. Es erfordert Überwindung, aber hinterher ist man richtig schön warmgerubbelt und hellwach. Das winzige Klo liegt hinter einer Tapetentür am Ende des Flures, es hat weder Fenster noch Abzug. Alle drei Jungs machen gerne längere Sitzungen, bei denen sie Zeitungen, Charlie-Brown-Comics, Werbeprospekte oder Seminarskripte studieren. Die Geruchsentwicklung im Flur ist manchmal entsprechend ungünstig, zum Glück zieht die Luft nach oben in Richtung des kriegsversehrten Dachstuhls relativ schnell ab.

Schnell haben sich in der neuen Männer-WG Rituale entwickelt. Die frisch gewaschene Wäsche wird im Badezimmer getrocknet und dann gefaltet auf die große, schwarze Kommode gelegt. Nach einer Weile ist die Nutzfläche der Kommode aufgebraucht, Handtücher-, T-Shirt-, Hemden- und Unterwäschestapel türmen sich so hoch, dass sie ständig umzukippen drohen. Auch der Sockenkasten quillt über, vor allem natürlich mit einzelnen Socken, denen der Partner abhandengekommen ist. Friedel und Heiko haben das Gefühl, dass Arno in seinem Zimmer so gut wie keine Wäsche aufbewahrt, sondern sich immer frisch vom Badezimmerstapel bedient. Arno bestreitet vehement, dass das alles seins wäre, er würde viele Sachen gar nicht kennen. Das mag zum Teil auch daran liegen, weil sich besonders bei weißen Anziehsachen der Farbton zuweilen ändert, bevorzugt in Richtung rosa oder babyblau. Und so bleiben tatsächlich für die nächsten Wochen bestimmte Stapel so lange liegen, bis Heiko und Friedel alle Sachen, die anscheinend keinem gehören, in einen Sack packen und zur Altkleidersammlung bringen. Der Schock scheint zu wirken, in der Folgezeit werden die Stapel etwas schneller abgeräumt.

In der Küche gibt es klare Zuständigkeiten. Arno ist ein genialer Koch, der gerne leckere Suppen und Gerichte zubereitet, natürlich nur, wenn er gerade Lust hat. Bei Heiko und Friedel halten sich die Kochkünste noch in Grenzen, aber sie schauen dem Chefkoch gerne über die Schulter, was er da so alles schnibbelt und hineinrührt, und holen schnell mal eben noch Zutaten, die gerade benötigt werden, vom Kaufmann um die Ecke, oder ein paar Flaschen Kölsch. Dann wird lecker zusammen gegessen und danach sind natürlich Friedel und Heiko für die umfangreichen Aufräumarbeiten in der Küche zuständig. Dabei gilt die Regel: Geschirr trocknet von alleine. Das heißt, alles muss äußerst geschickt und stabil auf der Spüle übereinander gestapelt werden, damit es passt. Wenn es umfällt, ist es trocken und kann ins Regal geräumt werden. Muss aber nicht. Man kann es auch wieder neu stapeln.

Auch Kochspuren an Herd und Wänden trocknen mit der Zeit und bröckeln dann schon mal ab, wenn man Glück hat. Wenn nicht, werden sie im Rahmen der Frühjahrsoffensive beseitigt. Unklar war Friedel lange Zeit, woher die seltsamen rötlich-braunen Sprengsel auf der Innenseite der Klotür stammen. Er nahm sie schon gar nicht mehr richtig wahr, so sehr hatte er sich an sie gewöhnt. Bis sich eines Tages im Gespräch zufällig herausstellte, dass er der Einzige war, der es nicht wusste. In den ersten Wochen der WG waren sie einmal abends auf der Rolle gewesen, wie immer die Alteburger Straße entlang Richtung Südstadt gelaufen, im Szenelokal „Spielplatz" eingekehrt. Dort hatten sie ein paar Stunden gesessen, geredet, gespielt und dabei jede Menge Bier getrunken, sodass sie auf dem Rückweg schon ein wenig schwankten und sich gegenseitig ab und zu etwas stützen mussten.

Irgendjemand, keiner weiß mehr, wer, war dann auf die blöde Idee gekommen, in der Kneipe gegenüber der Wohnung noch schnell einen Absacker zu trinken. Daraus wurden, weil es so gemütlich war, zwei oder drei Schnäpse. Als sie dann lallend die altersschwache Treppe hochtrampelten und dabei wahrscheinlich nicht nur den armen Antonio, sondern auch die schwerhörige Frau Wachtel aus dem Schlaf rissen, musste Friedel ganz schnell aufs Klo. Ihm war hundeelend, der kalte Schweiß lief ihm übers Gesicht. Als er merkte, dass die Speise- und Getränkereste nicht nur unten, sondern auch oben rauswollten, war es schon zu spät. Er versuchte, notdürftig, das Gröbste mit dem Handtuch und dem Klopapier wegzuwischen, aber ihm war immer noch so übel, dass er nur die Hälfte mitbekam.

Nach einer Weile klopfte Arno, der gemerkt hatte, dass Friedel gar nicht mehr vom Thron herunterkam, von draußen gegen die Tür und fragte: „Alles in Ordnung bei dir, Friedel?" Er berichtete, dass von drinnen nur undeutliche, aber sehr unwillige Laute kamen, die „Fuck off!", vielleicht aber auch „hackevoll!" heißen konnten. Beruhigt darüber, dass Friedel noch lebte, verzog er sich wieder in die Küche. Als Friedel dann endlich herauskam, waren die anderen schon längst im Bett. Er konnte sich nur sehr undeutlich an das alles erinnern, glaubte aber, dass er noch schön das Handtuch im Bad ausgespült und in die Waschmaschine und sich selbst danach ins Bett gelegt hatte. Am nächsten Morgen sahen die anderen das Malheur im kleinen Klo, gingen aber diskret darüber hinweg, in der Annahme, Friedel würde das schon noch zu Ende bringen. Der hingegen erinnerte sich am nächsten Morgen an so gut wie nichts mehr und wunderte sich, warum es dort so streng roch, forschte aber auch nicht näher nach. So blieb es viele Monate lang bei der gesprenkelten Klotür. Männer können äußerst verschwiegen sein.

Mit beiden Mitbewohnern kommt Friedel gut aus, aber zwischen Arno und Heiko gibt es zunehmend Spannungen. Sie sind einfach sehr verschieden. Arno hasst Hektik und Nervosität über alles, er ist mehr der ruhige Typ. Heiko ist oft nervös und hektisch, besonders, wenn er wieder einmal seinen Wohnungsschlüssel verlegt hat. Er hat sich schon einen nachmachen lassen, weil er den alten nicht mehr gefunden hat. Dann rast er durch die Wohnung, wühlt überall ziellos herum, gräbt in Jacken, Taschen, Schubladen und macht alle wild. Inzwischen fragt er auch nicht mehr Arno oder Friedel, ob sie ihm ihren Schlüssel borgen können, denn es ist nicht sicher, ob sie den auch wirklich wieder zurückbekommen. Friedel tut er immer noch leid, wie er da so ziellos durch die Wohnung rennt, Arno dagegen ist nur noch genervt und äußert sich entsprechend. Oft klingelt Heiko dann später, und wenn keiner da ist, sitzt er auch schon mal ein oder zwei Stunden im kalten Treppenhaus und wartet, dass jemand mit Schlüssel kommt.

Ein zweiter Punkt, an dem beide nicht miteinander klarkommen, ist die Musik. Arno ist ein genialer Feld- und Wiesenmusiker, der alles Musikalische, was ihn interessiert, aufsaugt und eben mal auf irgendeinem Instrument herunterklimpert – egal, ob Gitarre, Mandoline, Klavier, Klarinette oder was auch immer. Üben ist ihm fremd. Er spielt einfach, er improvisiert, er fummelt sich irgendwie rein. Und das hört sich nicht immer professionell an, ist aber immer musikalisch. Heiko dagegen ist ein Verbissener, ein Besessener. Egal, ob er stundenlang sein Cello traktiert wie ein Berserker oder Gesangsübungen bis in die höchsten Höhen macht, die ihm zur perfekten Tenorstimme verhelfen sollen: Er quält sich und seine unfreiwilligen Zuhörer bis zum Exzess. Und es macht ihn wahnsinnig, wenn Arno etwas, an dem er gerade Stunden vergeblich geübt hat, mal eben einfach so vor sich hin klimpert.

Auch dabei hat Friedel eher Mitleid mit ihm, auch wenn er besonders auf Heikos Gesangsübungen gerne verzichten könnte, die sind wirklich scheußlich. Vor allem, weil man hören kann, dass er sich umsonst quält. Eine bessere und geschmeidigere Stimme kann man nicht erreichen, indem man hohe Töne wieder und wieder herausschreit. Friedel hat öfter den Eindruck, Heiko kämpft dort gerade verzweifelt gegen irgendwelche Dämonen seiner Kindheit. Er erzählt oft, welche Schwierigkeiten er mit seinem Vater hat, vielleicht soll der ihn hören, fern im Bergischen Land.

Das Unglück will es, dass Arno und Heiko beim gleichen Gesangslehrer Unterricht haben. Jeder von ihnen ist überzeugt, dass er die Botschaft des Lehrers richtig versteht: Arno, indem er überhaupt nicht übt und nur singt, wenn er Lust hat. Heiko, indem er mit den hohen Tönen kämpft wie der heilige Georg gegen den Drachen. Das ist schon schlimm genug, noch schlimmer wird es dadurch, dass Heiko Arno überzeugen möchte, auch auf den richtigen Weg zu kommen. Da ist er bei ihm natürlich völlig an der falschen Adresse. Arno möchte überhaupt nicht mehr mit Heiko diskutieren, egal über welches Thema. Heiko macht ihm Vorwürfe: Arno würde von Heiko Musikstücke „übernehmen", er würde sich in Heikos Freundschaften einmischen. Friedel kann es sich nur mit der Frustration erklären, wenn man mitansehen muss, wie der andere ganz leicht und locker Dinge erreicht, für die man selber hart arbeiten oder kämpfen muss. Da entsteht Neid, Argwohn und Missgunst.

Friedel sieht sich immer mehr in einer Mittlerrolle. Ein bisschen neidisch ist er manchmal auch, wenn er sieht, wie Arno alles zufällt, ohne dass er sich dafür anstrengen muss: die Musik, das Studium, die Mädchen, das ganze Leben scheinbar. Arnos Problem ist eher die Qual der Wahl. Welches von all dem, was er haben und machen könnte, will er denn nun eigentlich wirklich? Arno ist auch nicht glücklicher als Friedel, aber wenn er über die Schwierigkeiten klagt, auszuwählen, hat Friedel wenig Mitleid und findet, das ist Jammern auf hohem Niveau. Arno kann sich umgekehrt nur schlecht in Menschen hineinversetzen, die sich alles erarbeiten müssen. Friedel hat von beiden Lebenskonzepten Anteile, es gibt Bereiche, wo ihm auch vieles zufällt, ohne dass er sich groß darum bemühen muss, besonders in der Musik. Aber er kennt auch dieses Laufen im Hamsterrad, dieses Gefühl zu rennen und rennen und trotzdem nicht zum Ziel zu kommen.

Was Friedel überhaupt nicht mag, sind diese Bekehrungsgespräche, bei denen man den anderen von seinem eigenen, allein seligmachenden Konzept überzeugen möchte. Das macht besonders Heiko gerne. „Guck mal, Friedel, soll ich dir mal zeigen, wie man das richtig macht?" Nein, soll er nicht. Lieber will Friedel es gar nicht lernen. Leider kann er dies nicht immer so deutlich äußern, nicht nur bei Heiko, auch bei anderen netten Leuten, die ihm mit den besten Absichten gewaltig auf die Nerven gehen. Ein freundliches, aber bestimmtes „Nein!" bekommt er nicht heraus, stattdessen kriegt er schlechte Laune.

Arno dagegen hat damit, anderen Leuten etwas vor den Kopf zu knallen und überdeutlich seinen Standpunkt klarzumachen, überhaupt keine Schwierigkeiten. Er ist gerade auf diesem Klar-und-deutlich-Trip. Wenn der andere dann bedröppelt im Regen steht und jammert, kommt unweigerlich der Kommentar: „Das ist d e i n Problem!" Das findet Friedel oft überzogen und gemein, obwohl er ein kleines bisschen davon gerne hätte. Aber er möchte nicht andere verletzen. Mit der Zeit stellt er auch fest, dass Arno seine Grobheiten sehr fein dosiert. Wen er besonders gerne mag wie Friedel, der bekommt selten die Schippe über den Kopf. Heiko dagegen und viele andere müssen bei Arno öfter in Deckung gehen.

Traum 6

Lernen, lernen, lernen. Die Prüfungen stehen bevor. Ich muss raus, damit der Kopf nicht platzt. Ich klettere auf einen hohen Berg, darauf ist ein Turm, da muss ich drauf. Von oben soll man ganz Köln überblicken können. Viele Stufen, aber endlich ist's geschafft. Aber wo stell ich den halbvollen Ölkanister hin? In die Ecke. Wird schon keiner klauen. Vom Ausblick bin ich enttäuscht, da ist gar nicht so viel zu sehen. Es geht dahinter immer noch höher, immer noch mehr Wald und Dickicht. Da plötzlich höre ich, wie dieser alte Turmwärter irgendetwas ausgießt. Ich renne hin, es ist bloß eine Wasserkanne! Ich sage ihm, dass der Ölbehälter in der Ecke von mir sei, ich würde ihn wieder mit nach unten nehmen. Er hält die Hand auf und sagt: „Unterstellgebühr! Wie lange?" – „Nur bis nachher!"

Dann sitze ich vor dem Zimmer des Direktors. Gleich haben wir Prüfung. Wir sind aufgeregt, alle laufen hin und her, da drüben läuft Ele und winkt herüber. Auch meine alte Klassenlehrerin Frau Büttner sitzt da, die mir damals auf der Klassenfahrt mal beschwipst gesagt hatte: „Friedel, du bist doch der intelligenteste von dem ganzen Haufen hier!" Die Büttner erzählt, dass das Kollegium eigentlich einen anderen Rektor wollte, aber die Stadt hätte sich durchgesetzt. Ist ein komischer Typ, ich hab Muffe vor der Prüfung, aber nicht vor diesem ulkigen Männchen. Der scheint das gerochen zu haben. Stühle werden gerückt, der Rektor schnauzt uns an, wir sollten vorsichtiger mit den kostbaren Stühlen umgehen.

Da reicht's mir. Ich sage: „Okay, okay, wir verzichten auf Ihre kostbaren Stühle!" und stürme nach draußen, um die billigen Holzstühle zu holen, die an der PH überall rumstehen. Bin richtig geladen. Als ich wieder sitze, fällt mir etwas Schreckliches ein, ich flüstere es meinem Nachbarn ins Ohr. Ich habe vergessen, das dritte Thema vorzubereiten: Improvisation im Musikunterricht! Mist! Der Dozent, der das Thema prüft, sitzt da und grinst mich an! Ich überlege, ob mir noch mehr Literatur zu dem Thema einfällt, als nur das eine Buch, das ich gelesen habe. Vergeblich. Mir fällt noch nicht mal der Titel dieses einen Buches ein! Dann muss ich wohl improvisieren!

Nachher, wieder draußen, fällt mir ein: Du hast ja den Ölkanister oben auf dem Turm stehenlassen! Also wieder rauf auf den Berg und den Turm, das blöde Ding geholt und wieder runter. Dann mit dem Auto los, runter vom Parkplatz, in die Straße eingebogen. Verdammt, falsche Richtung!

Jemand, der mir gegenüber sitzt

Mein Kopf, der ist ein Zimmer,
in dem zwei Stühle steh'n.
Auf einem davon sitze ich
und auf dem ander'n
ist niemand zu seh'n.

Immer wieder summt Friedel das Lied aus dem schönen Fotoband „Rapunzel" vom Ollen Hansen vor sich hin. Warum ist da noch niemand zu sehen bei ihm?

Ich möchte aufhörn,
meinen Kopf so hoch zu tragen,
dass andre ihn nur von weitem sehn.

Liegt es daran? Ist er zu hochmütig oder anspruchsvoll? Wenn eine ihm gefällt und ihm nahe kommt, findet er immer schnell etwas, das ihn stört. Wie damals bei Ria, die in der vorigen Wohnung unterm Dach wohnte und öfter auf einen Kaffee und einen Schnack herunterkam zur WG. Ria war sehr nett, alles war einfach und unkompliziert mit ihr, wenn Friedel mit ihr zusammen auf der Terrasse unter den Rosen plauderte oder mit ihr ins Dachstübchen ging, um sich ihre neue Platte von Konstantin Wecker anzuhören, hatte er einige Male den Impuls, sie zu streicheln oder sogar zu küssen. Aber dann, wenn sie vor ihm die Treppe hinaufging, dachte er plötzlich: „So ein kolossaler Hintern, nee, das ist doch nicht mein Fall!"

Dafür schämt er sich dann wieder. Man kann doch Frauen nicht nach der Figur beurteilen! Das ist doch Machogehabe der übelsten Sorte! Oder hat er einfach Angst, Frauen zu nahe zu kommen? Und dann sind seine Gelüste oft so beliebig. Wie Nina Hagen so schön herausrotzt im Bahnhof Zoo, auf dem Damenklo: *Ob blond, ob schwarz, ob braun – ich liebe alle Frauen!*

Nein, alle stimmt nicht. Aber viele findet er attraktiv. Doch wenn es ernst werden könnte, hat er immer schon die Fluchttür im Auge. Oder er verliebt sich in Frauen, die bereits vergeben sind. Auch das ist ihm öfter passiert, nicht nur bei der Drei-Prinzen-Hochzeit. Einmal hat er es erst hinterher erfahren, nach einer sehr aufregenden Nacht mit einer Kommilitonin, die er schon länger kennt. Plötzlich hatte es „Zoom" gemacht. Und am nächsten Morgen erfährt er dann, dass sie doch schon vergeben ist und sich im Zweifelsfall eher für die vertraute, langjährige Beziehung entscheiden würde, als für ein Abenteuer mit ungewissem Ausgang. Da hat er ins Kopfkissen gebissen vor Enttäuschung.

Dann kommt wieder sein Kopf ins Spiel und sagt: *Das war bestimmt gut so. Wer weiß, ob sie zu dir gepasst hätte, ob ihr es miteinander ausgehalten hättet? Eigentlich ist es doch vor allem verletzter Stolz, der dich quält! Du hast die nicht gekriegt, die du haben wolltest! Du hast aber auch nicht wirklich um sie gekämpft. Also warst du dir nicht so sicher, ob das wirklich die richtige Frau für dich ist! Irgendwann taucht die schon noch auf und dann wirst du es wissen: Das ist sie!*

Oder ist das alles Quatsch? Bei seinen Freunden erlebt er, dass sie sehr viel pragmatischer mit der Liebe umgehen, nicht nur Arno. Sie machen sich nicht so einen Kopf wie er, sondern probieren einfach aus, ob es klappt mit dieser oder jener. So hat er es dann auch mal spontan ausprobiert, sie war eher der kurzhaarige Feministentyp, noch viel verkopfter als er. Da konnte er den Gefühlsmenschen geben, eine ganz neue Rolle für ihn. Er erlöste sie von den endlosen, unfruchtbaren Diskussionen um die Rettung der Welt im Allgemeinen und der Frauen im Besonderen, machte Smalltalk und Witze und schmuste mit ihr auf dem großen Bett. „Mehr als Schmusen ist nicht drin!" sagte sie, denn sie hatte ihre Grundsätze, und wenn sie eines überhaupt nicht ausstehen konnte, dann waren das die Machos, die alle nur das eine wollten. Damit hatte sie schlechte Erfahrungen gemacht. Da konnte sie Friedel als ausgewiesener Softie und Frauenversteher aber sehr beruhigen.

Merkwürdigerweise funktionierte dieses komische Konstrukt von Beziehung mehrere Monate lang erstaunlich gut. Freunde und Familie in Berlin schüttelten zwar den Kopf über dieses seltsame Paar und wurden nicht recht warm mit dem eher spröden und knabenhaften Mädel, aber irgendetwas hielt den Motor bei beiden am Laufen. Friedel ahnte die ganze Zeit, dass er sie nicht wirklich liebte, aber er mochte sie mit ihrer manchmal schrillen Art. Auch ihr war klar, dass es nicht die große Liebe war, aber vielleicht entspannte gerade das die Situation. Man musste nicht immer mit großen Gefühlen umgehen, sondern konnte einfach die kleinen genießen – und das taten sie! Es führte sogar dazu, dass beide sich im Bett entspannten und bald über das Stadium des Schmusens und Kuschelns hinauskamen. Friedel hatte den Eindruck, dass gerade das Tabu dazu beigetragen hatte, dass es schließlich ausgesprochen fröhlich und mit Wonne immer mal wieder verletzt wurde.

Beim gemeinsamen Besuch in Berlin hatte Friedels kleine Schwester Nelli ihn beiseite genommen und gesagt: „Das ist jetzt nicht dein Ernst, Friedel, oder?"

„Was meinst du denn? Gefällt dir mein handgestrickter Norwegerpulli nicht?"

„Stimmt, der ist schon ziemlich ausgelabbert und riecht ein bisschen streng, nee aber die Kleene, die du hier mitgebracht hast, die passt nicht zu dir!"

„Und das hast du so schnell rausgekriegt?"

„Dit sieht doch 'n Blinder mit Krückstock, dit wird nischt!"

„Dafür haben wir's aber schon ganz schön lange ausgehalten!"

„Erstaunlich, ja! Warum gerade die? Du könntest doch jede andere haben!"

„Na na, nu übertreib mal nich! Davon hab ich bisher noch wenig gemerkt!"

„Weil du's einfach nicht checkst, großer Bruder! Die Mädels müssen schon ziemlich deutlich werden, damit du irgendwas raffst! Aber nich jede hat das drauf. Die dezenteren übersiehst du einfach. Du könntest sie umlaufen, ohne was zu merken!"

„Dafür, dass du mich nur alle paar Monate mal siehst, kennst du mich aber verdammt gut, Nelli!"

„Ja, das glaub mal! Meene Brüder! Eener verrückter als der andere!"

Mit diesen Worten und einem frechen, breiten Grinsen verschwindet Nelli aus seinem Blickfeld. Wie alt ist sie jetzt? Fünfzehn? Oder sechzehn? Woher kennt sie ihn so gut? Natürlich hat sie recht, das ist nichts auf Dauer. Aber gerade deshalb funktioniert es vielleicht so gut?

Wahrscheinlich spricht Nelli das aus, was die anderen nur denken. Egal, er sucht sich seine Freundinnen doch nicht für seine Familie aus. Das wär ja noch schöner!

Und doch, drei Wochen später ist es vorbei. Die Diskussionen verflachen, Gespräche über Belanglosigkeiten. Das Reservoir an Gemeinsamkeiten ist erschöpft. Komischerweise ist keiner von beiden enttäuscht, als sie sich trennen. Auch sie scheint ein wenig erleichtert zu sein und erstaunt, dass es überhaupt so lange gut ging. Friedel ist stolz über sich, dass die zweite Trennung so viel einfacher verlaufen ist als seine erste Trennung von Eva. Sein Mitbewohner Heiko meint dazu: „Weil du sie gar nicht richtig geliebt hast! Wenn man richtig verliebt ist, ist man im Fieber und würde alles tun!" Er ist seit einiger Zeit mit einem Mädchen zusammen, das erst siebzehn ist. Die liebt er wahnsinnig und meint jetzt, Friedel müsste das gleiche Fieber befallen wie ihn. Er macht ihm ein paar Vorschläge, diese oder jene, „die haben Temperament, mein Lieber, da bleibt dir der Atem weg!"

„Ach weißt du, im Moment bin ich mal ganz froh, einigermaßen sortiert und klar im Kopf zu sein! Wenn ich dauernd im Fieber wäre, würde ich meine Prüfungen nicht gut zu Ende bekommen!"

„Aber danach, Friedel, da fliegen wir nach Südamerika, und dann sollst du mal sehen, was da passiert!"

Über den Wolken

Schon drei Stunden ist es her, dass sie in Brüssel ins Flugzeug gestiegen sind. Heiko neben ihm döst ein wenig, sein blondes Lockenköpfchen rutscht Richtung Friedels Schulter. Friedel hat den Fensterplatz erwischt. Die Sonne geht rotgolden am Horizont unter. Er spürt ein Kribbeln im ganzen Körper vor Aufregung. Was wird sie erwarten, dort, so weit weg von zu Hause? Er lässt alles hinter sich. Die Prüfungen hat er alle gut geschafft. Jetzt ist nur noch die Hausarbeit übrig. Das erste Staatsexamen kann kommen, aber später, nicht jetzt.

Besonders aufregend war die Prüfung in Erziehungswissenschaft. Er hatte Professor Grünfeld gefragt, ob er im Rahmen eines seiner Lieblingsthemen, der „Konstruktion der Wirklichkeit", bei ihm über das Schüler-Lehrerverhältnis zwischen dem mexikanischen Zauberer Don Juan und dem Anthropologen Carlos Castaneda geprüft werden könne. Grünfeld lachte, brummte vor sich hin, sagte dann: „Das hat bisher noch keiner gemacht, mein Lieber. Das ist ein bisschen abseits der normalen Prüfungsthemen. Mehr als ein bisschen!" Als Friedel ihn weiter erwartungsvoll ansah und schon Sorge hatte, das Thema wäre damit erledigt, setzte er fort: „Und deshalb finde ich das gut! Mal was Neues! Sie ahnen gar nicht, wie öde es ist, immer dieselben Themen zu prüfen! Ich hab zwar noch keine Ahnung, wie das laufen könnte, aber muss ich ja auch nicht. Sie wollen ja die Prüfung machen!" Er lachte wieder und wurde dann erneut nachdenklich. „Wir müssen bloß überlegen, wer als Zweitprüfer verrückt genug ist, dabei mitzumachen. Vielleicht der Palla? Der ist immer für einen Spaß zu haben!"

In der Prüfungsstunde gab es dann tatsächlich viel Spaß mit Castaneda. Die Fremdvorsitzende vom Prüfungsamt mit strenger Brille und hochgeschlossener Bluse saß fassungslos dabei und verstand von alldem wahrscheinlich so gut wie nichts. Zu Beginn der Prüfung hatte sie Friedel die Frage gestellt: „Wissen Sie eigentlich, ob Castaneda auch mit Drogen experimentiert hat?" Daraufhin waren Palla und Grünfeld in schallendes Gelächter ausgebrochen, in dem Friedels Antwort völlig unterging. Danach hatte sie darauf verzichtet, weitere Zwischenfragen zu stellen, und Grünfeld, Palla und Friedel konnten entspannt miteinander plaudern und scherzen, bis Grünfeld beim Blick auf die Uhr plötzlich ausrief: „Oh wie schade, wir sind schon über die Zeit!"

Und jetzt schwebt er hier über den Wolken und lässt alle diese Prüfungen weit unter und hinter sich, sie verschwinden im rötlichen Horizontstreifen über dem schwarzen Atlantik. Drei Monate ohne Hochschule, ohne Prüfungen hat er vor sich! Aber auch drei Monate weit weg von Freunden, Familie, Köln. Seine Haut ist leider noch sehr angekratzt von den stressigen letzten Monaten. Aber das wird schon werden. Heiko ist wach geworden und sagt etwas auf Portugiesisch zu ihm. Sie haben ein halbes Jahr lang Portugiesisch an der VHS gelernt für Brasilien. Aber zunächst geht es nach Lima. Die Direktflüge nach Brasilien waren zu teuer.

Irgendwann in den frühen Morgenstunden geht die Maschine runter, Zwischenlandung auf Martinique. Alle müssen raus und werden an der Cockpittür beinahe erschlagen von der feuchten, drückenden Hitze, die ihnen entgegenschlägt. Friedels Haut fühlt sich klatschnass an, er hat das Gefühl, gar nicht richtig atmen zu können. „So ist also das Klima in der Karibik!" denkt er laut. „Keine Sorge, in Peru ist es nicht so heftig!" sagt Heiko im Stil eines TUI-Reiseführers. „Die haben ja jetzt Winter, da sind die Temperaturen eher gemäßigt!"

„Ja, davon habe ich auch schon gehört!" bemerkt Friedel süffisant. Heikos Oberlehrermacke geht ihm manchmal ziemlich auf die Nerven. Mal schauen, wie sie miteinander zurechtkommen in den nächsten Wochen. Wenn man so dicht aufeinander kluckt, kann das auch schwierig werden. Da hören sie hinter sich Gegacker. Zwei Mädels in ihrem Alter, die im Flugzeug ganz hinten saßen, finden irgendetwas rasend komisch. Als Friedel und Heiko sich umdrehen, prosten sie ihnen zu und gickern: „Keine Sorge, wir lachen nicht über euch!" Heiko als blondgelockter Charmeur ist gleich bei ihnen und sagt: „Da sind wir aber froh! Wir dachten, ihr lacht uns aus!"

Im Gespräch stellt sich heraus, die beiden kommen aus Münster, heißen Claudia und Sigrid, und wollen genau wie die Jungs erst einmal zwei, drei Tage Lima kennenlernen und dann hoch in die Anden Richtung Cuzco, Machu Picchu und Titicacasee. Sie studieren in Münster Sozialwissenschaften, sind nicht nur fröhlich, sondern wirken auch sehr interessiert und offen. Sie fragen schließlich: „Sollen wir uns nicht für die ersten Reisetage zusammentun? Das wird bestimmt lustig! Außerdem können wir Spanisch, muchachos! Wir haben in Münster ein Semester Spanisch belegt! Oder wollt ihr lieber alleine reisen?"

Ein Blick zwischen Heiko und Friedel reicht, dann nicken sie. Friedel lässt sich von der etwas zierlicheren Sigrid mit dem freundlichen Lächeln erklären, was man so sagt im Spanischen und wendet es dann auch gleich an: „Hola chicas! Vamos al avion!" Die Mädchen lachen, Heiko erklärt ihm, dass er aber ein „chico" wäre und sich nicht angesprochen fühle. Er hat gleich intensive Gespräche mit Claudia begonnen, zu der er sich spontan hingezogen fühlt. Sie ist mehr der etwas stämmigere Kumpeltyp und die forschere von beiden. Friedel ist erleichtert, dass sie sich nicht sofort um die gleiche Frau zanken müssen. Sie steigen wieder ein, genießen die erfrischend klimatisierte Luft im Flugzeug und freuen sich darauf, einmal quer über Südamerika zu fliegen. Leider sehen sie nur nach dem Start die kleinen Inseln im großen, blauen Atlantik und die Küste von Venezuela, danach verschwinden Südamerikas Berge in einer dichten Wolkendecke, die erst wieder aufreißt, kurz bevor sie zum Landeanflug nach Lima ansetzen, das allerdings wiederum im dichten Nebel steckt.

Als sie mit dem Taxi durch die Stadt fahren, sehen sie, dass der Nebel die Hässlichkeit des riesigen Molochs Lima gnädig verdeckt hat. Lima stinkt nach Abgasen, Lima ist laut und versteckt seine Schönheit in einigen Gassen und Plätzen der Altstadt. Heiko und Friedel staunen, wie geschickt und redegewandt Claudia auf Spanisch eine Pension für sie organisiert und dabei noch den Preis drückt. Die Pension ist zentral gelegen, aber wirklich sehr einfach. In dem einzigen, nur von einer nackten Glühbirne erleuchteten Raum stehen zwei größere Betten nebeneinander, die in Deutschland als Einzelbetten gelten würden, hier aber wohl als Doppelbetten gedacht sind. Wenigstens ein Fenster hat der trübe Raum, aber wenn man es öffnet, hat man den Straßenlärm im Zimmer.

Alle vier gucken sich sehr sparsam an, dann meint Claudia: „Ach kommt, Kinder, es ist doch nur für zwei Tage!" Das Schöne an dieser trüben Behausung ist, dass sie sofort draußen im Trubel der Altstadt sind, über den Platz schlendern können und die vielfältigen Angebote der Straßenhändler studieren können. Viele kleine Jungs sind dabei, die „Gringo, Gringo!" rufen und ihnen Zigaretten, Feuerzeuge, Postkarten verkaufen oder ihnen die Schuhe putzen wollen. Würdig aussehende Indio-Mamas sitzen in ihre schönen, knallbunten Ponchos und Tücher gehüllt und verkaufen kulinarische Köstlichkeiten. Natürlich sind sie gewarnt, auf keinen Fall Essen, oder noch schlimmer, Drinks an der Straße zu kaufen. Schlimmer Durchfall, Montezumas Rache, wäre ihnen gewiss. Natürlich haben sie alle Kohletabletten dabei für den Notfall. Aber man muss es ja nicht gleich provozieren. Außerdem kann man in vielen Fällen nur rätseln, was man dort angeboten bekommt. Aber lecker sieht vieles aus.

Friedel ist der erste, der weich wird. Er isst einfach zu gerne und ist neugierig auf die exotischen Genüsse. Er kauft sich bei einer Indio-Mama ein Schälchen Reis mit Fleisch und Gemüse in einer orangeroten Soße und probiert. „Teufel, scharf!" sagt er. „Aber sehr lecker! Wollt ihr mal probieren?" Heiko und Claudia lehnen dankend ab, Sigrid überlegt kurz und sagt dann: „Na gut, damit du nicht allein krank wirst!" Sie teilen sich das Essen und finden es so köstlich, dass sie gleich noch etwas Neues an einem anderen Stand probieren. Heiko mault: „Ich dachte, wir gehen noch irgendwo Essen!"

„Wir essen lieber hier, ich glaube nicht, dass es in den Restaurants so leckeres Essen gibt wie hier!" erwidert Friedel. Schließlich kauft auch Claudia etwas vom Stand und schiebt Heiko was davon in den Mund. Friedel lacht und sagt: „Unsere neue Parole: Wir kaufen auf keinen Fall Getränke auf der Straße! Es sei denn, sie sind in Flaschen abgefüllt!"

„Auf jeden Fall keine Chicha!" ergänzt Claudia. Chicha wird an jeder Ecke angeboten und aus großen Töpfen, Eimern oder Plastikgefäßen gegossen oder geschöpft. Es sieht bräunlich undurchsichtig aus, mit Schaumbläschen. Nicht sehr vertrauenserweckend. Claudia erklärt ihnen, das sei Spuckebier. Maisfladen würden von Indiofrauen ordentlich durchgekaut und dann wieder ausgespuckt, durchgerührt und stehen gelassen, bis die Gärung einsetzt. Auf diesen Genuss verzichten sie gerne. Stattdessen holen sie sich in einem kleinen Kiosk Mineralwasser und Rotwein aus Chile.

Als sie später abends erschöpft von den vielen Eindrücken und vom Laufen wieder in ihrem Zimmer landen, fallen sie direkt auf die Betten. Durch die Fenster dringt der nächtliche Lärm der großen Stadt. Auch ein paar Fliegen drehen noch ihre Kreise im Zimmer. Friedel merkt, wie die anderen wegschlummern und lauscht noch eine Weile den Geräuschen der Nacht, bis schließlich auch er einschläft. Als er morgens aufwacht, merkt er, dass ein Kopf auf seinem Arm liegt und ihn Haare im Gesicht kitzeln. Als er vorsichtig zur Seite schaut, sieht er Sigrids verwuschelte Mähne, sie wird auch gerade wach, flüstert: „Moin, Friedel!" und schließt die Augen wieder. Friedel merkt, dass sein Arm eingeschlafen ist. Als er ihn vorsichtig wegziehen will, brummt Sigrid unwillig, so dass er alles so lässt, wie es ist.

Am nächsten Vormittag erkunden sie die Stadt bei Tageslicht, holen sich bei Straßenhändlern Milchkaffee und leckeres, süßes Gebäck. Der einsetzende, sehr feine Nieselregen sorgt dafür, dass sie sich mehr in Gebäuden aufhalten, so sehen sie in einem altehrwürdigen, dunklen Museum eine sehr schön gemachte Ausstellung über die Indiokulturen in Peru und gucken sich verschiedene Barockkirchen an. Friedel mag Barockmusik gern, stellt aber wieder einmal fest, dass Barock als Malerei- und Architekturstil ihn überhaupt nicht anspricht. Er empfindet all das Verspielte und Vergoldete als überladen und aufdringlich. Er liebt die Renaissancemalerei, da wirkt alles natürlicher und nicht so aufgedonnert, auch die Damen und Engel sind in der Renaissance nicht so speckig. Aber Renaissance gibt es hier nicht. Die spanischen Eroberer errichteten Limas Kirchen erst in der Barockzeit.

Am Bahnhof holen sie sich Tickets für den nächsten Tag für die Eisenbahn, die hoch in die Anden fährt. Da es immer noch permanent nieselt, so, dass man es zwar kaum merkt, aber die Kleidung doch ordentlich feucht wird, fällt ihnen die Entscheidung, Lima am nächsten Morgen zu verlassen, nicht besonders schwer.

Altiplano

Frisch ist es, als sie morgens vor dem Bahnhof stehen, der von außen so verlassen aussieht, als würden hier gar keine Züge mehr fahren. Aber auf dem Bahnsteig ist dann doch Betrieb und der Zug steht schon da und wartet darauf, dass sie in einen der altertümlichen Waggons klettern. Überwiegend Touristen sitzen auf den Holzbänken, ab und zu auch eine Indiofrau in bunten Tüchern, manchmal mit Kindern, aber meistens mit viel Gepäck. Eine hat sogar einen Hahn dabei, der ab und zu durch den Waggon kräht. Die vier Rucksack-Touristen suchen sich zwei Holzbänke und machen es sich bequem.

Ganz am Ende des Waggons sitzt ein kleiner Mann mit einer großen weißen Tasche, auf der ein rotes Kreuz zu sehen ist. Neben ihm steht ein flaschenförmiger Behälter, an den Schläuche angeschlossen sind. Wie immer weiß Heiko, was das bedeutet: „Wir steigen in den nächsten Stunden von 0 auf fast 4800 Meter hoch. Die „Central Andino" ist die höchste Eisenbahnstrecke der Welt. Gebaut haben sie die Chinesen im letzten Jahrhundert. Und ihr könnt euch vorstellen, dass manch ein Kreislauf in die Knie geht, wenn er in wenigen Stunden in fast 5000 Meter Höhe befördert wird. Deshalb sitzt in jedem Zug mindestens ein Arzt und eine Krankenschwester, und es sind immer Sauerstoffgeräte vorhanden!"

„Na mal schauen, wie es uns gleich geht!" sagt Claudia und versucht, tapfer zu lächeln, aber man merkt an ihrer Stimme, dass sie unsicher ist.

„Wusstest du das?" fragt Sigrid ihre Freundin.

„Ja, ich hab's in Deutschland in einem Reiseführer gelesen, aber nicht weiter drüber nachgedacht. Jetzt find ich's etwas unheimlich!"

„Und du, Friedel?"

„Ich hatte keine Ahnung, auf was ich mich hier einlasse. War vielleicht gut so, sonst macht man sich schon vorher verrückt. Das können wir ja jetzt zusammen machen."

Friedel grinst breit, aber in seinen Augen sieht man, dass auch er Angst hat. Da schaltet sich Heiko als souveräner Reiseleiter wieder ein: „Keine Panik, Leute! Die Central Andino gehört zu den sichersten Verkehrsmitteln in Peru. 96 Prozent der Bahnen kommen unfallfrei an!"

„Na toll, dann hoffen wir doch einfach mal, dass wir nicht zu den vier Prozent gehören, die immer abstürzen!" meint Friedel düster.

„Danke, du hast es geschafft, dass meine Angst davor, hier gleich im Höhenrausch in der dünnen Luft zu kollabieren, in den Hintergrund getreten ist. Stattdessen drücken wir einfach nur die Daumen, dass der Lokführer gut geschlafen und gestern nicht allzu viel gesoffen hat und die Schienen alle noch da sind und nicht zufällig gerade von einem Erdrutsch verschüttet wurden!" meldet sich Claudia zu Wort. Sigrid ergänzt: „Schön wäre auch, wenn alle Waggons gut miteinander verkoppelt wurden. Wär ja doof, wenn wir hier im vorletzten Waggon irgendwann abgehängt werden, während der Rest des Zuges fröhlich weiterfährt. Soll ja ziemlich einsam sein dort oben in den Bergen."

Heiko versucht, die aufgeregten Gemüter zu beruhigen, schafft es aber nicht so richtig, weil man ihm anmerkt, dass er selbst auch Angst hat und keinen blassen Schimmer, was sie erwartet. So bleibt es dabei, dass sie

herumflachsen und mit witzigen Kommentaren die Zugfahrt begleiten. Nachdem sie das endlose Straßen-, Häu-
ser- und Hüttenmeer von Lima hinter sich gelassen haben, fährt der Zug eine Zeitlang gemächlich durch land-
wirtschaftlich genutztes Gebiet, folgt dabei immer dem
Flusslauf, vorbei an Dörfern und kleinen Siedlungen. Die
Hütten und Häuser haben meistens die Erdfarbe der
Berge, die näher rücken, während der grüne Streifen entlang des Flusses immer schmaler wird. An den kleinen
Stationen, an denen sie halten, kommen Indiofrauen an
die Fenster und wollen Empanadas, die gefüllten Teig-
pasteten, sowie Gebäck, Süßigkeiten und Chicha aus
Plastikeimern verkaufen. Schmale Jungs in zerlumpter
Kleidung, die man zu dieser Zeit eigentlich in der Schule
vermuten würde, verkaufen einzelne Zigaretten, Feuerzeuge und Coca Cola.

Dann sind die graubraunen Berge so dicht gerückt,
dass man merkt, wie sich der Zug langsam höher arbeitet, immer in Sichtweite des Rio Rimac, der mehr und
mehr zum wilden Gebirgsfluss wird. Schließlich sind
auch keine Siedlungen mehr zu sehen, der Zug arbeitet
sich durch eine graue Fels- und Steinwüste. Ab und zu
sieht man riesige Kakteen, deren Farbe zumindest noch
an grün erinnert, ansonsten ist alles grau. Die Blicke aus
dem Abteilfenster gehen zum Teil steil nach unten. Der
Rotkreuzmann am Ende des Waggons lächelt die Touristen beruhigend an, Friedel kommt es so vor, als wolle er
sagen: „Wartet mal ab, das hier ist noch gar nichts!" Ab
und zu fahren sie an verbogenen und verrußten Blech-
schildern vorbei, die ihnen sagen, in welcher Höhe sie
sich befinden. Die 2000 haben sie schon überschritten.
Heiko sagt schon länger nichts mehr und hat blasse Lip-

pen bekommen. Überhaupt ist es insgesamt im Waggon stiller geworden, als wollten die Passagiere dem Lokführer dabei helfen, sich zu konzentrieren, um jetzt keinen Fehler zu machen.

Es gibt erstaunlicherweise keine Tunnel, dafür hat der Zug jetzt den Fluss verlassen und steigt im Zickzack den Bergrücken hoch. Immer wieder kann man weiter unten am Berg die Schienen sehen, auf denen man selber vor wenigen Minuten noch unterwegs war. Es ist ein bisschen wie Achterbahnfahren, natürlich langsamer, aber viel steiler und aufregender. Man hat immer wieder herrliche Ausblicke. Friedel konzentriert sich auf das Panorama und guckt nicht so gerne runter, sonst wird ihm schummerig. Heiko guckt gar nicht mehr raus und presst die Lippen zusammen. Nur die beiden Mädels unterhalten sich noch angeregt und scheinen sich damit prächtig ablenken zu können.

Auf einmal geht es ein kleines Stück abwärts, der Zug nimmt Geschwindigkeit auf und stoppt dann plötzlich quietschend ab. Was ist passiert? Ein rothaariger Amerikaner in der Bank vor ihnen dreht sich zu ihnen um und lacht: „Don't panic, folks!" Er erklärt ihnen, dass der Zug die nächsten, extremen Steigungen nur schaffen kann, wenn er sich hin- und herschaukeln lässt. Deshalb habe der Zug vorne und hinten jeweils eine Lok. Es würde jetzt ein bisschen dauern, bis der Lokführer auf der anderen Seite eingestiegen sei, dann würde er Vollgas geben und mit Schwung die nächste Steigung erreichen. Dann würde das gleiche Spiel noch einmal beginnen.

Heiko sitzt mit offenem Mund da, die Mädels grinsen ungläubig, als wollten sie sagen: „Der kann uns viel er-

zählen, wir sind doch hier nicht in der Märchenstunde!"
und Friedel spürt, wie ihm die Schweißtropfen von der
Stirn langsam in die Augenbrauen rollen. Ein kurzes
Ruckeln und lautes Quietschen, dann setzt sich der Zug
in Bewegung, wird immer schneller und klettert dabei
tatsächlich rückwärts auf die nächste Stufe, bis er quietschend wieder zum Stehen kommt. Alle gucken sich ungläubig an und lachen dann befreit auf. Friedel ruft begeistert: „Ist ja irre, der Zug schaukelt, Leute! Und ich
dachte, der wollte uns verschaukeln!" Der rothaarige
Gringo dreht sich lachend um und sagt: „Ye see, that's
what I've told you, folks!"

Auch Heiko hat jetzt wieder etwas Farbe bekommen,
schüttelt immer wieder den Kopf und murmelt: „Das
gibt's doch nicht, unfassbar!" Während Sigrid sich beim
langen Ami erkundigt, wie oft das denn jetzt noch passiert, spricht Claudia Heiko an: „Du sprichst ja wieder,
wie schön! Zwar noch nicht in ganzen Sätzen, aber das
wird schon wieder! Geht's dir wieder besser?" Heiko
nickt und versucht ein zaghaftes Grinsen. Friedel meint:
„Wenn der Zug dieses Hinundher-Geschaukel jetzt noch
öfter macht, dann wird mir davon schlecht, nicht von der
Höhe!" Sigrid kann ihn beruhigen: „Noch einmal, dann
fahren wir wieder nur in einer Richtung! Schau mal raus,
wir sind schon ziemlich hoch!" Als die Bahn sich quietschend wieder in Bewegung setzt, fahren sie an einem
Blechschild vorbei: 4200 Meter.

Nach vielen weiteren Zickzacksteigungen haben sie
den höchsten Pass der Strecke erreicht, La Galera auf
4781 Meter Höhe, und dort gibt es tatsächlich einen Tunnel. Der Medizinmann versorgt inzwischen einige ältere
Touristen mit Sauerstoff und spricht ihnen Mut zu. Das

Schlimmste ist geschafft, jetzt geht's wieder bergab. Sie kommen an zwei großen Seen vorbei mit tiefgrünem Wasser. Obwohl sie immer noch in 4000 Meter Höhe sind, gibt es hier mehr Braun und Grün in den Bergen. Ab und zu sind auch kleine Siedlungen zu sehen. Schließlich kommen sie in der Bergarbeiterstadt La Oroya an, dort teilen sich die Schienenstränge. Richtung Norden geht es zu den riesigen Minen, die man in der Ferne schon erkennen kann. Von dort transportieren Güterzüge Blei, Kupfer, Zink und Silber hinunter nach Lima. Aber dort will kein Tourist hin, die Gegend ist verseucht von den Metallen und von der Schwefelsäure, mit der sie aus dem Gestein gewaschen werden. Die Personenzüge biegen nach Süden ab und folgen dem Fluss Mantaro, der sie in sanften Windungen bergab Richtung Huancayo bringt.

Friedel ist eingeschlafen auf der Fahrt durch das Anden-Hochtal und wird von Sigrid geweckt: „Friedel, wach auf, wir sind gleich in Huancayo!" Friedel lächelt, er kommt aus einem schönen Traum. Als er die Augen öffnet, hat der Zug schon mit quietschenden Bremsen im Bahnhof Halt gemacht. Im Waggon herrscht emsiger Aufbruch, der Hahn kräht noch einmal zum Abschied, als er in seinem Korb zugedeckt wird. Alle reden, lachen durcheinander, als hätte die Erleichterung über das bestandene Abenteuer erst jetzt die Zungen gelöst. Friedel greift seinen Rucksack und wird von dieser fröhlichen Welle mit hinaus auf den Bahnhof gespült.

Huancayo in der Abendsonne macht großen Eindruck. Schöne Plätze, barocke Kirchen, kleine Läden und

Cafés, viel buntes, fröhliches Treiben. Friedel lächelt. Er mag diesen Ort spontan und ist froh, dass sie den großen, dreckigen, lauten, immer etwas trübseligen und benebelten Moloch Lima mit diesem netten Städtchen hier oben getauscht haben. Auf ihrer Suche nach einem Quartier werden sie bald fündig. Es gibt sogar einen kleinen Hinterhof, viel Platz, große Fenster und sogar eine Dusche. Dass das Wasser meistens kalt oder lauwarm ist, stört Friedel nicht, das ist er von zu Hause gewohnt. Wenn alle wach sind, gehen sie auf einen der Plätze ins Café, trinken Café con leche aus großen, dicken Tassen und essen süße oder salzige Empanadas. Von den Händlern auf der Straße holen sie sich noch einen schönen, selbstgemachten Fruchtshake. Bisher hat noch keiner von ihnen irgendwelche Probleme mit dem Magen gehabt, weder vom Essen und Trinken, noch von der ungewohnten Höhe. Die mitgebrachten Kohletabletten sind tief unten im Rucksack vergraben.

Die Schulkinder laufen hier mit hellgrauen Schuluniformen umher. Die Kinder, die „Gringo, gringo!" rufend auf sie zukommen und dann nach ausländischem Geld fragen: „Tiene moneda estranjera?", sind erstaunt, wenn sie Münzen aus Deutschland sehen statt aus den USA. Sie lassen sich erklären, wo Deutschland liegt, fragen, ob es sehr weit weg ist, und schauen dabei sehnsüchtig in die Ferne. „Ich bin kein Gringo!" erklärt Friedel immer wieder. Ja, aber was ist er dann? „Rico!" sagt einmal ein älterer Junge. „Nein, reich sind wir nicht, schau mal, wir reisen mit einem Rucksack!" Der Junge schaut, nickt. Dann fragt er: „Wie viel hat die Flugreise gekostet?" Friedel überlegt und sagt es ihm in Dollar. Das ist für ihn eine so unvorstellbar hohe Summe, dass er mit weit aufgerissenen Augen noch einmal nachfragt. Dann grinst er und sagt: „Rico!"

Ein komisches Gefühl, als angeblich reicher Europäer hier herumzulaufen, wenn man zu Hause doch nur ein armer Student ist. Unfassbar, wie die echten Gringos grinsend und Kaugummi kauend sitzen und sich von den kleinen, zerlumpten Kindern die Schuhe blank putzen lassen! Nein, mit denen wollen sie nichts zu tun haben. Das ist Kolonialismus pur. Überhaupt das großspurige Auftreten nach dem Motto: Kinder, wenn wir wollten, könnten wir das alles hier für'n Appel und'n Ei kaufen! Sicher, alles ist so unfassbar billig hier, Friedel brauchte bisher noch gar nicht an seine in den Bauchgurt eingenähten Traveller Checks heranzugehen. Das verleitet einen vielleicht dazu, mehr und anders zu bestellen, als man das normalerweise täte. Aber es ist immer noch meilenweit entfernt von der US-amerikanischen Dickärschigkeit und Großmäuligkeit, der sie hier immer wieder begegnen.

„Glaub ja nicht, dass du mit dem Image des armen, deutschen Studenten hier durchkommst!" sagt Heiko.

„Das weiß ich doch. Ich hab es zumindest inzwischen kapiert, dass wir für die Indios hier alle reiche Leute sind. Aber deshalb brauchen wir uns ja nicht zu benehmen wie reiche Leute, oder?"

„Na, wie war das neulich, als du im Restaurant gleich zwei Steaks bestellt hast?"

„Ich hatte Hunger!"

„Das hättest du in Köln aber nicht gemacht!"

„Nee, da hätte ich überhaupt kein Steak bestellt, weil ich es mir gar nicht leisten könnte!"

„Siehste!"

„Was siehste?"

„Reichsein verändert das Verhalten!"

„Und bei dir nicht, oder wie?"

„Doch klar, das gilt für alle."

„Aber manche werden zu arroganten Dreckschweinen dabei!"

„Warte mal ab!"

An diesem Punkt macht die weitere Diskussion nicht mehr so viel Sinn. Heiko muss unbedingt immer Recht behalten, das ist blöd. Findet Friedel, der auch gerne Recht behält. Er hat den Eindruck, dass Heiko manchmal extra aberwitzige Thesen vertritt, um ihn damit herauszufordern und zu reizen. Gestern zum Beispiel haben sie einen tollen Spaziergang in die Umgebung von Huancayo gemacht, die Sonne schien auf die vielen bunten Tücher, die am Flussufer zum Trocknen ausgelegt waren, quietschvergnügte Indiobabys schauten aus dem Rückentuch ihrer Mama, überall strahlende Laune, alles war gut. Dann brach Heiko eine dieser Diskussionen vom Zaun und die gute Stimmung war sofort im Eimer.

Auch mit Sigrid kommt Friedel nicht weiter. Die ersten Tage in Lima war Friedel ein wenig verliebt in sie und auch sie scheint ihn gern zu mögen. Aber statt weitere Schritte zu wagen, zieht sich Friedel in sein Schneckenhaus zurück und kratzt sich im Bett lieber den Arm blutig, als die Hand rüberzureichen und zu schauen, was passiert. Chancen und Zeichen, herauszukommen, verpasst er dutzendweise. Gerade eben stand Sigrid im Zimmer, schaute zu ihm und fragte: „Hat jemand Lust, mit spazieren zu gehen?" Seine Haut war noch nicht bereit, er fühlte sich noch verklebt und nicht ausgehfertig. Als schließlich Claudia und Heiko mitgingen, blieb er allein im Bett zurück und kratzte sich vor Wut über sich selbst die Seele aus dem Leib.

Er grübelt viel über sich und seine Familiengeschichte nach. Dazu trägt auch das Buch „Nachgetragene Liebe" von Peter Härtling bei, das er sich als Lektüre mitgenommen hat und in dem er immer wieder liest. Auch hier beschäftigt sich der Autor mit seiner Kindheit, vor allem mit dem Vater. Manchmal muss Friedel sich zwicken und zu sich selbst sagen: *Hör mal, du bist jetzt hier in Südamerika! Nutze die Chance! Alles, was du hier sehen und erleben kannst, passiert nur jetzt! Grübeln und schlechte Laune kriegen kannst du immer noch, wenn du wieder zu Hause in deinem Zimmer hockst!*

Nach vier Tagen fahren sie in einem völlig überladenen, schlecht gefederten Bus über abenteuerliche Gebirgsstraßen weiter nach Ayacucho. Über dem Fahrer ist eine kitschige Jungfrau Maria aus Plastik angebracht, umhängt mit einem Rosenkranz, darüber der Spruch: *Nur Gott weiß die Stunde der Abfahrt und der Ankunft!* Dementsprechend fährt der Busfahrer auch, immer Vollgas, Bremsen ist nur die allerletzte Option nach Hupen, Schimpfen, Fluchen und Singen. Friedel ist froh, dass er auf der Innenseite sitzt und nicht in die steilen Abgründe schauen muss, wenn der Bus sich in die Kurven legt. Aber es geht gut aus, auch die Rucksäcke, die mit all dem anderen Gepäck oben auf dem Dach provisorisch befestigt wurden, sind alle noch da.

Ayacucho ist hübsch, eine Studentenstadt, sehr lebendig, viel Musik. Die nächste Etappe machen sie mit dem Flieger, um Zeit zu sparen, und weil der Flug sehr günstig ist. In Cusco landen sie in einem richtigen Touristenkaff, hier wimmelt es vor reichen Amis und vor Freaks, die einem unentwegt Stoff verkaufen wollen. Von hier wollen sie zum Macchu Picchu starten, aber leider wird Heiko magenkrank, Montezumas Rache. So genießen sie den fast westlichen Standard im Schwestern-Kolleg, in dem sie untergebracht sind und bummeln abends an Restaurants und Bars vorbei, aus denen Doors- und Stones-Riffs dröhnen und süßliche Schwaden quellen. Als Heiko einigermaßen wieder bei Kräften ist, brechen sie auf, fahren mit der kleinen Bahn am Urubamba entlang bis zum Kilometer 88 und beginnen dort den dreitägigen Inka-Trail.

Wegbeschreibungen auf Englisch haben sie dabei, aber es sind auch noch etliche andere Gruppen unterwegs, die das gleiche Ziel haben. Je nach Gehtempo begegnet man sich immer wieder einmal. Es geht ziemlich steil los und man kommt direkt aus der Puste. Aber dann gewöhnt man sich daran, schön langsam zu gehen und immer wieder kleine Pausen einzulegen. Die Strecke für den ersten Tag haben sie am Nachmittag geschafft, sie schlagen das kleine Zelt auf, das sich Friedel von Görg für die Reise ausgeborgt hat und genießen die Aussicht und das Gefühl, viel geschafft zu haben. Als die Sonne untergeht, wird es schnell sehr kalt und sie quetschen sich zu viert in das Zweimannzelt, um sich warm zu halten. Das klappt prima, und weil das noch besser wärmt, klettert Sigrid noch zu Friedel in den Schlafsack.

Mit den ersten Sonnenstrahlen werden sie wach und sortieren ihre Knochen und Gelenke. Etwas weiter gibt es einen kleinen Gebirgsbach, dort waschen sie sich, hüpfen ein bisschen herum, um sich warm zu machen, bereiten den wärmenden Matetee zu und knabbern an den Köstlichkeiten aus den Konservendosen und am westfälischen Pumpernickel. Dann geht es weiter, heute steht der schwierigste Abschnitt an, 1200 Höhenmeter und ein 4200 Meter hoher Pass müssen überwunden werden. Da ist Durchhaltevermögen gefragt. Die beiden Münsteraner Mädels sind erstaunlich zäh und halten gut mit, nur Heiko schwächelt manchmal, er ist noch nicht wieder ganz fit, vielleicht hätte er doch noch einen Tag mehr gebraucht.

Während sie keuchend und prustend den Berg hinaufsteigen, flitzen manchmal Indio-Träger an ihnen vorbei, vollbeladen, in einer Geschwindigkeit, als würden sie auf gerader Strecke einen Tausendmeterlauf machen. Friedel läuft der Schweiß die Stirn herab. Wie machen die das? „Die haben eine andere Blutmischung, denen macht die Höhe überhaupt nichts aus!" weiß Heiko.

„Das weiß ich doch, aber müssen die dann unbedingt noch rennen?"

„Jahrelanges Training! Die ziehen das, wofür wir drei Tage brauchen, an einem durch!"

„Das demotiviert mich. Da kommt man sich ja vor wie eine Schnecke!"

„Willkommen in der Realität!"

Am höchsten Punkt der Wanderung machen sie eine kleine Verschnaufpause, jeder holt etwas Besonderes aus seinem Rucksack und verteilt es. Heiko gibt seinen letzten Apfel, Sigrid Nüsse, Claudia Fruchtschnitten und Friedel eine Dose Scho-Ka-Kola. Sie feiern Bergfest. Die Pflicht ist geschafft, nun kommt die Kür. Schade, dass man immer sofort wieder hinunter muss, wenn man den Gipfel erklommen hat. Aber für die Beine und den Kreislauf ist es wohltuend, jetzt gemächlich abzusteigen bis zum Lagerplatz an den alten Inka-Ruinen. Die Strecke für den dritten Tag ist nicht mehr besonders weit, sie lassen es gemächlich angehen, merken aber schnell, dass es schon wieder steil nach oben geht.

„Das frustriert mich jetzt aber, zu wissen, Macchu Picchu ist wenige Kilometer abwärts von uns, und wir kraxeln schon wieder hoch!"

„Ist aber richtig so, wir müssen noch einen Viertausenderpass überwinden, dann geht's richtig runter."

Das drückt etwas auf die Stimmung. Sie sind völlig geschafft vom letzten, sehr anstrengenden Tag, die Knochen sind müde, die Muskeln zittern, der Kreislauf will nicht mehr. Sie wollen einfach nur noch ankommen, nicht mehr auf irgendwelche Berge klettern. Claudia schafft es immer wieder gut, die anderen abzulenken mit einem Lied oder einer Geschichte. Dann, nachdem sie den letzten Pass überwunden haben, kommt irgendwann ein kleiner Felsvorsprung, und von dort kann man tatsächlich die Urwaldfestung Macchu Picchu sehen. Das gibt wieder neue Kraft, die in den Stein gehauenen Stufen herunterzusteigen, jetzt ist es gleich geschafft! Die anstrengendste und heftigste Wanderung, die sie je in ihrem Leben gemacht haben!

Da plötzlich steht an einem Gebirgsbach ein Indiojunge und kühlt im kalten Wasser Coca Cola. Friedel ist wie ferngesteuert, er merkt, wie ihm die Zunge am Gaumen klebt, er bekommt fast Halluzinationen und lechzt geradezu nach einer Cola. Er kauft dem Jungen eine ab und stürzt sie hinunter. Das ist natürlich nicht besonders klug. Als sie die vielen Treppenstufen zur Urwaldfestung hinaufsteigen, kriegt Friedel heftige Bauchkrämpfe, setzt sich schließlich auf die Stufen und sagt den anderen, sie sollen schon mal nach oben gehen und nicht auf ihn warten. Er muss fast heulen vor Bauchschmerzen, aber auch vor Wut über sich selbst. *Wie kann man denn so bescheuert sein? Da schaffen wir es, uns drei Tage lang zu quälen und die Vorräte schön zu rationieren, drei Tage lang ohne Zivilisation und den ganzen Konsumscheiß zu sein – und dann steht da plötzlich so eine Cola und ich vergesse mich! Dabei trinke ich gar nicht so gerne Cola!*

Von der großartigen Architektur und all den ungeklärten Geheimnissen der Inkastadt in der abgelegenen Bergregion bekommt Friedel dann nicht mehr allzu viel mit, er ist einfach fix und fertig und hat keine Aufnahmekapazitäten mehr. Wie sind sie eigentlich von dort wieder zurückgekommen nach Cusco, ins Schwesternstift an der schönen Avenida del Sol, wo sie ihre Sachen gelagert haben? Irgendein Bus? So muss es gewesen sein. Ein Bus und die Bahn. Gut, dass sie nicht mehr zurückwandern mussten. Alles andere war egal. Als sie später am Abend wieder in ihrem Zimmer ankommen, stürzt sich Friedel sofort ins Bett und ist auf der Stelle eingeschlafen.

Am nächsten Tag wird Abschied gefeiert. Claudia und Sigrid wollen zurück an die Pazifikküste Richtung Süden nach Chile, Heiko und Friedel wollen über Bolivien nach Brasilien. Sie bringen die beiden Mädels zum Bus nach Arequipa und winken zum Abschied. Friedel kann mit Abschieden nicht umgehen. Als sie hinterher im klapprigen Indiozug sitzen und die Landschaft des Altiplano genießen, fällt ihm das wieder auf und sein Herz verkrampft sich. Wer ihn nicht kennt, kann seine kurz angebundenen, sachlichen Abschiede vielleicht als kalt oder gefühllos empfinden, aber so ist es nicht. Er bringt es nur schnell hinter sich, um die Fassung nicht zu verlieren. Die beiden Münsterländer Mädchen werden ihm fehlen, besonders Sigrid. Sie war ihm so vertraut. Hat er ihr jemals gesagt, wie nett er sie findet? Warum hat er sich von ihr keine Adresse und keine Telefonnummer geben lassen?

So hängt jeder seinen Gedanken nach, während draußen die schönste Landschaft vorbeizieht. Friedel kommt es fast irreal vor, als würde jemand draußen eine riesige Leinwand in Metro-Goldwyn-Farben vorbeiziehen. Wie wird es jetzt weitergehen mit ihrer Reise? Werden sie sich auf den Geist gehen, jetzt, wo sie nur noch zu zweit sind?

Brasil!

Schon lange bevor sie in Puno ankommen, kann man in der Ferne den großen Titicacasee sehen, schön liegt er da, wie ausgegossen in der Hochebene. Puno selbst ist nicht so hübsch, aber der See macht es schön. Von hier aus wollen sie schnell weiter durch Bolivien nach Brasilien, erfahren aber durch die Zeitung, dass gerade in Bolivien geputscht wurde und die Grenzen dicht sind. Mist! Was tun? Sie unterhalten sich in Cafés mit anderen Rucksacktouristen und Peruanern über mögliche Alternativen. Durch den peruanischen Dschungel ins Amazonasgebiet? Viel zu mühsam und gefährlich, außerdem haben sie sich nicht impfen lassen gegen tropische Krankheiten. Durch Chile und Argentinien? Ein riesiger Umweg.

Ein Peruaner erklärt ihnen: „Wir Peruaner haben auch schon viele Regierungen gehabt, immer wieder Militärregierungen und Putsch und Generalstreiks und Kampf gegen die Terroristen und Bombenleger. Aber gegen unsere Nachbarn in Bolivien sind wir brave Waisenkinder. Bei denen da drüben hält keine Regierung auch nur ein Jahr! Normalerweise wird mehrmals im Jahr geputscht, das ist fast schon der Normalzustand dort! Macht euch keine Gedanken, Jungs. Wartet einfach ein paar Tage hier ab, dann hat sich alles wieder beruhigt und ihr könnt durch!"

Genauso machen sie es dann auch. Sie genießen den See und das schöne Wetter, gehen spazieren und schauen jeden Tag in die Zeitungen nach Neuigkeiten aus Bolivien. Aber es gibt kaum Meldungen. Putsch scheint wirklich so normal zu sein, dass es keinen groß interessiert. Viele Leute raten ihnen, in Peru zu bleiben. Als sie sich fast dazu entschlossen haben, fragen sie einen Busfahrer. Der lacht und sagt: „Wo ist das Problem? Die Grenzen sind wieder offen, in ein paar Tagen werden auch wieder die Busse rüber fahren. Nehmt ein Taxi, handelt einen festen Preis aus und lasst euch nach La Paz bringen, von da aus kommt ihr auf jeden Fall weiter!"

Das ist der entscheidende Hinweis. Schnell packen sie alles zusammen, handeln mit einem Taxifahrer einen Preis aus und fahren am Ufer des Sees entlang bis zur Grenzstation in Desaguadero. Hier ist wenig los, trotzdem dauert es etwas, bis der Zollbeamte endlich seinen Stempel in die Pässe setzt und ihnen mit auf den Weg gibt: „Passt auf in Bolivien!" Ihnen wird ein wenig mulmig, weil sie nicht wissen, was er ihnen damit genau andeuten will. Auf der anderen Seite der kleinen Brücke vor dem bolivianischen Zoll müssen sie nicht aussteigen, ein schwer bewaffneter Soldat nimmt ihnen die Papiere ab und kommt kurze Zeit später mit den gestempelten Pässen wieder zurück. Uff! Das ging schon mal gut. Den Rest der Fahrt genießen sie See und Landschaft, alles sieht wie gemalt aus, hier erinnert nichts an Generalstreik oder Putsch oder gar Krieg. Der tiefblaue See, drum herum ein Farbenmeer von braun, ocker und olivgrün mit gelben Einsprengseln, dahinter die Schneeberge. Auf der Straße Indios mit dem Fahrrad. Alles wirkt fröhlich und friedlich in der Abendsonne. Gut, dass sie gefahren sind!

Sie nähern sich La Paz von oben, es liegt eingekapselt zwischen den Bergen, die Häuser kleben an den Hängen. Als sie durch die Innenstadt fahren, staunen sie über die vornehme, fast westlich-altmodische Eleganz dieser Stadt, über die vielen schicken Läden, über die belebten Straßen. Völlig anders als in Peru. Auch die Leute sind offen, haben weiche, freundliche Gesichtszüge, plaudern vergnügt, lachen, singen. Man glaubt nicht daran, dass sich dieses Land im Ausnahmezustand befindet. Eine faszinierende, ansteckend lebenslustige Stadt, hier möchte Friedel am liebsten noch ein paar Tage bleiben.

Umso größer der Kontrast, als um Punkt neun Uhr abends die Ausgangssperre beginnt. Die Lichter verlöschen alle, es wird totenstill in der großen Stadt. Im schönen Hostal Torino, in dem sie sich eingemietet haben, darf man sein Zimmer nur noch Richtung Toilette verlassen, und auch die ist schwer zu finden, denn der schöne Innenhof des Hotels ist stockdunkel. Auch draußen ist die Straßenbeleuchtung abgeschaltet, der Blick durch das offene Fenster wirkt gespenstisch, in der Ferne sind Schüsse zu hören. Friedel kann lange nicht einschlafen. Ihm geht durch den Kopf, was der Taxifahrer ihnen erzählt hat: Tausende Menschen sollen verhaftet oder umgebracht worden sein in den ersten Tagen des Putsches. Alles wird zensiert, die Presse schreibt Lobhudeleien auf den neuen, faschistischen Machthaber General Meza.

Am nächsten Morgen ist der Schalter wieder umgelegt: Das pralle Leben sprudelt in dieser Stadt, als wäre nichts gewesen. Junge Soldaten, fast noch Kinder, stehen vor einigen Gebäuden und lachen. Sie wirken so lässig und harmlos, manche schieben Kaugummis im Mund hin und her, man kann sich nicht vorstellen, dass die wirklich auf ihre Landsleute schießen würden. Heiko und Friedel besuchen ein Reisebüro und buchen einen Flug nach Santa Cruz de la Sierra, damit haben sie die Anden hinter sich gelassen und sind schon ein ordentliches Stück weiter Richtung Brasilien. Sie genießen noch einmal La Paz und fahren dann zum Flughafen. Der Flug nach Santa Cruz hat Verspätung. Sie kommen erst um zwanzig vor elf dort an und erfahren von vier netten Brasilianern, die zurück in ihre Heimat wollen, dass um elf Uhr die Ausgangssperre in der Stadt beginnt. So schnell können sie nicht in der Stadt sein und dort ein Hotel gebucht haben. Was tun?

Die Brasilianer verhandeln mit den Soldaten, die im modernen Flughafengebäude patrouillieren. Das scheint schwierig zu sein und zieht sich. Heiko und Friedel bewachen derweil das gesamte Gepäck. Um Punkt elf wird das Licht draußen abgeschaltet, sie sitzen jetzt in der neonbeleuchteten Eingangshalle auf unbequemen und hässlichen Hartschalensitzen wie auf dem Präsentierteller und haben das Gefühl, dass jede Bewegung genau registriert wird. Es ist so, als ob sie in der Falle säßen. Ein Soldat mit einem dümmlich-feisten Babygesicht, der die ganze Zeit ein Streichholz zwischen den Zähnen hin und her bewegt, tut sich besonders wichtig. Aber er wird schließlich weich und lässt sich auf den Vorschlag ein, dass sie im Gebäude bleiben dürfen. Etwas anderes wäre ja nun auch nicht mehr möglich gewesen. So lagern sich die vier Brasilianer und zwei Deutschen auf den Plastiksitzen, so gut es geht, liegen geht hier nicht. Von Babyface bekommen sie noch die Ansage, ja nicht aufzustehen, sonst würde geschossen. Und wenn sie zur Toilette müssten? Dann sollten sie rufen, dann bekämen sie eine Begleitung. „Ja, das möchten die wohl gerne, mich zur Toilette begleiten!" murmelt Anita, die kräftigere der beiden brasilianischen Mädchen vor sich hin.

Es ist schon eine beklemmende Szene, wie sie da wie in einem hellerleuchteten Ufo mitten im Nirgendwo sitzen, umgeben von unberechenbaren Männern mit Knarren. Schlafen geht gar nicht, dazu ist das alles viel zu unheimlich. Irgendwie müssen sie die Zeit rumkriegen bis zum Morgen, um acht Uhr wird die Ausgangssperre wieder aufgehoben. Friedel ist sehr dankbar dafür, dass die Brasilianer dabei sind und die Verhandlungen führen. Besonders Paolo lässt sich überhaupt nicht einschüchtern und behält seine gute Laune. Tété ist seine Schwester, beide sind ausgesprochen hübsch. Plötzlich kommt Big Boss Babyface wieder heran und tuschelt mit Paolo. „Wir dürfen uns in das Dienstzimmer des Capitano legen!" verkündet Paolo lachend. Gemeinsam ziehen sie in eine dunkle, holzgetäfelte Suite um, mit schwarzen Polstermöbeln und Teppich. Nebenan gibt es sogar ein Bad.

Friedel liegt jetzt schön ausgestreckt in seinem Schlafsack, alles ist gut, aber trotzdem ist er noch zu aufgeregt, um gleich einzuschlafen. Es ist so warm hier. Mitten in der Nacht wird er plötzlich davon wach, dass jemand ins Zimmer kommt, es gibt Geflüster, dann werden die Stimmen lauter. Friedel denkt: *Könnt ihr nicht leiser reden, ihr weckt ja alle auf!* Da schüttelt ihn jemand an der Schulter, Friedel schreckt hoch, es ist der Freund von Paolo. Er bittet Heiko und ihn, aufzustehen. Warum nur? Er erzählt irgendetwas davon, dass es jetzt wichtig wäre, dass alle wach wären, damit nichts passiert. Friedel begreift kein Wort. Paolo redet indessen lautstark und wie ein Wasserfall mit dem Capitano, der an der halboffenen Tür steht. Anita und Tété stehen mit verschränkten Armen am Fenster und gucken finster. Hinter dem Capitano stehen zwei Soldaten, richtige Milchbubis, und starren auf ihre Stiefelspitzen. Schließlich, nach vielen Worten hin und her, packen alle ihre Sachen zusammen und setzen sich wieder in die Empfangshalle.

Es ist zwar noch dunkel draußen, aber man kann schon die Morgenröte am Horizont erahnen. Tété erzählt, dass der Capitano nachts hereingeschlichen wäre, sie und Anita angetippt und aufgefordert hätte, mitzukommen. Sie wäre so verschlafen gewesen, dass sie überhaupt nicht begriffen hätte, was los war, aber Paolo wäre gleich wach geworden und hätte eine lange Diskussion mit dem Chef angefangen. Er hatte sich wohl eingebildet, als Dank dafür, dass er ihnen sein Zimmer überlässt, wäre es doch nur recht und billig, dass er Anita und sie mal kurz im Nebenraum vernaschen dürfe. Natürlich hätte er mit Waffengewalt vieles machen können, deshalb sei es so wichtig gewesen, dass Paolo ihn die ganze Zeit in ein freundliches und angeregtes Gespräch unter Männern verwickelt hatte und die anderen alle als Augenzeugen wach und reaktionsbereit waren, falls er sich nicht von seinem Plan abbringen ließ.

Als um acht Uhr endlich die Außentüren des Flughafens geöffnet werden, wanken die sechs Rucksacktouristen müde, aber glücklich in die Stadt und suchen den Bahnhof. Es gibt zwei Züge zur brasilianischen Grenze, den schnellen, der ist schon ausverkauft, und den „Tren de la Muerte", der an jeder Milchkanne hält, den nehmen sie. Die Brasilianer haben ihren Humor schon wieder-gefunden nach dem Schock am frühen Morgen und machen sich über die bolivianische Bezeichnung „boleto" für Billett lustig. Paolo und Anita singen bereits wieder, Friedel versteht immer nur „Brasil, Brasil!". Die Freude, in die Heimat zurückzukehren, scheint sie zu überwältigen. Der Tren de la Muerte ist altersschwach und klapprig, aber sein Geld wert. An jeder Ecke bekommt man außer „chicha", „empanada", „café", auch „naranja" – Orangen und „manzana chilena" – chilenische Äpfel angeboten. Die Sitze sind unbequem, der Zug ruckelt und schuckelt, als seien die Schienen verbogen. Aber die Landschaft ist überwältigend.

Friedel geht durch den Zug bis zum Ende, dort kann man draußen auf dem Trittbrett sitzen. Sie fahren durch den Gran Chaco, eine grüne Hölle mit dampfenden Mooren, unzähligen Wasserläufen, Seen, undurchdringlichem Gestrüpp und wenig Menschen. Ein sehr warmer, starker Wind weht, es ist schwül. Herrlich, hier zu sitzen! Wenn man den Schienen nachschaut, die in der Ferne verschwinden, wird auch klar, warum der Zug so rattert und ruckelt. Sie wirken schief und krumm. Alles, was jetzt noch fehlt, wäre die Mundharmonika. Friedel summt und pfeift vor sich hin. Als er wieder aufwacht, ist es schon dunkel geworden. Ein riesiger, blutig oranger Vollmond steht am Himmel und beleuchtet die Landschaft. Friedel summt: Der Mond ist aufgegangen. Er hat Heim- und Fernweh zugleich und fühlt sich glücklich hier am Ende des Zuges. Am Ende der Welt.

Am Morgen landen sie endlich in Puerto Suárez. Der brasilianische Zug fährt erst hinter der Grenze ab, im Moment gibt es keine Busse dorthin. Die Einheimischen empfehlen den Weg zu Fuß über die „grüne Grenze".

„Wird man da nicht erschossen?"

„Nein, nein," lachen sie, „keine Sorge, hier wird keiner erschossen. Wir sind so weit weg von allem, hier passiert gar nichts!"

Also machen sie sich auf den Weg, der ihnen beschrieben wurde, passieren ein kleines Waldstück und stehen plötzlich schon am Bahnhof von Corumbá. Sie kaufen Tickets nach Sao Paolo, die „bilhete" heißen, das klingt wirklich eleganter als „boletos". Sie haben noch ein bisschen Zeit, die Brasilianer sind ganz wild darauf, in Brasilien essen zu gehen, sie kehren in einem Fischrestaurant ein und tafeln, bis Friedel schlecht wird. Er muss lernen, rechtzeitig zu stoppen, besonders, wenn es sehr lecker ist. Draußen vertreten sie sich noch ein bisschen die Füße, es gibt einen kleinen Park, über dem eine Nachbildung der Christusfigur aus Rio thront. Die Brasilianer sind begeistert. Sie hören gar nicht mehr auf, von Brasilien zu erzählen, ihre grüngelben Tücher zu schwenken und Lieder zu singen. Manche Refrains kann Friedel schon mitsingen. „Du musst Brasiu singen, mit weichem Ende, Friedel!" gibt Tété ihm ersten Sprachunterricht in brasilianischem Portugiesisch.

Als sie im modernen, superbequemen Zug sitzen, der im Vergleich zu den Zügen aus Bolivien und Peru wie ein Zug aus einer ganz anderen Zeit wirkt, der Neuzeit, geht der Sprachunterricht weiter: „Was heißt: ‚que barato!', Tété? Das sagt ihr so oft. Heißt das nicht ‚billig'?"

Tété lacht: „Ja, du hast recht. Aber es ist Slang. Man sagt es dauernd, wenn man sich wundert oder etwas toll findet: Que barato! Hast du in Deutschland Portugiesisch gelernt?"

„Ja, Heiko und ich haben einen Kurs gemacht an der Volkshochschule. Aber ihr Brasilianer sprecht ganz anders, besonders die Endungen!"

Tété lacht wieder. Friedel mag es gern, wenn sie lacht. Sie sagt: „Ja, daran gewöhnst du dich aber ganz schnell! Alle Endungen mit „te" werden gezischt. Als Merkspruch sag mal ‚ein Eis mit Krokant und Schokolade'!"

„Um sorvete com crocante e chocolate?"

"Gut! Aber das ist Portugiesisch. Der Brasilianer sagt: Um sorvetschi com crocantschi e chokolatschi!"

Jetzt lachen alle. Friedel sagt: „Das klingt lustig! Seid ihr immer so lustig?" Jetzt brüllen alle vor Lachen und rufen: „Immer!" Dann fangen sie wieder an, ihre „Brasil, Brasil!" Lieder zu singen und können sich gar nicht mehr beruhigen.

Später fragt Tété Friedel: „Wo wollt ihr eigentlich hin in Brasilien?"

„Wir haben eine Adresse in Niteroi bei Rio. Und wir haben die Adresse einer Missionsstation bei Salvador de Bahia."

„Que barato! Da wird es euch bestimmt gefallen! Aber zuerst kommt ihr mit nach Sao Paulo, versprochen?"

Friedel schaut zu Heiko. Der grinst und nickt. Da schaltet sich Anita ein: „Und danach kommt ihr erstmal zu mir aufs Land nach Rio Claro! Damit ihr euch vom Großstadtgestank erholen könnt!"

„Okay, abgemacht. Wo wohnen wir denn da?"

„Bei mir in der Wohngemeinschaft! Wir wohnen in einem kleinen Haus auf dem Land, sehr gemütlich! Und bei Tété könnt ihr im Appartement wohnen, die hat Platz!"

Friedel schaut zu Tété, die nickt und ist dabei ein bisschen rot geworden. Friedel freut sich, dass nicht nur ihm das passiert. Er fragt: „Willst du das wirklich?" und sie sagt: „Aber ja, ihr seid herzlich willkommen! Meine Freundin Maggi und ich freuen uns immer, wenn wir Besuch bekommen!"

Stadt und Land

Sao Paulo ist gigantisch. Autobahnen, Schnellstraßen, Hochhäuser, Menschen- und Automassen, die Luft riecht nach Benzin und Abgasen. Ein Kulturschock nach dem beschaulichen Leben in den Anden. Im Zentrum überall Businessanzüge, eine Welt voller Bankangestellter, die eilig und mit starrem Blick zu ihrem nächsten Termin hasten. Genau das Gegenteil von brasilianischer Lebens-freude. Riesige Geschäfte, alles ist modern, hier gibt es anscheinend nichts aus der Vergangenheit, Sao Paulo ist Zukunft. Tété wohnt in einem Appartement-Hochhaus mit Aufzug an einer großen Straße. Es ist schön und hell eingerichtet, eher edel als studentenmäßig und gehört den Eltern. Tétés Freundin Maggi ist anfangs auch da, muss aber für ein paar Tage weg und überlässt Heiko und Friedel ihr Zimmer. Von Anita haben sie sich am Bahnhof verabschiedet, sie fährt weiter aufs Land.

Paolo und Tété kümmern sich rührend um die beiden Jungs aus Alemanha und zeigen ihnen die Stadt mit ihren Kinos, Museen, Parks, Jazz-Clubs und Discos. Nach und nach lernen sie den normalen Alltag und den brasi-lianischen Lebensrhythmus der beiden samt ihrer Freun-de kennen. Fast alle scheinen gutsituierte Eltern zu haben, die ihnen ein komfortables Studentenleben er-möglichen können. Trotzdem diskutieren sie leiden-schaftlich über die ausstehenden Revolutionen, über die Armut in Brasilien, die korrupte Militärregierung, die sich zwar ein liberales Image gebe, aber weiterhin keine freien Wahlen zulasse, über die Abholzung der Ama-zonaswälder und die Verschwendung der Rohstoffe, die Umweltskandale der staatlichen Ölgesellschaft Petrobras und die Tricksereien und Schmiergeldaffären des brasi-lianischen VW-Konzerns. In den verstopften Straßen sieht man tatsächlich viel mehr VW-Käfer als in Deutsch-land, es ist dort das Standardauto, auch Paolo hat eins und fährt sie damit kreuz und quer durch Sao Paulo. Der Mittelschicht scheint es ganz gut zu gehen in Sao Paulo. Die Armen kommen im Stadtbild praktisch nicht vor, sie leben in den riesigen Favelas rund um die Stadt.

Abends wird es meistens spät. Wenn sie nachts nach Hause kommen, werden noch Eier gebraten mit Tomaten und es wird ein kleiner Cafézinho gekocht, Schallplatten aufgelegt und weiter diskutiert. Heiko und Friedel sind schon ziemlich fit in der Konversation, sie verstehen inzwischen einiges, wenn nicht zu schnell gesprochen wird, und können sich, natürlich noch holprig und mit vielen Fehlern, verständlich machen. Wichtig ist, dass man dran bleibt und einfach losspricht, statt zu lange zu überlegen, wie jetzt wohl das richtige Wort heißen könnte. Vor drei Uhr liegen sie selten im Bett, dementsprechend spät stehen sie morgens auf. Friedel geht öfter morgens schon einmal Einkaufen fürs Frühstück, er hat die Versuche aufgegeben, sich finanziell bei gemeinsamen Unternehmungen beteiligen zu wollen, das klappt nie, Paolo und Tété sind immer schneller und haben schon alles geregelt, ehe er überhaupt sein Portemonnaie gezückt hat. Deshalb beteiligt er sich jetzt auf diese Weise und schafft es manchmal in der Kneipe sogar, einen auszugeben, indem er der Kellnerin Geld zusteckt. Aber einfach ist es nicht.

Er hat den Eindruck, dass es Paolo und Tété finanziell gut geht, trotzdem möchte er sich natürlich nicht aushalten lassen wie die Made im Speck. Dazu kommt das Gefühl, auch mal gerne was alleine machen zu wollen, einfach so ein bisschen rumlaufen und gucken, ohne Programm. Das schaffen sie aber nur selten. Nach ein paar Tagen Großstadt haben sie das dringende Bedürfnis, rauszukommen. Sie feiern Abschied von Paolo und Tété, bedanken sich für die großzügige und herzliche Gastfreundschaft und machen sich auf in Richtung Rio Claro.

Als sie nach dreistündiger Busfahrt dort landen, schnuppern sie erstmal. Nein, hier ist die Luft tatsächlich wieder frisch und riecht nicht nach Petrobras. Herrlich! Kleine Straßen, kleine Häuser, Menschen, die überhaupt nicht hektisch wirken, keine Businesskleidung tragen und ihnen in aller Ruhe freundlich den Weg zeigen zur Rua Sete. Die Tür ist offen, sie rufen, ein zartes, dunkelhaariges Mädchen kommt und fragt, zu wem sie wollen. Anita? Sie lacht. „Ja, die wohnt hier, aber die ist unterwegs. Vielleicht kommt sie heute noch zurück, vielleicht aber auch erst morgen oder übermorgen. Aber das macht ja nichts, kommt doch herein. Ich heiße Flavia, werde aber meistens „Fla" genannt!"

Sie hält den beiden erstaunten Jungs ihr Gesicht hin, einmal links, einmal rechts für den Begrüßungskuss und führt sie ins gemütliche Wohnzimmer. Anita hat anscheinend nicht erzählt, dass Besuch vorbeikäme, aber für Fla ist es die selbstverständlichste Sache der Welt, dass sie hier wohnen können und sie fühlen sich so herzlich aufgenommen, als wären sie lange erwartet worden. Wo sie denn herkommen? „Alemanha? Que barato!" Fla ist begeistert und erzählt, dass Jutta, eine der vier Mitbewohnerinnen hier, deutsche Vorfahren habe und gut Deutsch spreche. Leider ist sie mit Ingrid, der vierten Mitbewohnerin, auf einer Exkursion.

Fla lobt das Portugiesisch der Jungs, dass schon fast „perfeto" sei! Sie macht einen Begrüßungskaffee, zeigt ihnen das kleine, nette Häuschen mit der schönen Terrasse und dem Garten. Dann zeigt sie ihnen den Ort, „da drüben und im Nebenhaus wohnen Freunde, die besuchen wir nachher!". Rio Claro hat einen schönen Botanischen Garten mit See, dort gehen sie spazieren und erfahren alles über die vier Mädchen und Rio Claro. „Fast alle hier studieren an der kleinen naturwissenschaftlichen Zweigstelle der Universität Sao Paulo, die meisten Ökologie oder Geologie. Wir kennen uns alle untereinander, die meisten wohnen in Wohngemeinschaften, so wie Anita und ich. Es gibt viele Projekte, wo man zusammen forscht und Exkursionen macht. Studieren in Rio Claro ist ‚muito bem'!"

Fla will ihnen das kleine Museum am Ende des Botanischen Gartens zeigen, aber es hat geschlossen. Sie klopft, ruft, geht um das Gebäude, klopft am Fenster. Schließlich hat sie Erfolg. Die Tür öffnet sich, ein älterer Herr teilt ihr mit, dass das Museum zurzeit geschlossen ist. Aber Fla gibt so schnell nicht auf. Sie zeigt auf die Jungs, erklärt, dass sie extra aus Deutschland gekommen wären, um sich das schöne Museum in Rio Claro anzugucken, ob er nicht vielleicht eine klitzekleine Ausnahme machen würde, nur dieses eine Mal? Sie würden sich auch beeilen?

Gegen eine solche Charme-Offensive ist der ältere Herr machtlos, er zuckt mit den Schultern und lässt alle drei hinein. Noch nicht mal Eintritt möchte er haben. Fla strahlt über das ganze Gesicht, bedankt sich tausend Mal und macht eine kleine private Extraführung für die deutschen Studenten. Friedel weiß hinterher gar nicht mehr so richtig, was sie da alles genau gesehen haben für Pflanzen, Abdrücke und Zeichnungen. Er weiß nur, wäre er der Museumswärter gewesen, er hätte Fla auch hinein gelassen und er hätte nicht darum gebeten, dass sie sich beeilen soll.

Auf dem Rückweg holen sie etwas ein für das Abendessen und gehen dann bei der Nachbar-WG vorbei.

Klingeln gibt es nicht, man klopft an die Haustür, die meistens offen ist, oder geht einfach hinein und ruft „Bom dia!" oder „Oi!". Fla, die mit der Rotweinflasche in der Hand vorausgeht, wird beinahe umgerissen von der kleinen Sandra, die ihr um den Hals fällt, die Jungs mit den üblichen Küsschen begrüßt und dann die Taschen vom Einkauf abnimmt. „Wir machen zusammen Essen, ja?" Schon sind alle in der kleinen Küche gelandet, bekommen ein kühles Getränk, das nach einer exotischen Frucht schmeckt und sind wieder mittendrin im Geschehen. „Was ist da drin?" fragt Friedel und zeigt auf sein Glas.

„Guaraná!" erklärt Sandra mit ihrer tiefen, rauchigen Stimme, „das brasilianische Nationalgetränk. Guaraná wächst nur am Amazonas. Schmeckt's dir?"

„Lecker! So etwas hab ich noch nie getrunken. Macht süchtig!"

Die Mädchen lachen. „Guaraná macht wach und hält fit. Besser als jeder Kaffee!" Sandra schüttet ihm nach. „Aber man soll nicht zu viel auf einmal davon trinken. Zum Durstlöschen nimmst du am besten Wasser mit Limone."

„Warum lacht ihr so? Ist irgendwas mit Guaraná?"

„Nein, nein, ‚tudo bem'– alles in Ordnung." Fla räuspert sich, verschluckt sich dabei fast und prustet dann los: „Es ist nur so, Guaraná hilft gegen alles, wisst ihr?"

Heiko und Friedel starren sich ratlos an, während die Mädels sich überhaupt nicht mehr einkriegen vor Lachen. Danach entschuldigen sie sich, dass sie so albern sind, verteilen die Aufgaben für das Abendessen, Friedel darf am Herd den Reis kochen und die Rotweinflasche entkorken und den Wein testen, Heiko deckt den Tisch und presst eine Limone aus für das Tafelwasser. Man kocht viel, denn man weiß nie, wer von den Wohngemeinschaftsmitgliedern noch nach Hause kommt und ob nicht noch Besuch hereinschaut. Sandra erklärt Friedel die Philosophie: „Sei immer bereit, viele Gäste zu empfangen. Ohne Gäste ist es langweilig, und am besten sind unerwartete Gäste wie ihr, da gibt es so viel zu erzählen!"

Als sie dann zusammen am Tisch sitzen und Wein trinken und essen und erzählen, ist es für Friedel so vertraut, als ob er schon seit Wochen hier wäre. Bisher haben sie auf ihrer Reise schon viele aufregende Dinge gesehen und erlebt, aber hier in Rio Claro haben sie Freunde gefunden. Hier können sie richtig lockerlassen, hier kann man einfach leben und genießen. Später am Abend kommt tatsächlich auch noch Besuch vorbei, Isis und ein langer großer Kerl mit dem seltsamen Namen "Guttenbergh", mit deutschen Vorfahren, sehr nett. Friedel merkt an der Art, wie sie von Fla und Sandra vorgestellt werden, dass die beiden ein bisschen stolz sind auf „ihre" Alemaos. Als der Wein alle ist, kreist ein Joint in der Tischrunde, Friedel gibt weiter, ihm wird schlecht von dem Zeug.

Der nächste Morgen wird verschlafen, Friedel hat etwas Bauchschmerzen und genießt es, lange im Bett zu bleiben. Er schläft in Anitas Zimmer, Heiko in Juttas. Schließlich schleicht er sich in die Küche und überlegt, ob er frisches Brot kaufen soll. Als er gerade zur Haustür herauswill, erwischt ihn Fla, sie ruft: „Warte, ich komme mit!", zieht sich schnell etwas über und geht mit ihm ins Zentrum, dort kennt sie den Bäckerlehrling, sie klopft an der Rückseite der Bäckerei, ein gelockter, hübscher Junge guckt heraus, flitzt wieder hinein und drückt ihr zwei frische Brote in die Hand. Sie bedankt sich mit Küsschen, strahlt und verkündet, sie müsste auf dem Weg zum Frühstück noch etwas erledigen. Bei einem Kiosk kauft sie eine Karte von Rio Claro, auf dem der Botanische Garten mit dem See zu sehen ist, schreibt etwas auf die Rückseite und gibt sie dann Friedel mit den Worten: „Hier, damit du eine kleine Erinnerung an mich hast!"

Friedel sieht eine fröhliche, gemalte Sonne, daneben steht „Viel Glück und viel Sonne und einen großen ‚beijo‘ für dich! Zur Erinnerung an Fla." Friedel bedankt sich gerührt und fragt: „Was ist denn ein ‚beijo‘?"

Fla deutet ihm an, er solle näher kommen und gibt ihm dann einen schnellen Kuss auf die Wange. „Das ist ein beijo!" Sie lacht. Er ist völlig verdutzt, dann lacht er auch. Sie fragt: „Und weißt du, was ein ‚beijao‘ ist?"

Friedel schüttelt den Kopf, kann es sich aber schon denken. Diesmal ist es ein dicker Schmatzer auf die Wange. "Willst du auch noch wissen, was ein ‚beijo na boca‘ ist?"

Klar will er das wissen. Er möchte ja schließlich vorankommen im Portugiesischen. Sie lacht, reckt sich auf die Zehenspitzen und gibt ihm einen dicken Kuss mitten auf den Mund. Er denkt: *Mist, ich habe mir noch nicht die Zähne geputzt!* Dann denkt er: *Egal!* und umarmt sie ganz fest. Sie ist wie Wachs in seinen Armen und flüstert: „Te adoro!". Das heißt: Ich verehre dich. Oder: Ich liebe dich. Friedel flüstert zurück: „Te adoro tambem, Fla!" Ich verehre dich auch. Dann gehen sie hüpfend Hand in Hand in die Rua Sete und bereiten ein schönes Frühstück. Was Fla nicht weiß: heute ist Friedels Geburtstag. Er hat es niemandem gesagt. Heiko weiß es eigentlich, aber der hat es bestimmt vergessen. Friedel nimmt alles, was an diesem Tag passiert, als Geburtstagsgeschenk an. Das schönste hat ihm schon Fla gemacht heute Morgen.

Abends sind sie bei Freunden eingeladen in einem anderen Haus, das sie bisher noch nicht kennen. Man grillt im großen Garten, es sind 20 bis 30 Leute dort, es wird gegessen, getrunken, gesungen. Einige Lieder kann Friedel schon mitsingen. Er schnappt sich die Gitarre, die er drinnen im Haus gesehen hat, stimmt sie, verzieht sich in die Ecke des Gartens und klimpert ein bisschen für sich. Ein rothaariger junger Mann setzt sich zu ihm, sie wechseln sich ab. Er zeigt Friedel, wie man den Anfang von „Girl of Ipanema" spielt und den „One Note Samba". Bald sitzen viele Gäste im Halbkreis um die beiden und hören ihnen zu, summen oder singen mit. Der Rothaarige spielt die brasilianischen Klassiker, Friedel singt und spielt ein paar irische Lieder. Es ist schon länger dunkel, der Garten ist mit bunten Lichtern und Kerzen beleuchtet, ein wunderbarer Geburtstagsabend.

Irgendwann sitzt ein hübsches Mädchen mit langen, lockigen Haaren neben Friedel, der gerade Spielpause hat und fragt ihn, woher er kommt, wie lange er schon hier ist, ob ihm Rio Claro und Brasilien gefällt – das Übliche eben. Sie plaudern über dieses und jenes, aber irgendwann schaut sie ihm intensiv in die grünen Augen und fragt: „Welches Sternzeichen bist du?"

Friedel stutzt und fragt noch einmal nach. Kann es sein, dass sie etwas gemerkt hat? Sie fragt nach dem „aniversário", dem Geburtstag. Er antwortet: „Hoje! – Heute!"

Diesmal fragt sie noch einmal nach. Als er bestätigt, dass er heute Geburtstag hat, rennt sie aufgeregt zu den

anderen und ruft überall, der „Alemao" hätte heute Geburtstag, sie sollten alle kommen! Die ganze Garten-
gesellschaft setzt sich in Bewegung, bald stehen sie alle
vor Friedel, Sektkorken knallen, die brasilianische
Fassung von Happy Birthday und andere Geburtstags-
lieder werden mit großer Begeisterung und Lautstärke
gesungen und jeder, wirklich jeder, fällt Friedel um den
Hals, herzt und küsst ihn und wünscht ihm ein schönes
neues Jahr und ein gutes Leben. Friedel ist völlig überwältigt, es ist der schönste Geburtstag, den er je hatte.
Zum Schluss kommt noch einmal seine blondgelockte
Geburtstagsfee zu ihm, zeigt auf ihre Armbanduhr, die
gerade 12 Uhr anzeigt, und sagt: „Das war ja knapp,
mein Lieber. Keine Sekunde zu früh! Warum hast du niemandem etwas gesagt?"

Friedel überlegt kurz und antwortet dann: „Ich
wusste, dass einer es merken würde!" und zwinkert ihr
dabei zu.

„Eine!" lacht sie und fährt fort: „Der Gedanke kam
plötzlich so aus dem Nichts angeflogen. Ich hatte das
Gefühl, du hast da ein kleines Geheimnis! Hat dein
Freund das auch nicht gewusst?"

„Mein Freund hat das verpennt, der Blödmann!"

„Männer!" Sie verdreht theatralisch die Augen, dann
lacht sie und geht wieder.

In den nächsten Tagen bewegen sich Heiko und Friedel
schon völlig ungezwungen Rio Claro, als wären sie seit
Jahren hier zuhause. Es ist inzwischen ziemlich voll geworden im kleinen Häuschen, Anita ist gekommen und
hat einen holländischen Freund mitgebracht, Jutta und
Ingrid sind auch angekommen. Aber es geht prima, auch

wenn es manchmal etwas eng ist und nicht jeder immer einen Stuhl abbekommt. Alles ist so selbstverständlich und unkompliziert. Aber nach 12 Tagen entschließen sich die beiden Alemaos, doch noch weiterzufahren nach Rio, obwohl Fla sagt: „Vergesst Rio de Janeiro, es gibt nur ein Rio, das ist Rio Claro!"

Rio, Salvador und retour

Wie fast immer vermurkst Friedel den Abschied. Am Abend vorher wird noch mächtig gefeiert, gesungen, erzählt und getrunken. Friedel trinkt mehr als ihm guttut. Am nächsten Morgen hat er einen dicken Kopf, schlechte Laune und möchte nur noch weg. Fla ist schon aus dem Haus, Jutta und Sandra kommen mit zum Bus, um die beiden zu verabschieden. Als sie im Bus sitzen, wird ihm schwer ums Herz. Werden sie noch einmal so nette Freunde finden? Hat er sich überhaupt von Fla richtig verabschiedet? Er weiß es nicht. Wenigstens hat er ihre Postkarte mit der gemalten Sonne dabei und ihr geflüstertes „Te adoro!" im Ohr. Die tiefe Stimme von Sandra und ihr raues Lachen vermisst er schon jetzt. Heiko vermisst vor allem Jutta, mit der er viel erzählt und Freundschaft geschlossen hat. Sie hat eine Cousine in Deutschland und will mal zu Besuch kommen.

Wehmütig sinnieren sie vor sich hin, steigen in Sao José dos Campos aus und müssen ziemlich lange auf den nächsten Bus warten. Weil sie beide müde sind und einen schweren Kopf haben, packen sie ihre Schlafsäcke aus und legen sich auf den Rasen am Busbahnhof, die Rucksäcke griffbereit am Kopfende. Da kommen zwei junge Polizisten und lassen sich die Ausweise zeigen. „Müssen wir hier weg?" fragt Heiko. Nein, nein, alles in Ordnung, solange sie hier kein Zelt aufschlagen, lachen die beiden und ziehen grinsend weiter.

Friedel träumt, er würde zu seiner Großmutter ziehen und dort auch zur Schule gehen. Am Mittwoch soll er schon auf der neuen Schule sein, aber irgendwie vertrödelt er die Zeit, um 8 Uhr schafft er es schon mal gar nicht, und dann fällt ihm noch ein, dass er ja vorher zuhause noch etwas abholen muss. Er fährt nach Hause zu seinen Eltern, dort liegen alle Sachen, die seine Mutter aus seinem Zimmer geräumt hat, im Wohnzimmer herum. Auch auf der Erde liegen Sachen von ihm, Bilder, Bücher, Blöcke, zum Teil verknickt, weil sein kleiner Bruder oder der Hund drüber gelaufen sind. Friedel ärgert sich und denkt: *Na, so eilig müsst ihr's doch auch nicht haben, dass ich endlich raus bin! Ich kann meine Sachen durchaus alleine ausräumen!*

Er fühlt sich rausgeschmissen. Dann fällt ihm ein, dass er seine Großmutter anrufen muss, um ihr zu sagen, dass er später kommt, am Nachmittag oder so. Beim Aufwachen wird ihm klar, dass er ja schon lange von zu Hause ausgezogen ist und auch nicht mehr zur Schule muss. Wie schön. Auch Heiko ist wachgeworden, weil es gerade angefangen hat zu regnen. Sie haben über eine Stunde geschlafen! Und den Bus nach Rio verpasst. Mist! Heiko guckt, welche Busse noch ausstehen. Der nächste geht nach Ubatuba. Das klingt lustig. Wo liegt das? Friedel guckt auf seiner Brasilienkarte. An der Küste, ganz in der Nähe! Also auf nach Ubatuba, ehe sie richtig nass werden. Der Regen wird stärker. Da kommt der Bus, schnell rein.

Als sie in Ubatuba aussteigen, schüttet es wie aus Eimern. Baden im Atlantik können sie also schon mal abhaken. Sie suchen eine Pension oder ein billiges Hotel. Das stellt sich als schwierig heraus. Schließlich kriegen sie sich, inzwischen bis auf die Knochen durchnässt, auch noch in die Haare. Friedel hat eh schon schlechte Laune und Heiko tut alles, um ihn zu provozieren: „Das bisschen Regen macht dir was aus, was bist du denn für ein Sensibelchen? Lass doch mal locker, es ist das erste Mal, dass wir nass werden!"

„Ich bin aber nicht locker, sondern sauer. Statt nach Rio zu fahren, gurken wir hier in so einem drittklassigen Touristenort rum, wo man noch nicht mal gescheit übernachten kann."

„Und ich bin schuld oder wie?"

„Hab ich doch gar nicht gesagt. Wir haben beide den Bus nach Rio verpennt und jetzt gibt's hier ein Problem im bescheuerten Ubatuba. Oder wolltest du heute ganz locker am Strand übernachten?"

„Sehr witzig. Aber deine Scheißlaune macht die Suche nicht einfacher. Reiß dich doch mal zusammen!"

„Den Spruch kenn ich, den hab ich zu oft gehört. *Reiß dich zusammen!* Ein echter Eltern- und Spießerspruch. Unter den Nazis haben sich auch alle in einem fort zusammengerissen."

„Nun mach aber mal einen Punkt, mein Lieber. Wenn du Probleme mit deinen Eltern aufarbeiten willst, sag Bescheid. Ansonsten geht mir deine ständige Nörgelei und Besserwisserei ziemlich auf die Nerven!"

„Das musst du gerade sagen! Du bist doch der Spezialist für Besserwisserei!"

„Ach ja?"

„Absolut!"

In diesem Stil geht das die nächsten Tage weiter. Heiko meint, er hätte ein anderes Lebensgefühl als Friedel, und das von Friedel möchte er nicht aufgedrängt bekommen. Friedel fühlt sich weit entfernt davon, jemand anderem sein Lebensgefühl aufzudrängen, er glaubt eher, es liegt daran, dass sie zum ersten Mal auf dieser Reise auf sich gestellt sind und zu zweit klar kommen müssen. Da geht man sich schneller auf den Geist. Außerdem hat Heiko sich immer noch nicht dazu geäußert, dass er den Geburtstag seines Freundes verschlampt hat. Inzwischen denkt Friedel sogar manchmal, er hätte ihn nicht vergessen, sondern einfach ignoriert. Ignorieren ist im Moment Heikos große Spezialität. Wenn Friedel was erzählt oder ihn was fragt, kommt oft überhaupt keine Antwort oder Reaktion. Er tut einfach so, als hätte er nichts gehört. Guckt Friedel ihn an, schaut er weg.

Das ist ein bescheuertes Spiel und führt dazu, dass die beiden sich zuweilen stundenlang anschweigen. Manchmal fragt sich Friedel schon, ob Heiko der richtige Partner für diese Reise war und sie beide überhaupt noch befreundet sind. Wenn er ihre Verständigungsschwierigkeiten anspricht und Heiko tatsächlich etwas dazu sagt, dann so etwas: „Ich habe keine Lust, auf jede blöde Frage zu antworten. Du erzählst oft so ein banales Zeug, da bin ich gar nicht in der Stimmung, um darauf einzugehen."

Keine gute Voraussetzung für gelungene Kommunikation. Friedel fühlt sich herabgesetzt als banales Dummerchen, dessen dürftige Gesprächsbeiträge nicht den hohen Ansprüchen von Heiko genügen. Da überlegt man sich jeden Satz dreimal, bevor man ihn sagt. Sobald sie wieder mit anderen Leuten zusammen sind, ändert sich alles, da darf jeder so banal wie er möchte Portugiesisch-Englisch vor sich hinplappern und alles ist gut. Nach dem Regen-Desaster von Ubatuba wohnen sie jetzt in Niterói, direkt gegenüber von Rio, im Appartement von Julio, dessen Adresse Heiko über Bekannte hatte. Julio ist sehr nett, Student, unternehmungslustig, und sie gehen jeden Tag auf die Rolle, Jazz-Festival mit John McLaughlin, Konzert von Weather Report, Baden Powell in Rio.

Ab und zu werden sie zum „Sattessen" von Julios Eltern eingeladen, dann bekommen sie die typisch brasilianischen Fischgerichte serviert und die leckeren schwarzen Linsen. Sie schärfen den Jungs ein, niemals Geld, Schecks oder wertvolle Dinge am Körper zu tragen, weil in Rio so viel geklaut wird. Und sie sollen niemals auf die Idee kommen, in die Favelas zu gehen. Das hatten sie auch nicht vor, bisher haben sie noch gar keine schlechten Erfahrungen gemacht. Wenn sie in Niterói zum Strand wollen, lassen sie alles Wichtige oben in Julios Appartement und laufen einfach runter, in fünf Minuten sind sie am herrlichen Sandstrand.

Nach einer knappen Woche Rio wollen sie weiter in den Norden, Bahia ruft. Alle, denen sie erzählen, wo sie hinwollen, bekommen glänzende Augen und schwärmen von Salvador de Bahia wie der brasilianische Popstar Gilberto Gil, der in seinen Liedern von den „menina baiana", den Mädchen aus Bahia und ihrem speziellen

Zauber schwärmt. So steigen sie morgens in den bequemen Reisebus und fahren über 1600 Kilometer in den Norden. Alle vier Stunden hält der Bus an einer Raststätte, alle stürzen raus, um sich schnell etwas zu essen zu organisieren, bevor es weitergeht. Sie sehen viel Landschaft, wenig Orte. Nach 27 Stunden erreichen sie die Bucht von Salvador und fragen sich durch Richtung Unterstadt. Dort wohnt eine Männer-WG, die mit den Leuten aus Rio Claro befreundet ist.

Salvador ist sehr schön, sie wohnen nahe am Strand, die große Bucht erstreckt sich weit bis ins Hinterland, hat schönes Wasser, wunderbare Strände, allerdings nur kleine Wellen. Die Altstadt ist im Vergleich zu Sao Paulo und Rio sehr beschaulich und ruhig. Salvador ist zwar die frühere Hauptstadt und nach Rio und Sao Paulo die drittgrößte Stadt Brasiliens, aber davon merkt man nichts. Was sofort auffällt, ist eine ganz andere Bevölkerungsmischung. In Salvador überwiegen die Leute mit dunkler Haut und vor allem die vielen hübschen „morenas" und „morenos", die Menschen in allen Braunschattierungen. Man sieht abenteuerliche Mischungen, Morenas mit goldbrauner Haut, rotem Haar und blauen oder grünen Augen. Im Stadtbild fallen, abgesehen von diesen Mischungen und den vielen alten Häusern, Plätzen und Kirchen, vor allem die strahlend weiß gekleideten Mammis auf, stämmige, immer gut gelaunte dunkelhäutige Frauen, die überall die leckersten Spezialitäten anbieten: frischgepresste Sugos – Fruchtsäfte aus Orangen, Ananas, Kokos, Banane, Melone, Papaya und vielen Früchten, die Friedel zum ersten Mal in seinem Leben sieht und schmeckt. Dazu Krabbenspießchen und kleine scharf angebratene Fleisch- und Fischspezialitäten, die mit Piment und Salat gegessen werden. Und zum Nachtisch selbstgemachte, große Nuss- und Kokostaler und Plätzchen. Köstlich!

Nachdem sie ein paar Tage die Ober- und Unterstadt von Salvador ausgiebig erkundet haben, fahren Heiko und Friedel mit dem Bus nach Itapau, einem Stadtteil, der am offenen Meer liegt. Sie wollen auch mal richtige Wellen erleben. Hinter dem Leuchtturm entdecken sie eine schöne, menschenleere Bucht ohne Felsen, dort steigen sie ins Wasser, lassen sich von den Wellen umschmeißen und schwimmen ein bisschen hinaus. Heiko kehrt schnell wieder um, Friedel muss noch etwas weiter, er liebt es, in den Wellen zu schwimmen. Schließlich kommen die Wellen von links und von rechts zugleich und er kehrt lieber wieder um. Heiko ist nur noch ein kleiner Punkt am Strand. Friedel wundert sich, wie weit er in der kurzen Zeit schon geschwommen ist. Er hat nach einer Weile den bösen Verdacht, dass er dem Ufer nicht wirklich entscheidend näher kommt. Er versucht, mit dem Kopf unter Wasser zu kraulen, auf diese Weise scheint es besser zu gehen, aber er bekommt auch immer wieder Salzwasser in Mund und Nase und Anflüge von Panik.

Da tauchen plötzlich vor ihm zwei kahle Köpfe auf, kräftige, braune Arme schieben einen Rettungsring vor sich her. Sie fragen: „Tudo bem?" „Alles in Ordnung?" und erklären ihm, er solle den Rettungsring festhalten, Ruhe bewahren und den Rest würden sie schon übernehmen. Sie hieven ihn in Schwerarbeit mehr unter als über Wasser Stück für Stück aus der Strömung zurück zum rettenden Strand. Ihm ist das peinlich, weil er doch noch mithelfen kann, aber nicht soll. Auf der anderen Seite ahnt er jetzt, in welcher Gefahr er sich befunden hat und ist kolossal erleichtert, dass die beiden Rettungsschwimmer ihn am einsamen Strand gesichtet haben. Sie sind vom „vida guardia" und erklären ihm, dass man bei Ebbe auf gar keinen Fall schwimmen dürfe hier am Atlantik.

Carlos und Sergio in der WG schlagen beide Hände über dem Kopf zusammen, als sie davon hören, schimpfen, wie verrückt man denn sein muss, um überhaupt im Meer schwimmen zu wollen. Diese Deutschen, alles „loucos", Verrückte! Das nächste Mal würden sie erst in Afrika wieder an Land gehen. Friedel hat bei vielen, auch sportlichen Brasilianern am Strand von Rio und auch hier in Bahia gesehen, dass sie praktisch im Wasser nur planschen oder mit den Füßen mal durchrennen. Mehr ist nicht drin. Sie betonen auch immer, wie schrecklich kalt das Wasser sei, obwohl es im Gegensatz zur Nordsee eine äußerst angenehme Badetemperatur hat. Aber jetzt weiß er, dass die Scheu vor dem Meer vielleicht doch noch andere Ursachen hat, die nicht so ganz von der Hand zu weisen sind. An die Haie hat er bisher auch überhaupt nicht gedacht. Gibt es hier welche?

Sergio und Carlos lachen: „Ja klar, aber die fressen dich nur, wenn du rausschwimmst!" Dann, diesmal ernst: „Die Küste hier zählt zu den gefährlichsten Küsten der Welt, was Strömungen und Haie angeht. Fragt uns doch bitte nächstes Mal vorher, ehe ihr wieder so einen Ausflug macht. Ihr werdet nicht jedes Mal so einen Schutzengel haben wie heute."

Ein paar Tage später sind sie bei Pater Fredo auf einer kleinen Insel in der großen Baia de Todos Santos, gegenüber von Salvador. Die Adresse hatte Heiko mitgebracht, Verwandtschaft über einige Ecken, der Pater heißt eigentlich Alfred, eine stattliche Erscheinung, kommt aus dem

Rheinland, ist aber seit Jahrzehnten in Bahia und hat seine kleine Gemeinde auf den Inseln. Die Insel, wo der Pater wohnt, besteht aus dem Hauptort Madre de Deus, aus vielen Palmen, Stränden, Wäldern – und aus Erdöl. Riesige Tanks und Raffinerien der Petrobras. Die Strände sehen leider dementsprechend aus, schwarze Schlacken überall im Zuckersand, man muss aufpassen, dass man nicht reintritt, sonst hat man lange was davon. Unfassbar, ein traumhaftes Paradies mit schwarzen Flecken.

Fredo sagt: „Da kann man nichts machen, die Petrobras beherrscht die Regierung, nicht umgekehrt!" Er ist ein Unikum, nimmt die beiden Jungs gleich sehr gastfreundlich auf: „Kinder kommt, ihr habt doch bestimmt Hunger!" Und wie, immer! „Mögt ihr das gerne?" Der Tisch birst von handfesten Genüssen, Würsten, Brot, Früchten, dazu leckeres Bier. „Nicht so gut wie deutsches Bier, aber man gewöhnt sich dran!"

Er nimmt sie mit auf die Nachbarinsel, abends, mit der Fähre. Auch sehr schön. In der Messe dann, in einer kleinen weißen Dorfkirche, die Friedel an die Dorfkirche seines Vaters in Heiligensee erinnert, macht Fredo eine gute Figur in seinem weißen Talar. Der sieht schöner aus als die schwarzen Talare der Protestanten. Die paar Leutchen, die in der Kirche sitzen, werden von Fredo während der kurzen Predigt nach allen Regeln der Kunst zusammengefaltet. Sie sollen mehr für die Gemeinde tun und vor allem mehr spenden! Groß und wortgewaltig erinnert Fredo an Don Camillo, selbst wenn er schimpft, hat er noch kleine Lachfältchen um die Augen.

Hinterher erklärt er den Jungs, die hätten genug dort, die Gemeinde wäre reicher als die in Madre de Deus, die könnten ruhig mehr abgeben. Das Geld sei ja für die sozialen Projekte, die er aufgebaut habe und die allen zugute kämen: für die neue Gesundheitsstation, den Kindergarten, die Unterstützung für schwangere Mädchen und Frauen. Trotz der Standpauke wirkt alles sehr stimmungsvoll und schön, der Stromgenerator ist ausgefallen, sodass die ganze Insel mit Kerzen und Petroleumlampen beleuchtet ist. Mit einer großen Gaslaterne schreiten sie wieder hinunter zur Fähre und fahren zurück.

Friedel genießt es, allein am weißen Strand zu liegen, sich aufs warme Wasser zu legen und von den leichten Wellen schaukeln zu lassen. Das Wasser ist nachmittags oft wärmer als die Luft, über den Inseln weht immer ein strammer Wind. Friedel entdeckt seinen Körper wieder, er macht Übungen, die er früher einmal in einem Tai-Chi-Kurs gelernt hat. Hier ist es so einsam und er ist so auf sich gestellt, dass es ihm leicht fällt, bei sich zu bleiben und sich bewusst wahrzunehmen. Auch beim Essen versucht er, bewusst darauf zu achten, was und vor allem wie viel ihm guttut. Das ist bei der prächtigen Versorgung, die Pater Fredo ihnen angedeihen lässt, gar nicht so einfach.

Am Abschiedsabend essen sie auf dem großen Balkon, der windgeschützt so gebaut ist, dass man die ganze Bucht bis hinüber nach Salvador im Blick hat, sowie die Häuser von Madre de Deus und die schönen Bäume, in denen die Grillen singen. Fredo holt eine große, deutsche Wurst aus seinen Vorräten im Keller, ein frisches Weißbrot und viel Bier und dann wird gespachtelt und erzählt. Er ist Franziskaner und liebt solche Sachen, überhaupt liebt er das Leben. Er schimpft zwar oft über seine Schäfchen, aber mehr wie ein Vater aus Sorge über seine Töchter und Söhne, die sich unbedacht immer wieder in Situationen bringen, die sie unglücklich machen. Die jungen Mädchen werfen sich immer wieder den größten Halunken an den Hals, lassen sich schwängern und verpfuschen sich damit ihr ganzes Leben. Kaum ein Mädchen schafft es, eine Ausbildung zu machen, bevor sie schwanger ist. Und kein junger Bahianer denkt auch nur im Traum daran, Verantwortung zu übernehmen für ein Kind, das er gezeugt hat. „Die meisten Leute hier bleiben immer wie kleine Kinder!" sagt Fredo traurig.

Auf dem Rückweg von Madre de Deus besuchen sie noch einmal kurz alle Orte in Brasilien, an denen sie so nett beherbergt wurden. Sie verabschieden sich von Sergio und Carlos in Salvador, fahren ein letztes Mal mit dem schönen alten Aufzug von der Unter- in die Oberstadt. In Niterói gehen sie mit Julios Vater auf Kneipentour und haben nach dem zweiten Bier das Gefühl, inzwischen fließend Portugiesisch zu sprechen. Am letzten Abend in Rio nimmt Julio sie mit zu Freunden auf eine Fete, auf der Samba getanzt wird. Wenn man sieht, wie die Brasilianer Samba tanzen, bleibt man am besten sitzen und genießt, denkt Friedel. Aber, schwupps, steht eine Studentin aus Rio vor ihm, zieht ihn hoch und dann hinter sich her zur Tanzfläche. Sie sagt, er solle keine Angst haben, nicht so viel denken, die Hüften locker lassen und einfach mitmachen. Dann zieht sie ihn ganz fest zu sich heran und tanzt los. Und tatsächlich, nach einer Weile geht es immer besser, sie führt ihn, dreht sich, biegt sich in alle Richtungen und er macht einfach mit, so gut es geht. Und es macht Spaß! Er hört nur noch die Musik, sein Körper ist ein Teil der Musik. Nach einer Weile traut er sich auch, sie ab und zu anzugucken, sie lacht, zwinkert ihm zu. Friedel ist wie im Rausch, wie in einem Traum, aus dem er nicht mehr aufwachen möchte.

Dann geht's mit dem Bus nach Rio Claro. Dort kommen sie Sonntag früh an und es ist keiner da. Aber die Tür steht natürlich offen, sie veranstalten erst einmal ein Duschfest mit dem Gartenschlauch im kleinen Garten, kochen sich einen Kaffee und holen etwas Schlaf nach. Friedel träumt gerade davon, dass er von einer dunkelhaarigen Schönheit geküsst wird, als er merkt, dass jemand ihm zart über das Gesicht streicht. Fla ist nach Hause gekommen und begrüßt ihn herzlich. „Ich habe nicht gedacht, dass ich dich noch einmal sehe!" sagt sie und schaut ihn lange an. „Du hast dich verändert!"

„Du nicht, du bist immer noch die hübsche, kleine Fla!"

Sie lacht. „Oh, danke! Du hast gelernt, Komplimente zu machen! Wie lange bleibt ihr?"

„Leider nur bis morgen! In einer Woche geht unser Flieger von Lima zurück nach Europa! Und wir müssen noch in Sao Paulo Tschüss sagen und dann über Bolivien zurück nach Peru!"

„Dann müssen wir heute Abend Abschied feiern!"

Das Feiern dauert die ganze Nacht. Es wird gegessen und getrunken und geraucht und Gitarre gespielt und gesungen und erzählt und gelacht. Alle wollen, dass es nie zu Ende geht, sie wollen den Abschied einfach aufschieben, so lange es geht. Am nächsten Vormittag fließen Tränen, Adressen werden getauscht, Umarmungen und Küsse, und dann sitzen sie im Bus nach Sao Paulo, fix und fertig. Sie haben das Gefühl, dass sie noch mehr Verabschiedungen nicht vertragen werden. Aber es geht dann doch. Tété freut sich sehr, sie noch einmal zu sehen, lobt ihr gutes Brasilianisch und fährt sie zum Flughafen, wo sie ihr restliches Geld umtauschen und dann in den Flieger nach La Paz steigen.

In La Paz ist scheußliches, kaltes Wetter. Sie steigen noch einmal im Hostal Torino ab und bedauern nicht nur den Wetterwechsel, sondern auch den Sprachwechsel vom weichen, melodiösen Brasilianisch zum harten, fast ratternden Spanisch. Mit „Morales Moralitos", einem obskuren Busunternehmen, geht es zur peruanischen Grenze am Titicacasee. Heiko wird anstandslos durchgewunken, bei Friedel schaut der bolivianische Grenzer lange in den Pass, blättert hin und her und sagt dann: „No, Senhor!" Friedel guckt erst verwundert, dann entsetzt. Was ist denn mit dem Pass nicht in Ordnung? Es fehlt der Ausreisestempel aus Bolivien von der Hinreise! Sie waren ja in Puerto Suarez einfach so über die bolivianisch-brasilianische Grenze marschiert, das rächt sich jetzt. Der Beamte sagt, Friedel müsse zurück nach La Paz und dort auf dem Konsulat die fehlenden Stempel nachtragen lassen! Friedel ruft Heiko, der draußen wartet und nicht weiß, was los ist. Der kommt zurück, das ist schon mal beruhigend. Gemeinsam erklären sie, warum der Stempel fehlt, das scheint den Beamten aber nicht weiter zu interessieren, er redet immer nur davon, dass Friedel illegal ausgereist sei und gegen die Gesetze des Landes verstoßen habe.

Sie müssen eine halbe Stunde in einem kahlen Raum auf einer Holzbank warten, Friedel wird ganz anders und fragt sich, wie das Ganze jetzt weitergehen soll. Plötzlich kommt ein anderer Beamter, anscheinend der Chef, und redet immer davon, wie viel Geld es kosten würde, diesen fehlenden Stempel nachzutragen. Da geht Heiko endlich ein Licht auf. Es geht nur um das Schmiergeld, um nichts anderes! Er zählt zusammen mit Friedel, wie viel bolivianisches Geld sie noch haben: 300 Pesos, das sind etwa 25 Mark. Sie bieten dem Beamten 200 Pesos an, er lacht, endlich haben die Gringos verstanden, worum es hier geht, und sagt dann: „Für 300 Pesos bekommen Sie den Stempel!"

Jetzt geht es ganz schnell. Beim peruanischen Zoll werden sie durchgewunken. Sie fahren mit dem nächsten Bus nach Puno, dann nachts weiter mit Morales Moralites nach Arequipa. Das wird die schlimmste Busfahrt, die sie bisher erlebt haben. Die klapprige Rostlaube ist völlig ungefedert und droht in jeder Kurve zusammenzukrachen. Mehrere Fenster im hoffnungslos überbelegten Bus lassen sich nicht mehr schließen oder fehlen ganz, so dass der eiskalte Nachtwind bei der Fahrt über die mit Schlaglöchern gepflasterte Andenpiste eisig durch den Bus pfeift. Heiko und Friedel sind nicht warm genug angezogen und hocken eingeklemmt auf kaputten Sitzen und frieren erbärmlich. Die Füße werden zu Eisklumpen, da hilft auch reiben und Massage nichts. Vorne über dem Fahrer blinkt wieder in roten Farben die kitschige Jungfrau Maria mit Rosenkranz und dem Spruch, der diesmal wirklich wie die Faust aufs Auge passt: *Nur Gott allein weiß die Stunde der Abfahrt und der Ankunft!*

Zwischendurch mehrmals Straßensperren mit Militärkontrollen. Dann endlich, als die Sonne herauskommt und den halberfrorene Busladung langsam wieder auftaut, kommt Arequipa in Sichtweite. Selten haben sie ein Ziel so herbeigesehnt. Der ganze Bus scheint langsam wieder aufzutauen, einige Peruaner fangen an zu singen: *Arequipa, Arequipa!* Wie eine Fata Morgana liegt die Stadt im Morgensonnenschein, weiße Fassaden, die in der Sonne leuchten. Im Hintergrund riesige, kegelförmige Vulkanberge. Luxuriöse Unterkunft im Hotel Pacifico. Am nächsten Morgen schlafen sie lange, kriegen gerade noch den Rest einer feierlichen Militärparade auf dem zentralen Platz mit, frühstücken in Ruhe und machen dann einen schönen Spaziergang in die Außenbezirke von Arequipa. Sie laufen eine Zeit an einem schönen Flusstal entlang, kommen durch kleine Dörfer, wo sie freundlich begrüßt und gemustert werden. Sie fallen einfach anders auf als in Brasilien, dort gibt es so viele verschiedene Haut- und Haarfarben, dass man sich als Europäer nicht wie ein Exot vorkommt. Aber nach ihren Bekanntschaften in Brasilien strahlen sie jetzt, am Ende ihrer Reise, anscheinend etwas Kommunikatives aus, so dass sie immer wieder von fremden Leuten angesprochen und eingeladen werden. Sie werden öfter gefragt, ob sie Brasilianer seien, weil ihr Spanisch sich so brasilianisch anhört.

Am nächsten Tag verlassen sie Arequipa und fahren in einem bequemen Reisebus die Pazifikküste hinauf nach Lima. Alle Fenster sind dicht, die Klimaanlage funktioniert, die Sessel bequem, sanft gefedert gleitet der Bus über die Unebenheiten der Panamericana. Was für ein Luxus nach der nächtlichen Horrorfahrt mit Morales Moralitos! Lima empfängt sie mit trübem Nieselwetter, überhaupt sehnen sie sich nach dem warmen brasilianischen Winter zurück. Als sie am Busbahnhof stehen, werden sie von Vicky und Miguel angesprochen, zwei Geschwistern, die neugierig sind, wo sie herkommen und hinwollen. Sie laden Heiko und Friedel zu sich nach Hause ein, in eine kleine Zweizimmerwohnung in der Innenstadt, fantastisch vollgepackt. Hier wohnt Vicky mit ihrer kleinen Tochter, Miguel, die Mutter und noch zwei kleinere Geschwister. Zwei Stühle werden freigeräumt, damit sie sich setzen können, Kaffee wird gekocht, Plätzchen werden gereicht, später Schnäpse. Alle reden und springen bunt in der kleinen Küche durcheinander, die Stimmung wird immer ausgelassener. Schließlich singen Heiko und Friedel ihre Hits: *Zogen einst fünf wilde Schwäne, Ein klein wild Vögelein* und *Company Store*, Vicky und ihre Mutter singen mit ihren rauchigen, melancholischen Stimmen peruanische Lieder und Friedel fragt sich, wie bescheuert die Männer sein müssen, die diese beiden tollen Frauen mit ihren Kindern sitzen gelassen haben.

Ehe sie sich versehen, ist es dunkel geworden, irgendwann steht Essen auf dem Tisch und Friedel und Heiko werden bedrängt, doch über Nacht zu bleiben. Sie fragen sich zwar, wo überhaupt all die Familienmitglieder hier schlafen, ganz abgesehen davon, wo sie denn dann noch schlafen sollen, aber Protest nützt nichts, es ist eine Frage der Ehre und der Gastfreundschaft. Im kleinen Kinderzimmer gibt es ein Doppelstockbett, die beiden kleineren Kinder werden umgebettet, Friedel und Heiko schlafen oben zusammen in einem Bett, darunter Miguel mit seinen beiden kleineren Geschwistern. Die Frauen und das Baby von Vicky schlafen zusammen in der Küche. Nachts hat Friedel ab und zu Heikos Füße im Gesicht und Angst, vom Hochbett zu kippen, ansonsten kann er aber tatsächlich etwas schlafen.

Am Tag bereiten sie alles für den Abflug am nächsten Tag vor, kaufen noch Mitbringsel, schreiben Postkarten, die wahrscheinlich erst nach Wochen in Deutschland eintreffen werden

Dann der Abschied am Flughafen, Vicky und Miguel sind da und winken, als sie durch den Zoll gehen. Die Maschine nach Brüssel hat drei Stunden Verspätung, aber Friedel macht das nichts aus, er hat den Kopf so voll mit Erlebnissen und Gesichtern, dass er ein bisschen Ruhe und Wartezeit gut gebrauchen kann. Heiko scheint es ähnlich zu gehen, sie sind sich in den letzten Tagen wieder etwas näher gekommen und können sich auch ab und zu wieder ganz normal unterhalten. Die vielen Erlebnisse und Bekanntschaften haben sie etwas von ihrem Zweier-Clinch abgelenkt. Eigentlich hatten sie sich auch mit Claudia und Sigrid aus Münster noch in Lima verabredet, die zwei Tage später wieder zurückfliegen wollten, aber sie waren nicht am Treffpunkt in Lima, wahrscheinlich sind sie noch unterwegs. Friedel findet es nicht schlimm, er hat den Eindruck, er müsse jetzt erstmal ein paar Tage alles sacken lassen.

Samba im Café Mekka

Erst zu Hause in Köln erfährt Friedel bei einem Telefonat mit den Eltern, dass sich die Familie in Berlin schreckliche Sorgen gemacht hat. Eine Woche, nachdem Friedel und Heiko losgeflogen waren, kam in den deutschen

Nachrichten die Meldung, zwei Kölner Studenten seien im Hochland von Peru ermordet worden. Mutter Anna erzählt das Ganze ohne viel Dramatik und allzu viele Details. Erst als Friedel aufgelegt hat und alles langsam sackt, wird ihm bewusst, was nach dieser schrecklichen Nachricht zu Hause in Berlin wohl los war: Seine ganze Familie war unter Schock und im Ausnahmezustand. Tagelang versuchte Friedels Bruder Jan durch Anrufe im Außenministerium und in der peruanischen Botschaft die Namen der ermordeten Studenten herauszubekommen. Schließlich kam die Information, es seien Medizinstudenten, damit rutschten schon einmal zentnerschwere Lasten von der Seele. Einen Tag später kam die Auskunft, dass es sich bei den Ermordeten definitiv nicht um Friedel und Heiko gehandelt habe.

Trotzdem blieb das beklemmende Gefühl, da laufen zwei naive Jungs als Rucksacktouristen sorglos in Südamerika herum und wissen gar nicht, in welcher Gefahr sie schweben. Es war tatsächlich so. Friedel und Heiko hatten keinen blassen Schimmer von den drohenden Gefahren und bewegten sich voller Entdeckerlust, sorglos und ohne übertriebene Vorsicht im Land. Auch von den Anschlägen der maoistischen Rebellen vom „Leuchtenden Pfad" bekamen sie nichts mit, nur die zum Teil martialischen und häufigen Straßenkontrollen durch das Militär deuteten darauf hin, dass sich auch Peru in einer schwierigen Phase befand. Auf der ganzen Reise wurde Heiko und Friedel, entgegen aller Warnungen, nicht ein einziges Mal irgendetwas gestohlen, geschweige denn auch nur ein Härchen gekrümmt. Sie hatten einfach viel Glück und mächtige Schutzengel. Aber das konnte die Familie zu Hause natürlich nicht ahnen, denn die eine

Postkarte, die Friedel zwischendurch aus Brasilien geschickt hatte, war immer noch nicht angekommen.

In den Wochen nach der Rückkehr verkrachen sich Heiko und Arno, was schließlich dazu führt, dass Heiko aus der Männer-WG auszieht und Schorsch einzieht. Arno und Schorsch kennen sich von Gestalttherapie-Seminaren bei Rudi, einem Kölner Guru der Gestalttherapeuten. Friedel hatte im zweiten Semester einmal an zwei Gestalttherapiesitzungen bei einem anderen Guru teilgenommen und danach beschlossen, dass diese Form der Aufarbeitung der Vergangenheit nicht die für ihn passende ist. Er bekam ja schon ein schlechtes Gewissen, wenn jemand in seinem Beisein angemeckert wurde. Umso weniger konnte er es aushalten, dass dort unablässig geschrien, geheult, gebrüllt und gezittert wurde. Bei einer erfolgreichen Therapie gehörte das anscheinend zu den unverzichtbaren Kennzeichen. Wenn es nach Friedel geht, können Arno und Schorsch so etwas gerne machen und auch stundenlang auf einer Wiese stehen und Bogenschießen üben, aber für ihn ist das nichts. Vor allem diese martialischen Schreie, die man ab und zu rauslassen muss, um sein Inneres zu befreien, sind überhaupt nicht seine Sache, er erschrickt sich jedes Mal fast zu Tode.

Abgesehen davon versteht er sich mit beiden aber gut, Schorsch ist, abgesehen von den gelegentlichen, gestalttherapeutischen Kampfschreien, ein äußerst ruhiger, besonnener, umgänglicher und ordentlicher Mitbewohner. Er tut der Männer-WG gut und hilft dabei, das Verhältnis zwischen Chaos und Ordnung, Spektakel und Ruhe, Kreativität und Routine in der WG in die richtige Balance zu bringen. Gemeinsam waschen und trocknen Schorsch und Friedel in der Küche ab, wenn Arno wieder einmal ein opulentes Festmahl zubereitet hat, sie sorgen dafür, dass die Stapel ungewaschener und gewaschener Wäsche im Bad nicht zu hoch werden, bringen rechtzeitig den Müll hinunter, bevor die Müllabfuhr kommt, und fegen oder wischen zwischendurch auch mal durch.

Mit Arno macht Friedel gerne Musik, auch die neuen Sambas, die Friedel aus Brasilien mitgebracht hat, begleitet er im Nu auf der Gitarre oder Mandoline, Arno saugt alles wie ein Schwamm auf und kann auch sofort mitspielen. Dies hat Heiko vermutlich den Rest gegeben, während er richtig üben muss, um ein brasilianisches Lied singen und spielen zu können, nimmt Arno, der doch gar nicht in Brasilien dabei war, einfach die Gitarre in die Hand, fummelt ein bisschen und hat raus, wie es geht. Arno ist der ideale Mitmusiker, er kann sich dem anderen prima anpassen, nur ab und zu muss man darauf achten, dass er nicht für sich reklamiert, was er doch von Friedel übernommen hat.

In der Südstadt gibt es ein kleines, gemütliches Café, in dem Ria kellnert, die Friedel als Hausbewohnerin aus seiner ersten WG kennt und gerne mag. Arno und Friedel radeln abends öfter dorthin, wenn sie wissen, dass Ria Dienst hat. Sie nehmen ihre Gitarren mit und machen dann ein bisschen Livemusik, dafür bekommen sie etwas zu trinken und, wenn noch was übrig ist, auch mal Quiche oder Kuchen. Das Café Mekka ist so klein, dass es mit zehn oder zwölf Besuchern schon voll wirkt. Hier zu spielen ist ein Traum, eigentlich wie im Wohnzimmer. One Note Samba, Girl from Ipanema, Agua de beber – dann die irischen Klassiker und seit neuestem auch die frechen schwedischen Bellmann-Lieder, die Friedel wiederentdeckt hat. Sie beschließen, dass sie auf Straßenmusikreise gehen wollen, bevor Friedel mit seiner schriftlichen Hausarbeit anfängt.

Sie packen Instrumente, Schlafsack und Wechselwäsche ein und trampen Richtung Süden, sie wollen bis zum Bodensee kommen. Ihre erste Mitfahrstation heißt Mosbach, ein kleines, nettes Städtchen am Rande des Odenwaldes. Dort werden sie nachmittags abgesetzt, laufen zum Marktplatz, packen ihre Instrumente aus und fangen an, zu spielen und zu singen. Irische Tunes mit Tin Whistle und Gitarre, Bellmann-Lieder und Samba. Die meisten Leute gehen vorbei, aber manche gucken und bleiben einen Moment stehen. In einer Ecke des Platzes machen es sich ein paar Jugendliche bequem und schauen immer wieder herüber. Ein Mädchen mit dunklen Haaren und ernsten Augen setzt sich in zwei Meter Entfernung aufs Pflaster und hört zu. Bald haben sie einen kleinen Zuhörerkreis und bekommen auch Beifall.

Als sie alle ihre Lieder gespielt haben, machen sie eine kleine Pause. Das dunkelhaarige Mädchen verschwindet und kommt mit Kaffee und Kuchen wieder. Sie heißt Maren, geht noch zur Schule und findet es toll, dass in dem kleinen, verschlafenen Kaff mal was Neues passiert. Sie fragt, ob sie noch bis zum nächsten Abend bleiben, da wäre ein Kulturfest in der Stadthalle, ein Freund von ihr wäre dort Toningenieur, der könne sie bestimmt noch mit ins Programm nehmen, wenn sie das wollen. Die beiden schauen sich nur kurz an und sagen sofort zu. Wann bekommt man so eine Chance noch einmal, spontan bei einem Konzert mitzumachen? Sie zeigt ihnen den kleinen Park am Stadtrand zum Lagern und Übernachten, bringt ihnen abends eine Picknickdecke, Rotwein und Essen, das sie von zu Hause herausgeschmuggelt hat und bleibt noch lange bei ihnen zum Erzählen und Musikmachen, bevor sie nach Hause geht.

Friedel und Arno schlafen unter dem funkelnden Sternenhimmel und sind glücklich. Das ist ein toller Auftakt für eine Straßenmusikreise. Am Morgen kommt Maren mit Brötchen, Marmelade und Kaffee und teilt ihnen mit, dass sie am Abend für 19 Uhr gebucht sind zum Soundcheck und gegen 21 Uhr eine viertel Stunde Musik machen können. Jetzt haben sie den ganzen Tag, um zu entscheiden, welche Lieder sie spielen. Am Vormittag zeigt ihnen Maren das Städtchen und die Umgebung, sehr hübsch, mit einem kleinen Fluss und den bewaldeten Hängen des Odenwaldes. Nachmittag spielen sie sich noch einmal auf dem Marktplatz warm, diesmal haben sie schon Fans, die sie noch vom Vorabend kennen. Und dann kommt der Soundcheck. Sie spielen zum ersten Mal mit Mikros vor dem Mund und vor dem Instrument, das muss alles eingerichtet und vernünftig ausgesteuert werden. Über Arnos Gesicht laufen die Schweißperlen, als sie im Scheinwerferlicht auf die Bühne treten, auch Friedel ist innerlich mächtig aufgeregt. Der Saal ist gut gefüllt, sie können nur die vorderen Reihen erkennen, dort sitzt Maren und drückt ihnen die Daumen.

Das erste Lied versemmeln sie ziemlich, Arno verpasst seinen Einsatz mit der Tin Whistle und Friedel hat plötzlich vergessen, wie die Gitarrenbegleitung geht. Aber ab dem zweiten Lied legen sie die Nervosität langsam ab, genießen den Beifall aus dem Publikum und spielen sich warm, so dass sie am Ende sogar noch eine

Zugabe geben können. Stolz genießen sie den Schlussapplaus und Marens Umarmung. „Ihr wart toll!" ruft sie und bringt sie dann zum Reporter der Rhein-Neckar-Zeitung, der noch ein paar Fragen hat. Den restlichen Abend wird gefeiert, sie bekommen von vielen Seiten Gratulationen und positive Rückmeldungen zu ihrem Auftritt. Maren verspricht, den Zeitungsartikel über das Kulturfest zu schicken.

Am nächsten Vormittag geht es weiter, sie landen nachmittags in Weingarten bei Ravensburg, noch nicht am Bodensee, aber schon ziemlich nahe dran. Als sie dort spielen, bleibt eine Gruppe mit Behinderten länger vor ihnen stehen und beklatscht sie begeistert. Dadurch wird der Kreis der Zuschauer immer größer und auch im Hut klingelt es ab und zu. Als sie fertig mit ihrem Programm sind, reicht das Geld zumindest für ein schönes Abendessen. Sie fragen die Gruppe ihrer neuen Fans nach einem schönen Lokal und kommen ins Gespräch. Es gibt einen kleinen, dicken Schwaben im Rollstuhl, der von den anderen der „Conti" genannt wird, weil er nur zwei Armstümpfe hat. Der Conti empfiehlt ihnen den „Bayerischen Hof", dort gäbe es vernünftige Knödel und vor allem die richtige Weizenbiermarke. Also ziehen sie zusammen zum Bayerischen Hof. Zu der Gruppe gehört noch der „Spasti", ein langer Lulatsch mit unkontrollierten Arm- und Beinbewegungen. Er spricht zwar nicht so schwäbisch wie der Conti, ist aber oft schwer zu verstehen. Aber als sie ihn verstehen, merken sie, dass er es faustdick hinter den Ohren hat. Dann gehören noch zwei Betreuer zur Gruppe, der „Lange", ein netter, großer Kerl und „Pippi", ein lustiges, schmales Mädchen, die beiden kümmern sich um Conti und Spasti.

Im viel zu feinen Gasthof haben sie unglaublich viel Spaß zusammen. Friedel braucht eine Weile, bis er kapiert, dass die diskriminierenden Bezeichnungen „Spasti" und „Conti" für die Betroffenen völlig okay sind. Sie nennen sich selber so und genießen das Entsetzen der Zuhörer darüber. Die ganze Zeit pflaumt man sich in der Gruppe gegenseitig an, lacht herzhaft über sich selbst und die verblüfften Zuhörer. Friedel und Arno verstehen sich so gut mit ihnen, dass sie beschließen, in der Nacht neben ihrem VW-Bus zu schlafen und am nächsten Tag mit ihnen zusammen zum Musikfestival in Isny im Allgäu zu fahren. Dort treten verschiedene Rock- und vor allem Folkgruppen und -musiker auf und Friedel und Arno genießen es, mal den Kollegen zuzuhören. Von dort trampen sie dann alleine nach Friedrichshafen am Bodensee und machen am Fähranleger das Geschäft ihres Lebens. Sobald eine Fähre angelegt hat und die ersten Passagiere aussteigen, fangen sie an, ihre irischen Reels und Jigs zu spielen, und schon klimpert das Geld der vorbeieilenden Touristen im Hut. Kein Mensch bleibt stehen und hört zu, alle wollen zügig in die Altstadt, aber das Geld fließt wie nie. Deshalb erlauben sie sich den Spaß, immer wieder dieselben drei Stücke zu spielen. Nach einer Weile wird das aber langweilig, sie zählen ihr Geld, stellen mit Erstaunen fest, dass sie davon nicht nur Essen gehen, sondern auch nach Hause fahren können, machen sich einen schönen Abend in Friedrichshafen und nehmen am nächsten Tag die Bahn zurück nach Köln, denn Friedel hat jetzt doch langsam Druck, seine Hausarbeit endlich anzufangen.

Es ist eine dreiteilige Arbeit, gemeinsam mit Mia und Toni bearbeitet Friedel das Thema „Singen" – jeder mit einem anderen Schwerpunkt. Friedel hat sich für die historischen und gesellschaftlichen Aspekte des Singens entschieden und wälzt seit Wochen Bücher und Aufsätze über Musik und Sprache, über die Anfänge des Sprechens und Singens, über die Anfänge von Kult, Ausdruck und Gestaltung bei den Urmenschen, über Steigerung und Verfremdung der Stimme als ekstatische Erfahrung, über Signalrufe, Imitation und Symbolsprache, über den Missbrauch und gesteuerte Emotionalisierung durch Lieder, über Kunstlied, Volkslied, Schlager, Blues, er wälzt alte und neue Liederbücher und taucht tief ein in die Geschichte des Singens. Er quält sich durch Adornos Texte, ärgert sich über dessen elitären Kunstbegriff und über den ewig erhobenen Zeigefinger. Den Spaß an der verpönten U-Musik und den Spaß am Singen will er sich von Adorno auf keinen Fall vermiesen lassen.

Am liebsten arbeitet er nachts, wenn alles ruhig wird im Haus und auf der Straße, dann schreibt er weiter in den Manuskripten, tippt auf seiner Gabriele-Schreibmaschine, reißt wieder raus, zerknüllt, fängt neu an, trinkt einen schönen Rotwein, probiert dieses und jenes Lied mit der Gitarre, versinkt in der Materie. Wenn es draußen hell wird, schläft er ein und freut sich, wenn er von Schorsch oder Arno zum Kaffee geweckt wird. Sein Tag-Nacht-Rhythmus kommt dadurch ziemlich durcheinander, aber da er keine Seminare mehr besuchen muss und wenige Verpflichtungen hat, ist das egal.

Einmal in der Woche probt er mit Mia und Toni für den großen Bandauftritt in der Evangelischen Studentengemeinde. Mia singt fantastisch und spielt Querflöte, Toni ist ein toller E-Gitarrist, Friedel hat anfangs mit dem Cello die Basslinien gezupft, aber die Verstärkung war immer ein Problem, so dass er irgendwann einen gebrauchten E-Bass gekauft und die Bünde abgeschraubt hat, damit der Bass „fretless" ist wie bei seinem großen musikalischen Vorbild Jaco Pastorius. Seitdem steht er mit diesem amputierten E-Bass auf der Bühne und muss leider feststellen, dass das Griffbrett ohne Bünde zwar prima zum Rutschen und Gleiten ist, dass er aber bei Überschreitung einer bestimmten Bandlautstärke die tiefen Töne aus der Bassbox nicht mehr so genau steuern kann, wie er eigentlich möchte. Er bereut schnell, dass die Bünde weg sind. Beim ersten Konzert hat er den Eindruck, auf dem Bass manchmal ziemlich danebengegriffen zu haben, besonders, wenn er gleichzeitig singt. Das ist ihm peinlich, auch wenn das Konzert ansonsten ganz gut geklappt hat und die Stimmung prima war. Sie spielen eine wilde Mischung aus Rock, Jazz und Funk. Am Keyboard sitzt Tonis Freund Carl, am Schlagzeug Ulli, Tonis Freund aus dem Westerwald, ein begnadeter Schlagzeuger, der nur zu ganz wichtigen Proben und zum Auftritt anreist, weil er noch andere Bands und vor allem schon einen richtigen Job hat.

Friedel merkt, dass die Bühne eigentlich nicht sein Platz ist. Er spielt gerne im Sitzen, irgendwo im Raum, mitten unter Leuten oder auch allein. Aber sich auf eine Bühne zu stellen, den schweren Bass umzuhängen, sich von Scheinwerfern anstrahlen zu lassen – das alles ist aufregend und irgendwie auch reizvoll, aber richtig genießen kann Friedel das nicht. Er ist froh, wenn er wieder von der Bühne runter ist, in Ruhe ein Bier trinken und mit netten Leuten erzählen kann. Er ist keine Rampensau wie Toni, der erst richtig gut wird, wenn er auf der Bühne seine blitzschnellen Soli auf der Gitarre spielen kann.

Bei ihm merkt man, dass ihm der Adrenalinkick auf der Rampe gut tut und ihn zu Höchstleistungen beflügelt. Friedel und Carl dagegen halten sich lieber schön im Hintergrund.

Rhabarberkuchen

Arno kommt zu Friedel ins Zimmer, der über seine Schreibmaschine gebeugt, gerade zum wiederholten Mal versucht, einen schwierigen Sachverhalt in verständliche Worte zu packen: „Hast du heute Zeit für eine kleine Transportaktion mit deiner Kastenente?"

„Ja, ich komme hier sowieso gerade nicht weiter. Worum geht's denn?"

„Greta, Betti und Betti zwo haben eine gebrauchte Waschmaschine gekauft. Die steht in Nippes und muss nach Ehrenfeld transportiert werden. Machst du mit?"

„Jetzt gleich?"

„Ja, wenn das geht?"

„Okay, dann mal los!"

Die Kastenente springt mal wieder nicht gleich an. Immer, wenn es ein paar Tage feucht ist, braucht man Glück oder Anschiebehilfe. Diesmal schiebt Arno an und im Nu rattert der Entenmotor wieder wie am Schnürchen. Wenn der Motor dann erstmal warm und trocken gelaufen ist, gibt's meistens keine Schwierigkeiten mehr. Höchstens das Problem, dass Friedel wieder einmal ohne Benzin irgendwo hängenbleibt, weil er dachte, der letzte Tropfen im Tank würde noch etwas länger reichen und die Spritpreise würden sich in der Zeit noch etwas weiter nach unten bewegen. Aber diesmal zeigt die winzig kleine Tankuhr auf „Viertel" – damit kann man noch Tage, wenn nicht Wochen auskommen!

Während sie entlang der alten Bahntrasse Richtung Ehrenfeld schnurren, ist Friedel in Gedanken. Greta und Betti kennt er, die sind beide sehr nett. Sie waren im Juni zusammen mit Arno und Friedel im Zirkus Roncalli auf dem Kölner Neumarkt. Das Programm „Die Reise zum Regenbogen" war wunderschön, lustig und aufregend. Aufregend war aber auch, neben Greta auf der Zirkusbank zu sitzen. Sie ist sehr hübsch, ganz schlank, mit einem wilden, blonden Lockenkopf und strahlend blauen Augen. Sie ist aber auch sehr zurückhaltend, so dass sich erst einmal nichts weiter ergab, denn Friedel ist ja auch nicht gerade ein Draufgänger.

Zum ersten Mal sind sie sich in der Alteburger Straße begegnet im Frühjahr. Arno sprach schon Tage vorher davon, dass er Greta eingeladen hätte, und so, wie er „Greta" aussprach, merkte man sofort, dass er sie verehrte. Friedel fragte nach, ob da was wäre zwischen Greta und ihm, und Arno verneinte, kam aber immer wieder darauf zurück, wie schön das wäre, dass sie vorbeikommen wollte und was für eine tolle Frau sie wäre. Also war auch Friedel sehr gespannt auf diesen Besuch. Das erste, was ihm auffiel, war ihre blonde Lockenpracht, das zweite ihr offenes und freundliches

Lächeln. Beide Jungs zeigten sich von der besten Seite, um das Herz der schönen Greta zu gewinnen. Sie erzählten, kochten Kaffee, holten die Gitarren und sangen, Arno rezitierte Gedichte, Friedel holte das schöne Rapunzel-Fotobuch hervor mit den Liedern vom Ollen Hansen und schaute es mit Greta zusammen an.

Hinterher unterhielten sich Arno und Friedel beim Abwaschen über den Besuch. Arno fragte: „Na, wie fandest du sie?"

„Toll! Und du?"

„Ich kenne sie ja schon ein bisschen länger. Ist dir aufgefallen, dass sie beim Kaffeetrinken ihren kleinen Finger etwas abspreizt, wenn sie die Tasse hält?"

„Nee, ehrlich gesagt hab ich nicht auf ihre Finger geachtet!"

„Musst du mal machen. Das sieht echt aristokratisch aus, wie eine Lady!"

„Stehst du auf sowas? Ist sie adlig oder so?"

„Nee, aber es passt zu ihr. Sie ist was ganz Besonderes!"

„Ich find sie einfach nur total nett!"

„Und hübsch!"

„Allerdings! Aber auch ein bisschen schüchtern! Sie passt zu dir!"

„Ach ja? Warum?"

„Weil du auch so ein Storch im Salat bist!"

„Ein was bitte?"

„Ein Storch im Salat!"

„Wie meinst du das?"

„Na, du bist auch mehr so der schüchterne Typ. Und du stehst öfter mal auf einem Bein verloren in der Gegend rum, so wie Ian Anderson!"

„Ah ja, danke für die Kurzbeschreibung!"
„Bitte, gern geschehen!"

All dies geht Friedel durch den Kopf, als sie auf dem Weg nach Ehrenfeld sind. Er ist gespannt darauf, Greta wiederzusehen. Vor dem Haus wartet Betti, lacht fröhlich, als sie endlich kommen, steigt mit ein und zeigt ihnen, wo die Waschmaschine abgeholt werden soll. Betti hat bei Obi Arbeitshandschuhe gekauft, das erweist sich als gute Idee, denn die alte Waschmaschine ist nicht nur tierisch schwer, sondern hat unten auch noch scharfe Kanten. Das Hineinbugsieren in den Wagen ist nicht weiter schwer, die Kastenente ist groß genug. Aber das Hinauftragen in den vierten Stock erweist sich als echte Maloche. Greta und die beiden Bettis packen zwar auch immer wieder mit an, aber in den Kurven im Treppenhaus ist es eng. Völlig nassgeschwitzt kommen sie oben in der Frauen-WG an und bekommen erst einmal Kaffee und Kuchen.

Gemütlich haben die Frauen es sich da oben unter dem Dach gemacht, relativ kleine Zimmer mit Dachschrägen, ein winziges Bad mit einer Sitzbadewanne und eine nette Küche, in der man auch sitzen kann. Alle drei kommen aus dem Münsterland und kennen sich schon aus der Schule. Betti eins ist sehr gesprächig und kontaktfreudig, sie will alles wissen, erzählt und lacht gerne. Betti zwei ist etwas stiller, praktisch veranlagt und viel in der Küche beschäftigt. Sie schmunzelt während des Gesprächs öfter in sich hinein. Und Greta? Friedel guckt diesmal genau hin, als Greta ihren Kaffee trinkt. Tatsächlich, der kleine Finger macht sich selbstständig! Noch etwas anderes fällt auf, wenn sie erzählt oder zuhört, sie kann ihre beiden

Augenbrauen unabhängig voneinander bewegen! So etwas hat Friedel noch nie gesehen. Aber Arno hat Recht, sie bewegt sich wie eine Lady, ohne dass es maniriert oder aufgesetzt aussieht. Sie ist einfach so. Manchmal gebraucht sie auch beim Sprechen Worte, die schon etwas aus der Mode sind. Mit jeder Stunde, in der sie zusammen sind, merkt Friedel, wie gut sie ihm gefällt.

Als sie auseinandergehen, möchte Friedel einen Anlass zum Wiedersehen schaffen und so verspricht er, beim nächsten Treffen einen großen Blechkuchen zu backen und mitzubringen. Ein paar Tage später kauft er bei Kaiser's Rhabarberstangen, knetet einen Hefeteig, lässt ihn gehen, rollt ihn aus und streut die gezuckerten und angeschmorten Rhabarberstückchen darüber. Viel Zimt und Zucker dabei, denn Greta mag Zimt, das hat er schon bemerkt. Mit dem noch dampfenden Blech fahren sie dann nach Ehrenfeld. Betti eins sagt: „Das ist ja eigentlich nicht richtig, Friedel! Du hilfst uns mit deinem Auto und schleppst die schwere Waschmaschine nach oben, normalerweise sind wir doch jetzt dran, um uns zu revanchieren! Stattdessen bringst du jetzt auch noch Kuchen mit!"

Arno grinst: „Ja, so ist er, unser Friedel!"

Friedel wird rot und sagt: „So'n Quatsch! Hab ich gerne gemacht! Ich hoffe, der Kuchen schmeckt einigermaßen. Ich backe nämlich meistens nicht nach Rezept, sondern so, wie es gerade kommt!"

„Genau das werden wir jetzt austesten, komm setzt euch ran, ich schneide den Kuchen!" ruft Betti zwei aus der Küche. Als sie alle am Küchentisch sitzen mit ihrem Kaffee und die großen, warmen Stücke genüsslich probieren, gibt es erst einmal einhelliges Lob für den „besten

Rhabarberkuchen seit langem", bevor Betti eins noch einmal das Thema Revanche aufgreift: „Weißt du was? Wir laden dich ins Kino ein und gehen vorher noch ein Häppchen essen und trinken!"

So wird es gemacht. Sie verabreden sich zusammen im Kölner Studentenviertel, gehen lecker griechisch essen und danach in die Lupe, das kleine Kino, in dem der Hitchcock-Film „Psycho" läuft. Alle haben den Filmklassiker bisher noch nicht gesehen und sind dann doch ziemlich geschockt von den verstörenden Szenen mit der schrillen Musik. Friedel kann mit Horrorfilmen überhaupt nicht umgehen und muss öfter die Augen zumachen, wenn es gruselig wird. Greta ist dicht an ihn herangerückt und sagt ihm immer, wenn die Gefahr vorbei ist. Aber ganz locker steckt sie das Messer-Attentat in der Dusche auch nicht weg, dann drückt sie seine Hand etwas fester. Alle sind froh, heil aus diesem Film wieder herauszukommen und Betti eins schlägt vor, in der Frauen-WG noch ein Bier auf den Schock zu trinken und Karten zu spielen. Das findet Friedel eine Superidee.

In der gemütlichen Ehrenfelder Küche, die Friedel inzwischen schon ganz gut kennt, gibt es etwas zu trinken und zu knabbern. Sie stellen schöne Musik an, um die Nerven zu beruhigen, und spielen Doppelkopf. Nach einer Stunde fallen Betti zwei die Augen zu und sie verabschiedet sich aus der Küche ins Bett. Jetzt wird noch ein bisschen gewürfelt und erzählt, bis Betti eins irgendwann auch den Rückzug in ihr Zimmer antritt. Friedel und Greta gehen in ihr Zimmer, Greta legt eine ihrer Lieblingsplatten auf: *Mona Bone Jakon* mit einer Mülltonne auf dem Cover. Die beiden rücken dicht zusammen, hören Cat Stevens zu, trinken Rotwein und erzählen sich, wer sie sind, wo sie herkommen, was sie mögen und was nicht. Cat Stevens mögen sie beide, besonders *Katmandu* und *Sad Lisa* von der anderen Platte *Tea for the Tillerman.* Es gibt einige Gemeinsamkeiten. Beide sind das dritte Kind in der Reihenfolge ihrer Geschwister, beide haben schon ein Elternteil verloren, Gretas Vater ist vor ein paar Jahren gestorben, Friedels Mutter, als er noch ganz klein war.

Und so tasten die beiden vorsichtigen und schüchternen Menschen sich behutsam aneinander heran, bevor sie unter Gretas Bettdecke kriechen und die weitere Annäherung im Dunkeln stattfinden lassen. Cat Stevens Worte wirken wie ein Zauberspruch nach, den Friedel zwar nicht so ganz versteht, der aber trotzdem wirkt:

> *I sit beside the dark*
> *Beneath the mire*
> *Cold gray dusty day*
> *The mornin' lake*
> *Drinks up the sky.*

Sie schlafen morgens lange und holen den verpassten Nachtschlaf nach, bis Betti an die Tür klopft und verkündet, das Frühstück sei fertig. Sie hat sogar Brötchen geholt. Beim Frühstück ist es eher ruhig und besinnlich, keiner weiß so richtig, welches Gesprächsthema passend wäre, ohne in irgendwelche peinlichen Fallen zu tappen. Von daher verabschiedet Friedel sich denn auch ziemlich rasch, er muss ja wieder an seine Hausarbeit, die auf ihre Vollendung wartet. Eine Umarmung, ein langer Kuss und eine lockere Verabredung für die nächsten Tage. Dann ist er wieder auf dem Rückweg in die Alteburger Straße und fragt sich, ob das alles tatsächlich so passiert ist, oder ob er geträumt hat.

Arno merkt sofort, was los ist, als Friedel die Wohnung betritt. Ihm braucht er gar nichts weiter zu erzählen, Arno klopft ihm bloß auf den Rücken und sagt: „Glückwunsch, Friedel! Halt sie dir warm, hörst du? Ein bisschen eifersüchtig bin ich schon!" Am Schreibtisch kann Friedel sich nicht so richtig auf seine schriftliche Hausarbeit konzentrieren. Immer wieder schweifen seine Gedanken ab und erleben den letzten Abend und die letzte Nacht noch einmal nach. Es war alles so einfach! Er wollte dieses hübsche Mädchen mit den wilden Locken unbedingt haben, dachte aber nicht, dass es so schnell und komplikationsfrei gehen würde. Sie war ihm so unerreichbar vorgekommen, und nun war sie seine Freundin. Oder nicht?

Der Gedanke: *Oder nicht?* wird in den nächsten Tagen stärker, als sie sich gar nicht meldet. Als er mit Schorsch darüber spricht, lacht der, guckt ihn an und sagt: „Hör mal, Friedel, das ist jetzt nicht dein Ernst, oder? Du hast die tollste Frau der Welt getroffen und ihr habt eine schöne Nacht miteinander verbracht. Jetzt gibt es zwei Möglichkeiten. Entweder wartest du auf die nächste tollste Frau der Welt, oder du rufst sie an, lädst sie ein und machst die Sache zwischen euch klar. Auf was wartest du eigentlich?"

„Das weiß ich auch nicht so richtig. Aber wer weiß, vielleicht war es doch für sie nur so eine Nacht mit einem Jungen."

„Also, ich kenne sie ja nicht sehr gut, aber das kann ich mir bei Greta nun überhaupt nicht vorstellen. Bei manchen Frauen, die Arno hier immer mal wieder so anschleppt, schon eher, ja, aber doch nicht bei Greta. Das ist eine Prinzessin, Friedel, die wartet darauf, dass du dich endlich meldest! Garantiert!"

„Ja, gut, dass du das noch mal so sagst. Dann werde ich sie mal anrufen."

„Nicht m a l, sondern jetzt! Dalli dalli, sonst denkt sie am Ende, d u wärst so einer, der sie schon am nächsten Morgen vergessen hat!"

Eine Stunde später, nachdem Friedel mindesten zehnmal um das grüne Tastentelefon herumgelaufen ist und alle möglichen Szenarien vor sich hingemurmelt hat, ein kurzer Anruf: „Hallo Greta, hast du heute mal Zeit, hierher zu kommen?"

„Ja, wann denn?"

„Jetzt?"

„Gut!"

Eine halbe Stunde später ist sie da. Ganz zerzaust vom Fahrradfahren. Die Sonne scheint, also gehen sie ein bisschen am Rhein spazieren und reden. Greta hat in der Tat gedacht, für Friedel wäre es vielleicht nur eine Eroberung und jetzt wäre der Reiz schon vorbei. Sie ist erleichtert und kann es kaum fassen, dass es nicht so ist und dass Friedel wirklich mit ihr zusammenbleiben will. Sie freut sich, hüpft über die Ufersteine, rennt ein Stück vor und wartet dann, um Friedel einzufangen, der hinterherrennt. Sie genießen es, Hand in Hand oder untergehakt wie ein altes Ehepaar am Rhein zu promenieren, immer wieder stehenzubleiben, sich anzuschauen und zu küssen. Sie sprechen davon, wie schwer es für sie beide ist, sich ganz auf einen anderen Menschen einzulassen, zu vertrauen, sich selbst und dem anderen. Friedel glaubt, das kommt vom Verlust der Mutter. Wer einmal so alleine gelassen wurde, hat Angst, dass so etwas noch einmal geschieht. Dass man sich völlig ausliefert, mit Haut und Haaren sozusagen, und dann verlassen wird.

Schön ist es, mit Greta spazieren zu gehen, sich die innersten Ängste zu gestehen, dabei dem beruhigenden Tuckern der Rheinschiffe zu lauschen und den Wellen, die sacht ans Ufer plätschern. Sie gehen im gleichen Schritt, die Wärme des einen springt auf den anderen über. Dann wieder necken sie sich, laufen ein Stück. Ab und zu bleibt Greta stehen und wundert sich, schaut ihn an und fragt: „Ist das alles wirklich wahr?" Dann küsst er sie, nimmt ihre Hand, drückt sie und sagt: „Ja, das ist wirklich wahr. Ich kann es auch noch nicht richtig fassen!" Alles erscheint leicht, alles erscheint möglich. Das Leben beginnt von vorn.

Traum 7

Ich bin unterwegs mit einer Gruppe von Kindern in einem Reisebus. Ich hospitiere, versuche mir Namen zu merken, einen Überblick zu bekommen. Ich soll hinterher einen Bericht auf meiner Schreibmaschine tippen. Wir fahren an einem Bach entlang, wildromantisch, ich erkenne Heiko, der da mit seiner Schwester in Badeklamotten am Bach planscht und viel Spaß hat. Ich überlege, ob ich Heiko wohl winken kann, weil ich doch „offiziell" unterwegs bin und nicht privat. Ich winke ganz leicht mit den Fingern und lache und sehe, wie die beiden zu mir hingucken und auch lachen. Ich glaube, sie haben mich erkannt.

Dann steige ich aus und laufe weiter. Ich muss immer daran denken, dass ich diesen blöden Bericht tippen soll. In der rechten Hand halte ich einen Kanten Brot, von dem ich ab und zu mal abbeiße. Dann komme ich an Säulen vorbei, Leute in Schwarz, ein Schild vom Bestattungsunternehmen Grieneisen. Schließlich kommt mir mein Vater im Talar entgegen. Ich zwinkere ihm zu. Er flüstert im Vorbeigehen: „Ich habe dich eben gesehen!" Andere Leute in Schwarz kommen mir entgegen, die zur Beerdigung wollen. Ich verstecke den Kanten Brot in meiner Hand und laufe die Treppen im Lutherhaus hoch, vom „offiziellen" in den „privaten" Bereich zur Haustür.

Noch beim Aufwachen bin ich erleichtert, dass ich jetzt nicht mehr dienstlich, sondern privat unterwegs bin. Mir fällt ein, wie erleichtert mein Vater war, als er mit siebzig Jahren endlich „privat" sein konnte, wie er das genossen hat. Was war das nur mit dem Brot in meiner Hand? Das kam doch vor in dem Buch, das ich neulich gelesen habe. Von der Angst vor dem Tod. Von der Angst, der Tod könnte einem dazwischen kommen, ehe man „richtig" gelebt hat. Ich strecke mich, öffne die Augen, sehe mein Zimmer im morgendlichen Zwielicht, sehe den angestrichenen Holzstuhl mit meinen Anziehsachen, atme tief aus, seufze, strecke meinen Arm aus zu Gretas Wuschelkopf, der sich auf dem Kopfkissen ausbreitet. Wie friedlich sie schläft, wie sanft sie atmet! Ich lächele, schließe die Augen wieder und träume weiter.

Personenverzeichnis

Ali   persischer Zimmernachbar von Friedel

Angela   Bäckerlehrling, fährt mit Friedel nach Paris

Anni   Musikstudentin, Mitbewohnerin der ersten WG

Arno   Mitbewohner der Männer-WG

Bea   Friedels älteste Schwester

Betti   wohnt mit Betti und Greta in der Frauen-WG

Bine   Friedels mittlere Schwester

Chris   Geiger, mit Friedel in der Fachschaft Musik

Claudia aus Münster, Heikos Begleiterin in Peru

Dörte   Friedels Mutter, starb, als er fünf Jahre alt war.

Eva   Friedels Schulfreundin, studiert in Düsseldorf

Ele   studiert Musik an der PH, spielt Cello

Fla   aus Rio Claro, eigentlich Flavia

Görg   Musikstudent, sieht aus wie Herman van Veen

Greta   wohnt mit den beiden Bettis in der Frauen-WG

Heiko   Mitbewohner der Männer-WG

Ina   „Tante" aus Köln mit Dusche

Jan   Friedels älterer Bruder, Gitarrist

Katja   Freundin von Ole

Anna   Friedels Stiefmutter

Manni   großer Freund von Ola, spielt Mandoline

Maren   Straßenmusik-Bekanntschaft im Odenwald

Mia   singt mit im Vokalquartett, spielt Querflöte

Nelli   Friedels jüngste Schwester

Ola   singt, mag Folkmusik und Karneval

Ole	ist mit Friedel in der Fachschaft Musik, segelt
Paolo	aus Sao Paulo, Bruder von Tété
Paul	studiert Musik, Zottelbär, spielt Saxophon
Reni	singt mit Friedel im Vokalquartett, lacht gerne
Ria	wohnt über der 1. WG, kellnert im Café Mekka
Schorsch	zieht für Heiko in die Männer-WG ein
Sigrid	aus Münster, Friedels Begleiterin in Peru
Steffen	Friedels jüngster Bruder
Tété	aus Sao Paulo, Schwester von Paolo
Tom	Freund, Gitarrist, singt mit im Vokalquartett
Toni	spielt E-Gitarre in der Band
Uli	Friedels Schulfreundin aus Hessen.
Wolf	Musikstudent, Pianist

Inhalt